옛이야기와 자기발견의 스토리텔링

김정은

박영사

옛이야기! '밑 빠진 항아리'에 물을 채우는 힘

'나는 왜 이렇게 부족하지?', '내 삶은 왜 밑 빠진 항아리 같지?'

경쟁이 과열된 사회에서 사는 우리는 나를 부정적으로 사유하는데 익숙한 패턴을 가지고 있다. 누구나 결핍이 있는데 결핍이 나의 모든 것인 양 괴롭기도 하다. 인간관계에서 상처받았던 일을 머릿속에서 계속 재생하며 자신을 괴롭힌다. 나의 삶이 스스로 '밑 빠진 독' 같다고 생각한다. 나를 부족하게 바라보면서도, 나약함에 침식당할까 봐 부족함을 드러내지 않고, 내 안의 부정적인 감정을 쌓아 놓는다.

그런데 나약한 옛이야기의 주인공들은 집에 웅크리고 있지 않고, 표현하고 부딪히고, 세상과 만나가며 문제를 해결해 간다. 밑이 깨진 항아리에는 아무리 물을 부어도 채울 수 없다는 생각도 바꿔내는 멋진 주인공이 있다. 바로 한국인 모두가 알고 있는 콩쥐이다.

새엄마가 팥쥐만 데리고 원님 잔치에 가면서 콩쥐에게 말한다. 부엌에 있는 항아리에 물을 가득 부어놓으라고. 콩쥐가 물을 길어와서 붓는데, 아무리 물을 부어도 다 새버린다. 살펴보니 항아리 밑이 깨져 있었다. 서러운 콩쥐가 '엉엉' 울기 시작하자, 그때 두꺼비가 나타나서,

"콩쥐야! 왜 우니?"

물어본다. 콩쥐가 사정을 말하니까, 두꺼비가 항아리에 들어가 구멍을 막아준다. 이렇게 콩쥐는 항아리 가득 물을 부을 수 있었다.

어릴 때는 '엉엉' 우는 콩쥐가 나약해 보였다. 이 험난한 세상에서 나약하게 울지 않고 살아가려면 능력이 있어야 한다고 생각했다. 그런데 옛이야기를 공부할수록 '강함'이 아니라 '나약함'과 '울음'에도 답이 있다는 걸 깨달았다. 사람은 모두가 취약한 부분이 있다. 옛이야기는 그런 우리의 어려움, 취약함을 숨기는 것이 아니라 드러나게 한다. 콩쥐는 밑 빠진 항아리에 물을 부어야 하는 삶의 서러움을 울음으로 표현한다. 그리고 그 울음소리를 들었기에, 두꺼비가 올 수 있었다. 울음소리로 서로 '공감하는 관계'가 형성되자, '밑 빠진 항아리'에 '물을 채우게 하는 힘'을 발견할 수 있게 된다.

이 책은 이렇게 나의 부정적 감정과 결핍을 넘어설 힌트를 옛이야기에서 찾는다. 입에서 입으로 전승된 옛이야기에는 겉으로 그대로 드러내면서, 불편한 인간의 소망과 욕망을 상징적으로 표현한다. 옛이야기는 인류가 살아가면서 겪는 삶의 갈등과 문제를 어떻게 해결해 갔는지를 상징적으로 잘 기억하게 하고, 다시 떠올리기 쉽게 일정한 틀을 갖춰서 전달하는 특징이 있다. 우리가 잘 모르고 살았을 뿐, 특별하고 의미 있는 사건을 해결해 간 짧은 이야기 형식의 인지구조가 오래전부터 우리 모두에게 내재하여 있는 것이다.

옛이야기는 나의 숨겨진 삶의 욕망을 비춰볼 수 있는 거울이 될 수 있다. 이 책을 읽으며 먼저 옛이야기의 주인공이 처한 상태에서 나의 부정적 감정을 빗대어 해석해 보자. 주인공들이 처한 삶의 문제를 어떻게 해결해 갔는가를 살펴보면서, 부정적으로 사유했던 패턴과 비교하는 과정을 가져볼 수 있게 된다. 그 과정에서 부정적인 사유의 패턴을 넘어서서 삶의 문제를 해결할 내 안의 또 다른 자기를 만나볼 수 있다.

어떻게 나다움을 잃지 않으며 인간관계를 잘 할 수 있을지는 우리 모두의 고민이다. 『옛이야기와 자기발견의 스토리텔링』은 이런 고민을 함께 풀어낸 흔적들을 담아냈다. 자기 삶에 기반해서 옛이야기를 해석해 보고, 스스로 나를 치유할 수 있는 마음의 근력을 키워보는 강의를 건국대학교, 한국외국어대학교, 인문학 강의를 통해서 꾸준히 만나온 많은 분의 글도 여기에 담았다.

옛이야기로 삶을 일깨우는 길을 지도해주신 신동흔 선생님과 설화세미나를 함께 해온 대학원 벗들, 한 학기의 강의로 만났음에도 흔쾌히 옛이야기로 자기를 비춰본 소중한 경험과 해석을 실을 수 있도록 해준 소중한 인연의 학생들에게 고마운 마음을 전한다. 마지막으로 한전 아저씨들과 얼큰하게 술을 드시고 오셔서 어린 딸들에게 실록과 야사를 재밌게 들려주신 아버지, 숨바꼭질하다가 우물에 빠진 친구를 마을 사람들이 구했던 이야기를 정겹게 하시며 손녀를 깔깔 웃게 하는 이야기꾼 어머니, 동생들을 귀찮아해서 생긴 기억 저편 사건을 다시 소환해 학창 시절 나의 모습을 종종 돌아보게 하는 세 동생, 학교에서의 에피소드를 그려내듯 이야기해 주는 딸, 매일매일 축구 이야기만으로도 친구들과 할 말이 가득한 아들, 젊은 며느리가 얼마나 하고 싶은 일이 많겠냐며 어린 손주들을 돌봐주신 시어머니, 나무꾼이라고 불릴 때도 많았지만 나의 복잡다단한 감정도 단순 명료하게 만들며 마음을 가볍게 해주는 남편까지. 이들이 있어 인간관계를 설화와 더 깊이 있게 해석할 수 있었고, 그 과정이 나다움을 잃지 않을 힘을 찾기도 하고, 콩쥐처럼 삶이 충만해질 수 있었다. 두꺼비를 만난 것 같은 충만함을 모두에게 전하고 싶다. 이제 다 같이 옛이야기로 밑 빠진 항아리에도 물을 채우게 하는 인간관계와 마음의 근력을 만들어 보자!

2023년 뜨거운 여름, 대모산 자락에서
김정은

김정은 박사는 옛이야기 만들기 분야의 독보적인 연구자다. 석사 시절부터 이야기 만들기를 주제로 원리와 방법을 탐구해서 이 분야 최고 전문가가 되었다. 오랜 세월에 걸쳐 국내외 옛이야기를 널리 파고들면서 이야기 구조와 의미 분석의 요체를 체득했으며, 거기에 문학치료 이론을 응용한 치유적 자기서사 성찰 과정을 결합시킴으로써 세상어디에도 없던 창작적 스토리텔링의 새 길을 열었다. 15년에 걸친 세월 동안 수많은 대학생들을 대상으로 수행한 실제 활동을 통해서 그 새로운 창작론은 놀라운 효과를 입증했다. 문학이나 창작 분야와 관련이 없는 수많은 젊은이들이 옛이야기를 통해 자기 삶의 심연을 투영한 놀라운 스토리로 만들어내고서 스스로 감동하며 치유받았다. 그 새로운 창작의 원리와 방법은 주부를 비롯한 일반인들과 청소년들 사이에서도 최고의 실효성을 인정받고 있다. 옛이야기를 통한 상징적이고 함축적인 스토리텔링의 정수가 오롯이 담겨 있는 이 책은 세상 만인에게 자기만의 창작의 길을 열어줄 것이며, 그를 통해 이 세상을 더 건강하고 풍요로우며 아름다운 곳으로 만들어줄 것이다. 스토리텔링에 관심이 있는 모든 이들과 자기자신의 내적 문제에 관심이 있는 모든 이들이 이 책을 찬찬히 새겨 읽어야 한다고 믿는다. 예기치 못했던 놀라운 새 세계를 발견하게 될 것이다.

신동흔 교수

⇨⇨⇨ **차 례**

제 2 부

옛이야기로 상처받은 내면아이 치유하기

제 3 부

옛이야기로 나다움의 서사적 길내기

프롤로그

옛이야기
해석의 열쇠,
서사문법

없애고 싶은 결핍을 마주할 때: 두 개의 나뭇가지
한쪽의 나뭇가지만 잘랐을 뿐인데?

나는 자존감이 낮은 사람이 되었다. '이렇게 보잘 것 없는 능력으로 나중에 먹고 살 수는 있을까?', '나는 왜 저 사람만큼 뛰어나지 못하는가?' 하는 생각들이 나를 끝없이 괴롭혀왔다. 점점 크면서 나아지긴 했지만, 청소년기 때는 정말 그랬다. 항상 내가 못난 사람이라고 생각했고, 내 단점에만 집중하며 살았다. 그러다 보니 내 장점을 발견해도 거기에 집중할 수 없었다. 내 성격의 모든 면 하나하나가 단점으로 느껴졌다. 혹여 눈에 띄는 장점이 있는 사람을 보기라도 하면, 부러운 것을 넘어서, 왜 나는 저런 장점을 갖고 있지 않나 자책했다.

단점과 결핍으로 자신을 바라보며 힘겨워하는 사람들이 많다. 나의 단점과 결핍만 바라보고 자꾸 생각하다보면, 미래에 대한 어두운 생각으로 이어진다. 타인과 비교하며 '나는 못난 사람'이라는 패턴을 자동화하다 보면, 그에 따라 자연스럽게 자신을 부정적인 감정으로 대하게 된다. 그러다 보면 어느새 자존감이 낮은 사람이 되어 있다. 어떻게 하면 이러한 패턴의 사유를 자동화하지 않을 수 있을까? 어떻게 하면 건강한 감정을 구성할 수 있을까?

자본주의 사회에서 자동화되고 있는 생각 중의 하나는 많이 갖추고, 좋은 조건에 처하면 행복한 삶을 살거라는 막연한 믿음이다. 그런데 이런 자동화된 사유는 많은 것을 가진 타인과 나를 끊임없이 비교하게 하고, 나로 하여금 내가 가진 단점과 결핍을 드러내지 않고 없애려고만 하게 한다. 그런데 자본주의 시대 이전, 문자가 없던 시절부터 입에서 입으로 전승된 옛이야기는 단점과 결핍을 없애려는 삶의 태도를 유지할 때, 어떤 일이 일어날지를 우리에게 시뮬레이션하게 해주는 이야기가 있다. 인도의 한 마을에서 전승되는 '신비한 나무'의 이야기는 이렇게 시작된다.

　　마을의 한가운데 신비로운 나무 한 그루가 서 있다. 양쪽으로 뻗은 두 개의 나뭇가지엔 주렁주렁 열린 열매들이 태양처럼 빛나지만, 먹음직스러운 열매를 쳐다보는 사람은 아무도 없었다. 어느 날 마을을 지나가던 한 나그네가 열매를 따 먹으려고 했다. 그때 마을 사람들이 열매에 손을 대지 말라고 소리쳤다. 나그네가 왜 그러냐고 묻자, 두 개의 나뭇가지 중에 어느 한쪽은 독이 있는데 어느 쪽인지 알 수 없다고 했다.
　　그해 여름에 큰 가뭄이 들었다. 강물도 바닥까지 말라 버렸다. 지독한 가뭄에도 나무에 황금빛 열매는 여전히 탐스럽게 달려 있었다. 그때 한 노인이 일어나서 물이 없으니 어차피 죽게 될 거라며, 오른쪽 가지의 열매를 따며 자신을 잘 보라고 했다. 노인은 달고 시원한 열매를 먹었고, 사람들은 노인이 어떻게 될지 기다렸다. 노인은 계속해서 열매를 따 먹었고, 신기하게도 열매를 따면 그 자리에 금장 열매가 또 열렸다. 노인이 멀쩡해서 하자, 사람들은 오른쪽 가지에 독이 없다며 너도나도 열매를 따 먹었다. 갑자기 한 여인이 소리쳤다. 혹시 사람들이 모르고 먹을 수도 있는 쓸모없는 왼쪽 가지를 없애자고 하자 모두 고개를 끄덕였다. 사람들은 모여서 왼쪽 가지를 잘랐다. 그러자 왼쪽 가지만 잘랐을 뿐인데, 나무는

죽고 말았다.[1]

　이 이야기에는 현실에는 없는 환상적인 요소가 등장하는데, 바로 두 개의 나뭇가지이다. 옛이야기는 이렇게 현실에는 없지만 이야기를 진행하게 하는 이야기 요소가 있는데, 이를 화소(話素)라고 한다. 화소와 함께 이야기가 만들어지는 또 하나의 축이 있는데 대립자질이다. 쉽게 '선과 악'을 생각해 보면 쉽다. 두 개의 나뭇가지는 극명하게 대립되는 자질을 가지고 있다. '왼쪽과 오른쪽', '독이 있음과 없음' 등의 대립자질이다. 그런데 다 읽고 나면, 이 나무가 인도에만 있는 것이 아니라, 우리의 내면에도 이 두 개의 나뭇가지가 자라고 있다는 것을 알 수 있다. 이 신비로운 두 개의 나뭇가지가 자라는 마을은 우리의 마음이기도 한 것이다.

　독이 있는 나뭇가지를 자르자고 말하는 여인처럼, 우리도 결핍과 콤플렉스, 단점을 없애야 한다는 목소리가 올라올 때가 많다. 우리 마음은 좋은 것만을 추구하고 싶어한다. 결핍, 나쁜 욕망, 콤플렉스, 상처는 감추기에 바쁘다. 결핍과 공존하기보다는 회피하거나 없애려고 한다. 왜 우리의 바람처럼 맛있고 건강한 열매만 열리는 것이 아닐까? 인도의 이야기는 독이 있는 나뭇가지만을 잘랐을 때, 결국 나무 전체가 죽는 시뮬레이션을 통해, 한쪽의 나뭇가지를 자르는 일이 결국 나무 전체를 죽이는 일이라는 의미를 부여한다.

　이는 빛을 쫓기 위해 그림자를 없애는 태도로 비유해 볼 수 있다. 그림자를 없애는 것은 나의 존재를 사라지게 하는 것이다. 이 이야기는 구체적인 관계 맺기가 나오지 않았지만, 나와 자연의 관계, 나와 세상의 관계 맺기에 대한 태도를 사유하게 하기도 한다. 어두운 것, 나쁜 것은 없애려는 관계를 맺어가고 있는지, 공생하는 관계를 맺어가며 살고 있는지도 스스로 생각해보게 한다.

이후에 더 논의하겠지만, 옛이야기는 근원적이라고 생각하는 것들은 서로 대립짝을 이루면서 의미화되어 있다[2]는 것이 옛이야기의 기본적인 발상이라 할 수 있다. 쉽게 어울리지 않는 대립적인 화소들이 어울려 있고, 한쪽을 없애는 것이 아니라, 어떻게 관계를 맺어가고 대처하는가에 따라 다른 삶의 의미가 생성되게 하는 방식이라 할 수 있다. 이를 통해 삶과 죽음, 자연과 인간에 대한 사유는 물론이고, 인간으로 살면서 겪어내야 하는 남녀관계, 부모와 자녀관계 등의 모순적 지점을 상징적으로 구조화하며 어떻게 풀어가는지 시뮬레이션해주며 우리의 사유를 유연하게 해준다.

인간은 아무리 재능이 많고 잘나도 혼자 살 수 없고 관계를 맺으며 살아야 한다. 관계는 부족함을 채워주기도 하지만, 우리에게 상처를 주는 결핍으로 작용할 때도 많다. 그렇다고 관계를 끊어내고 결핍을 없애려고만 한다면 우리 삶은 독이 있는 가지를 잘라낸 나무처럼 죽어갈 수 있다. 이런 나무는 실제 존재하지 않지만, 옛이야기의 낯설고 신이한 화소가 가진 상징성은 우리 안의 풀리지 않는 욕망과 관계의 문제들을 구조적으로 바라보게 해준다. 나의 부정적인 감정이 호랑이, 여우, 도깨비 등이 나타나는 것으로 표현되기도 하고, 상처받은 내면아이를 심층적으로 풍성하게 비춰보게 한다. 내가 집착하고 있는 문제의 대칭점에는 무엇이 있는지, 내가 결핍이라고 느끼는 것의 자질과 대립되는 자질이 내 삶을 어떻게 움직이고 있는지도 옛이야기를 통해 마주할 수 있게 되는 것이다. 그렇게 옛이야기의 주인공이 선택하는 행동에 의문을 가지고 내 삶에 빗대며 이야기의 흐름을 따라갈 때, 결핍에 대한 발상을 전환하며 자기 안의 결핍과 상처에 지배받지 않는 '또 다른 나' 역시 있었음을 발견하게 될 수 있다.

옛이야기의 상징을 통해 나의 결핍과 욕망을 사유하는 것에서 더 나아가 우리는 옛이야기를 통해 내 삶을 운용하는 서사를 살펴보려고 한다. 문학치료학에서는 사람의 인생살이 역시 서사처럼 흐름과 패턴이 있다고 보는데, "인생살이를 전개하거나 음미하는 과정에서 수행되는 서사를 자기서사"[3]라고 한다. 인생에서 중요한 경험과 충격적 사건은 하나하나 따로 저장되는 것이 아니라 자기서사로 구성되는 것이다. 자기서사는 때로는 과거의 경험이 미래의 한 지점으로 가기 위한 과정으로 서사화되기도 하고, 자기 삶의 의미를 찾기 위한 치열한 투쟁이 되기도 하며, 어두운 부분과 결핍을 인정하지 않는 자기합리화의 구조물이 되기도 한다. 그렇다면 나의 현재 삶은 어떤 방식으로 자기서사를 생성하고 있을까? 내가 지각하는 현재의 문제나 상처가 옛이야기의 문제적 상황과 공명할 때 옛이야기는 과거의 이야기가 아닌 현재의 문제를 심층적으로 재구성하게 한다. 그리고 이를 통해 우리는 자신의 삶을 운용하는 서사능력을 높여갈 힘을 얻게 된다.

옛이야기 해석의 열쇠, 서사문법

살아가면서 겪는 관계의 문제 상황들은 과거부터 현재까지 끊임없이 반복되는 경우가 많다. 이때 이야기의 형태는 단순한 나열과는 다르게, 인간의 삶을 이해하기 위해, 사건을 유의미하게 배열하며 심층적이고 구조적으로 관계의 문제를 드러내는 역할을 한다. 현재까지 생명력을 가지고 널리 전승된 옛이야기들을 살펴보면, 살아가면서 발생하는 원형적(原型的) 삶의 문제들을 상징적으로 표현하면서도 풍성한 해석을 가능하게 하고, 문제 해결 과정을 깊이 사유할 수 있게 하는 응축된 이야기들이다. 이런 옛이야기를 한 편씩 만나가면서 내 삶을 옛이야기에 빗대어 해석해 보는 시간을 가져 보도록 하자.

인간으로 살면서 겪어야 하는 삶의 문제들을 입에서 입으로 전승할 때 가장 중요한 것은 기억에 남을 수 있도록 하는 것이다. 그래서 전승되는 옛이야기에는 이야기를 잘 기억하게 하면서도, 구연자의 가치관을 반영하여 변이할 수 있는 틀을 가지고 있는데 이것이 바로 '서사문법'이다. 이야기에는 핵심적인 의미를 각인하고 재현하기 쉬운 형태(pattern)의 장치가 내재되어 있다는 것이다. 비록 눈에 보이지 않지만 일정한 틀을 갖추어 전달과 수용이 이루어지는 것이다. 우리가 말하는 언어에는 문법이 있어 다양한 생각을 조리 있게 전달하고 다양하게 표현할 수 있다. 마찬가지로 이야기 역시, 핵심적인 요소의 배열을 통해, 인간으로 살면서 겪게 되는 본질적인 삶의 문제를 계속 음미하고 쉽게 떠올리며 해석할 수 있게 하는 일정한 형태를 관습적으로 만들어 간 것이다. 모든 경험과 사실이 기억만으로 전승될 수는 없었으므로, 일정한 형식을 통해 기억을 재현하고 배열하며 의미를 전승[4]할 수 있는 패턴을 형성했는데, 이를 서사문법이라고 생각하면 된다. 이야기 구성 원리로서 서사문법을 접근할 때 주목할 수 있는 것은 크게 세 가지로, 의미의 맥락을 형성하는 '화소', '대립자질', '가치의 의미'를 생성하는 순차구조이다. 그리고 서사문법을 하나씩 살펴보며, 내 삶의 가치나 욕망과 연결되는 '서사적 화두' 혹은 '서사적 질문'을 생성하는 것이 이야기 해석의 시작이다.

기억에 오래 남게 하는 전략을 쓰는 구비문학의 서사문법을 찾아가는 것이 이야기를 해석해 가는 과정으로 이어질 수 있다. 앞서 언급했지만 이야기를 이야기답게 만들어서 우리를 기억하게 하는, 마치 세포와 같은 이야기의 최소 요소를 **화소(話素)**라고 한다. 이야기를 해석하기 위해서는 비현실적이고 낯선 환상적인 요소가 등장하는데, 이것을 찾아 그것의 의미를 생각해 보는 것이 해석의 시작이다. 화소는 우리 마음의 욕망, 결핍 등이 형상화된 결과물이기 때문이다. '선녀', '우렁각시', '뱀신랑' 등의 인물일 수도 있고, '서천서역국'과 같은 공간으로 표현되기도 한다.

그 다음에 대립되는 자질들을 찾는 것이다. 하늘에서 사는 선녀와 땅에 사는 나무꾼은 대립되는 자질들이 있다. 남성과 여성, 하늘과 땅, 비현실과 현실, 떠남과 붙잡음 등의 다양한 대립자질들 중에 나의 삶의 문제와 연관되는 주제에서 서사적 질문을 생성해 볼 수 있다. 서사적 질문은 어렵게 생각하지 않고, 이야기의 흐름에서 생기는 의문을 삶에 빗대어 던진다고 생각하면 쉽다. 여러 서사적 질문 중 대립자질과 잘 연결되는 질문은 이야기가 궁극적으로 말하고 싶은 서사적 화두가 될 수 있다. 어렵다고 느낀다면 이야기를 들었을 때 떠올린 질문이라고 생각하면 쉬워진다. '땅에 사는 선녀는 행복할까?', '나무꾼은 왜 하늘을 바라보며 우는 수탉이 되었을까?' 등이다. 만약에 이것도 어렵다면 이야기를 듣고 간단하게 화소와 나의 문제를 연결해 봐도 좋다. '내 안에도 선녀가 있을까?', '나라면 선녀의 옷을 숨겼을까?' 등의 질문으로 시작해도 좋다.

옛이야기를 해석할 때, 레비스트로스, 프로프 등 여러 학자들은 대립적인 구조로 해석한다. 이는 삶의 모순적인 지점을 이야기로 만드는 서사적 관습으로, 이런 대립자질로 인해 표면적인 의미와 이면적인 의미를 해석해 볼 수 있다. 앞으로 대립자질을 표시할 때, '+와 −'의 기호가 종종 등장할 것이다. 여기서 설화를 해석해 가면 알겠지만 '−자질'이라고 해서 부정적이거나 나쁜 것이 아니라 존재적 차이라는 것을 알아갈 수 있게 된다.

이야기의 서사문법 중 하나를 더 말하자면, 이야기의 맥락과 흐름은 가치의 의미를 생성해 가는 방향으로 나아간다는 것이다. 이를 우리는 순차구조라고 하는데, 옛이야기에서는 공간의 이동으로 주로 표현된다. 무언가 힘들고 부족한 문제의 공간에 머무는 것이 아니라, 공간을 이동하며, 새로운 관계를 형성해가고, 새로운 사건을 접하고 그 문제를 해결해 가는 과정에서 주인공의 숨겨진 자질이 생성되는 것을 볼 수 있다. 이때 어떤 가치의 의미가 생성되었는가가 개인들의 자기 서사와 연결되어 다양하게 해석될 수 있는 지점이다.

이야기는 깊은 내면의 문제는 물론 살아가면서 벌어지는 갈등들을 어떻게 풀어낼 수 있는가의 과정을 집약적으로 볼 수 있게 하는 이점이 있다. 서사문법을 체득하며 이야기를 읽어낼 때의 이점은 문제의 근원적 원인과 그로 인한 결과를 깨달을 수 있게 되고, 어떤 일이 앞으로 어떻게 진행될지를 좀 더 쉽게 예측할 수 있게 되며, 자신과 관계된 의미지점의 포인트를 포착하며 삶의 본질을 통찰하게 하는 힘이 생기게 된다는 점이다. 이런 옛이야기의 서사문법을 내 삶에 적용해보면, 내 삶에서 벌어진 문제의 원인과 결과를 따져볼 수 있고, 앞으로 어떻게 내 삶을 진행해 갈지 좀 더 쉽게 예측할 수 있게 되면서, 내 삶의 의미자질과 생성하고 싶은 가치는 무엇인지를 통찰하는 힘으로 이어질 수 있게 된다.

우리가 만나갈 옛이야기의 서사문법을 잘 파악한다면, 옛이야기를 잘 기억해가는 동시에 내 삶에 적용하는 해석을 하나씩 해나갈 수 있다. 더 나아가 옛이야기의 서사문법을 통해 내 삶의 콤플렉스, 결핍, 트라우마, 상처받은 내면아이(inner child) 등을 주제로 이야기를 창작해 보는 시간도 가지게 될 것이다. 물신화된 집단의 가치관으로 빈약해진 삶의 결론에서 벗어나, 옛이야기의 주인공이 되어 자기 삶에 창조적인 해결책을 내놓는 주체가 되어 보는 경험까지 나아가려고 한다. 살아가면서 대면했던 '어려운' 감정의 고착에서 벗어나, 옛이야기의 서사문법을 따라 사건과 감정의 배열을 바꿔보는 서사를 생성하며 스스로의 삶을 치유할 단서를 찾아보게 된다. 이 책의 전반이 서사문법을 내재화하는 연습이 될 것이다.

1장은 나의 부정적인 감정을 다시 사유해 보고, 2장은 상처받은 내면아이를 빗대어 보는 시간을 가지려고 한다. 외로운 총각의 삶에 우렁각시가 나타나 몰래 밥을 하기도 하고, 엄마를 잡아먹은 호랑이가 엄마 옷을 입고 오누이가 있는 오두막으로 가기도 한다. 재밌는 건 이야기를 들으며 감정을 이입하는 사이에 두려움, 불안의 느낌에 동참하다가 어느새 넘어서게 된다는 것이다. 3장은 나뭇가지를 잘라내는 것으로 해결할 수 없는 나의 상처와 결핍을 대면하는 것만이 아니라, "자기 삶의 최고 연구자"5)로 우뚝 서서 삶의 길을 내보는 자기발견의 스토리텔링 과정을 볼 수 있는 옛이야기로 구성했다. 앞서 우리는 <두 개의 나뭇가지> 옛이야기로 결핍, 상처, 콤플렉스, 그림자를 잘라냈을 때의 벌어질 일을 시뮬레이션해 보았다. 이제 부정적 감정과 상처받은 내면아이를 대면해 가며 내 안의 두 개의 나뭇가지를 가진 신비한 나무를 잘 자라게 할 스토리텔링을 시작해 보자. 나를 가장 잘 치유할 수 있는 것은 바로 나라는 것을 옛이야기가 안내할 것이다.

제**1**부

옛이야기,
부정적 감정에서
나다움을 찾게 하는
지혜의 열쇠

열심히 사는데 우울할 때: 갈로웅이 소금 만드는 사람이 된 이유
용을 잡으면 갈로웅은 행복할까?

나는 열심히 공부했다. 전국에서 수능성적이 가장 높은 학교 10위 안에 드는 외국어 고등학교를 나왔다. 당연히 대부분의 주변 친구들이 흔히 '명문대'라 불리는 학교에 진학했다. 그 친구들과 비교했을 때 수능에서 좋은 성적을 내지 못한 나는 뭘 하든 항상 다른 사람과 나를 비교했고, 다른 사람이 더 뛰어난 모습을 보이면 끝없이 불안해하고 우울해했다.

공부를 잘하면 인생이 잘 풀린다고 한다. 좋은 대학에 다니면 좋다고 한다. 안정적인 직장에 다니면 좋다고 한다. 부모님이 그렇게 말했고, 세상이 그렇게 말한다. 어느새 그렇게 생각을 자동화해서, 남들이 좋다는 무언가를 더 가지고 있으면 더 좋다고 생각한다. 일단 최선을 다한다. 잠도 적게 자면서 치열하게 열심히 공부해서, 사회에 의미 있는 사람이 되기 위해 열심히 살아온 결과로 대학과 직장에 다니는 현재가 있기도 하다. 그런데 막상 뭐가 좋은지 모르겠다. 헛헛하다 더 잘하는 누군가보다 비교해서일 수도 있고, 내가 원하는 삶이 무엇이었는지 몰랐기 때문일 수도 있다. 그러다 미래가 불안하고 현재가 우울하다.

이 감정에 대해 생각해 보게 하는 이야기가 있다. 미얀마에서 전해지는, 얼굴은 사람이면서 몸은 새인 '갈로웅'이라는 신의 이야기다.

옛날 아주 먼 옛날에 용이 어슬렁거리며 숲을 산책하고 있었다. 이때 용의 모습을 본 갈로웅이 용에게 덤벼들었다. 용은 재빨리 숨을 곳을 찾기 위해 주위를 두리번거렸는데, 마침 왕이 사냥을 하는 것이 보였다. 용은 잽싸게 인간으로 변해 왕의 수행원인 양 행세했다. 갑작스럽게 용이 사라지자 갈로웅은 용이 뭔가 수를 썼다는 것을 알아차리고 자신도 인간으로 가장하고 왕의 수행원 속으로 들어갔다. 그러고는 가신들의 얼굴 하나하나를 찬찬히 뜯어보았다. 용은 갈로웅이 자신을 알아보지 않을까 염려되어 벌벌 떨고 있었다.

얼마 후 왕과 수행원들 옆으로 상인 행렬들이 지나가자, 용은 상인들 속으로 슬쩍 숨어 들어가 그들과 함께 가버렸다. 갈로웅은 가신들의 얼굴을 샅샅이 살펴보았지만, 용을 발견할 수 없었다. 갈로웅은 용이 뭔가 수를 쓴 것을 눈치채고 상인들의 행렬을 뒤따라갔다. 그때 상인들은 바닷가의 모래사장에 다가가고 있었다. 갈로웅이 가까이 다가오는 것을 본 용은 서둘러 본모습으로 돌아가 바다로 달려갔다. 뒤늦게 용을 본 갈로웅도 역시 갈로웅으로 돌아가 용을 추격했다. 그러나 그때는 이미 용이 바닷속의 집으로 돌아간 다음이었다.

갈로웅은 울상이 되었다. 용고기는 별미라고 소문이 나 있었기 때문이다. 갈로웅은 용이 언젠가는 바다에서 다시 나오리라는 생각에 이 자리를 떠나지 않고 기다리기로 마음먹었다. 하지만 갈로웅의 모습으로 기다린다면 용이 나오지 않을 게 뻔했다. 마침 근처에 바닷물을 달여서 소금을 만드는 마을이 있었다. 갈로웅은 인간의 모습으로 가장해서 사람들 속에 섞여 들어가 일을 하면서 항상 바다를 응시했다. 하지만 끝내 용은 모습을

드러내지 않았고, 세월이 흘러 결국 갈로웅은 늙고 우울한 소금 만드는 소금구이로 생을 마치고 말았다.[6)

일단 미얀마의 <갈로웅이 소금 만드는 사람이 된 이유>라는 이야기를 들으면 떠오르는 질문들이 있다. 먼저 갈로웅은 왜 용고기를 먹고 싶어 했는가이다. 이야기에는 '용고기는 별미라고 소문이 나 있었기 때문이다.'라고 개연성을 부연한다. 그런데 그렇게 열심히 산 갈로웅은 용고기를 한 번도 맛보지 못하고 소금 만드는 사람으로 생을 마감한다. 여기서 서사적 질문을 던져볼 수 있다. 갈로웅은 왜 용고기를 한 번도 맛보지 못한 것일까? 이럴 때 우리는 무엇이 부족했기 때문일까에서 출발해서 답을 찾는 경향이 있다. 그런데 용을 한번 맛보고자 하는 갈로웅의 집중력과 끈기는 대단하다. 감쪽같이 변신하는 능력은 물론이고, 근성도 있다. 성공하는 사람의 조건을 말할 때를 기준으로 한다면 흠잡을 데가 없다.

그렇다면 무엇이 문제였을까? 우리 삶에 갈로웅의 삶을 빗대어 질문하며 풀어보자. 우리는 왜 좋은 대학을 가고 싶었을까? 우리는 왜 안정적인 직장인이 되고 싶어하는 것일까? 우리도 잘 안다. '좋은 대학, 좋은 직장이 있을 때 좋은 삶이 보장된다.'라는 사회적 통념이 꼭 맞지 않을 수 있다는 것을 말이다. 그런데도 그 맛을 보기 위해 달리고 또 달린다. 그래도 용고기의 맛을 보지 못했을 때는 그 이유를 찾으려고 또 노력한다. 집중력, 끈기, 노력, 능력 등에서 찾고, 맛보지 못한 용고기를 생각하며 갈로웅이 바다를 쳐다보듯이 산다. 그런데 그럴수록 슬프고 우울해진다.

그렇다면 소위 명문대생이라고 말하는 학생들이나 남들이 좋다고 하는 대기업에 다는 사람들은 행복할까? 그들도 이와 같은 사유에서 벗어나지 못하는 경우가 많다. 남들에게는 용고기를 맛보았을 위치라고 생각되지만, 본인들은 갈로웅이 바다를 응시하듯이 즐겁지 않고 비교하는 삶으로 자신을 늘 부족하게 대하며 살기도 한다. 이런 현상을 한국의 학벌 위주의 사회가 만들어 낸 희생양이라고 사회학적 현상으로 설명을 할 수 있고, 우울증이라는 심리학적 현상으로 설명할 수 있을 것이다. 하지만 그 안에서 내 소중한 삶은 타인이 좋다는 것을 쫓아가다기 이렇게 모래기 강물에 휩쓸리듯 흘러간다. 그런데도 갈로웅처럼 바다만 응시하며 살면 되는 것일까?

현대에는 갈로웅 같이 살다가 우울증과 불안증에 자신을 맡겨가는 사람들이 너무나 많다. 우리 모두의 삶은 강물이 가는 대로 흐르는 모래알이 아니다. 그렇다면 어떻게 사는 게 행복하게 사는 것일까? 건강, 부, 명예, 사랑, 풍요로운 삶 등 가치관에 따라 추상적인 다양한 대답이 나올 수 있다. 반대로 언제 불행할까? 행복을 사유하면 여러 가지 추상적인 대답이 나올 수 있지만, 불행한 때를 생각해 보면 조금은 간단하고 명확한 답이 나온다. '내가 나답지 않을 때', '내 삶을 사는 것 같지 않을 때', '내 욕망과 다른 삶을 살 때'이다.

질문을 바꿔보자. 그렇다면 갈로웅이 용고기를 먹었다면 행복했을까? 먼저 용고기가 맛있다는 것은 누구의 기준이었을까 생각해 봐야 한다. 갈로웅 내면의 기준이 아니다. 갈로웅은 상황에 맞춰 변신하며 동물과 신과 인간의 삶을 살아낼 수 있고, 땅과 하늘의 경계가 없는 삶을 살 수 있는 존재다. 갈로웅은 인간이 아니기에 소금을 만드는 일을 하며 우울하게 살 이유가 없다. 갈로웅은 갈로웅다울 때 가장 행복하다. 남들이 좋다는 용고기 맛을 보기 위해 용을 기다리며 소금을 만드는 사람처럼 나를 변신시킨 삶은 진짜 삶일 수 없다. 내 삶을 살지 않을 때 우리 삶은 병들기 쉽다. 자신의 존재적 의미를 해석할 수 없을 때 삶이 힘겨워진다. 내 안의 진짜 갈로웅은 어떤 모습일까 끊임없이 질문하지 않는다면 용고기를 맛보기 위한 가짜 삶을 살다가 우울함에 나를 맡기게 될 수도 있다. 갈로웅을 우리의 현실에 빗대어 '좋은 대학에 가서 좋은 직장에 가면 용을 잡아먹는 것처럼 행복할까?' 하는 질문을 할 때이다. 가짜의 삶을 살다가 우울해지는 삶이 아닌, 진짜 나를 찾아가는 시간이 되어야 하기 때문이다.

부정적 감정을 넘어서는 스토리텔링

❶ 갈로웅이 소금을 굽는 사람이 되어 죽지 않을 수 있는 뒷이야기를 상상해 보자.

창작예시

갈로웅은 상인들 사이에 들어가 어색한 행실을 보이는 한 상인을 보게 되었고 해당 상인에게 현재 가고자 하는 목적지가 어디인지 또한 그들의 행단에 대한 명을 물었고 이에 대답하지 못한 용은 그대로 갈로웅에게 잡히고 만다.

허나 갈로웅은 용을 잡은 이후 먹는 것을 뒤로하고 고민한 결과 용의 서식지를 알게 된다면 보다 많은 용을 잡고 부자가 되지 않느냐는 생각에 키우기 시작한다.

하루 이틀이 지나도 좀처럼 마음을 열지 않던 용은 어느새 갈로웅의 집이 익숙해졌고 갈로웅에게 길들어 그들의 서식지를 잊게 되었다. 갈로웅은 그동안의 시간을 아까워하지만 용을 잡아먹으려 해도 이미 키우던 정으로 인해 죽일 수 없게 되었다.

잡아먹진 못했으나 수명이 원체 길었던 용은 나이가 들어 거동이 불편한 갈로웅을 대신하여 사냥하고 은혜로 보답하며 이후 갈로웅의 자식과 그 지역을 지켜주는 수호신이 되었다고 한다.

부족함이 나를 지배할 때: 반쪽이
왜 반쪽이가 온쪽이보다 행복한 삶을 사는 것일까?

　　행복한 삶은 내가 가장 바라는 삶일 것이다. 그러나 나를 가장 잘 알아야 하는 건 나인데, 나를 제일 모르는 것도 나일 때가 있다. 바로 내가 주인공이 아닌 삶을 살 때다. 나를 알아가기 위해 삶에서 내가 피울 수 있는 꽃은 무엇인가를 생각해 보려고 한다. 나에게만 주어진 삶의 과제를 알아가는 것이 행복과 연결되어 있기 때문이다.

　　글 쓰는 재주도 있고 똑 부러지게 주어진 일도 잘하는 당시 20대였던 대학원 후배가 있었다. 이 후배가 털어놓은 속내는 이렇다.

　　얼마 전 동생과 싸웠다. 정말 사소하고 별 것 아닌 일로 싸웠다. 리모컨 싸움이었다. 내가 늘 드라마를 보는 시간에 일부러 달려와 다른 채널로 돌리고 리모컨을 내놓지 않는 것이었다. 일부러 그러는 게 뻔히 보여서 너무 얄미웠다. 평소 같았으면 그냥 "그래, 너나 실컷 봐라!" 하고 관뒀을 텐데 그날은 안 그랬다. 이때껏 묵혀 있던 모든 감정들이 폭발했다. 정말 치열하게 싸웠다. 이 나이를 먹고 고작 텔레비전 때문에 싸웠다. 엄청 부끄러운 일이다

　　첫째라는 부담감과 부모님의 기대를 충족시켜드리고 싶은 마음에 나는 정말 하기 싫은 공부를 억지로 열심히 했다. 과외를 하지 않고도 상위권을 유지하기 위해 노력했고, 좋은 대학에 들어가 부모님을 기쁘게 해드리고 싶었다. 그러나 나의 힘겨운 노력은 그

다지 큰 성과를 거두지 못했다. 이에 반해 동생은 아예 공부에서 손을 놓았다. 공부와 어울리지 않는 성향임은 동생과 나와 다를 것이 없다. 부모님이 기이하게 생각할 만큼 우리는 무척 자유로웠다. 그러나 나는 이 폭발적인 성격을 굳이 억제하였고, 동생은 억제하지 않았다. 만날 꼴찌만 하고도 성격이 좋고 친구가 많아 학교생활을 곧잘 했다.

동생은 중학교 3학년 때 관악을 해보라는 음악 선생님의 권유를 받아들였고, 그쪽으로 재능을 드러냈다. 그 덕에 특기생으로 인문계 고등학교에 진학했고, 거기서도 꼴찌만 했으나 고3이 되어 실기시험 두 달 전부터 정신 차리고 열심히 하더니 기적적으로 좋은 학교에 들어갔다. 내내 꼴찌만 하고, 수능은 모조리 9등급이었다. 그러나 결과적으로 동생은 부모님을 기쁘게 해드렸고 작년 여름에는 시드니 오페라 하우스에서 공연도 했다.

나는 그런 동생이 굉장히 자랑스럽다. 아주 여유롭게 좋은 길만 밟아 가고 있는 동생을 보며 나와는 가는 길이 달라서 그런 것뿐이라고 생각했다. 글을 써야 하는 나는, 치열한 노력과 많은 경험이 필요하다. 고된 일도 많이 겪어야 하고 평평한 길 대신 울퉁불퉁한 산길을 택하기도 해야 한다. 나는 부모님의 투자를 받을 필요가 없다. 혼자 헤쳐나가는 편이 오히려 나에게 도움이 된다. 그리고 음악 하는 동생에게 워낙 돈이 많이 들어가기 때문에 모든 것을 스스로 해결해야 한다는 부담감도 가지고 있다.

그런데 문득 너무 힘들어질 때마다 여유롭고 화려한 생활을 하는 동생을 보면 샘이 났다. 동생은 그런 내 모습을 또 너무 잘 안다. 그래서 늘 나에게 미안해한다. 나는 샘을 내는데, 동생은 부모님께 자기 사줄 돈으로 언니 옷 한 벌 더 사주라고 한다. 동생이 내게 미안해하는 모습을 보면 나는 또 내 마음이 좁은 것을 자책한다. 나는 질투하는 언니, 동생은 그것을 안타까워하는 착한 아이다.

짧은 글에서도 자신의 상황과 마음을 잘 그려내어 집중해서 읽게 하는 글이다. 본인도 자신만이 가진 능력이 있다는 것을 잘 안다. 겉으로 티는 내지 않으려 했지만 나보다 부족하고 뒤처진 동생보다 부모님에게 인정받는 큰 딸이었을 것이다. 근데 자신의 글 쓰는 능력보다 음악을 하는 동생의 능력이 더 빨리 빛을 보는 것처럼 느껴지자, 스스로가 한없이 부족하게 느껴지는 것이다. 자신이 초라해지고 무언가 열심히 참고 인내하며 공부해온 자기 삶이 억울하다는 감정이 올라온다.

이 후배만이 아니라 모든 사람은 다 인정 욕망이 있다. 내가 타인보다 나은 삶을 사는 것을 인정받고 싶은 것이다. 이런 인정 욕망은 나를 성장하게도 하지만 나를 부족한 사람으로 인식하게도 한다. 나는 치열하게 사는 것 같은데, 평소 나보다 부족하다고 생각되는 사람이 좀 더 쉽게 재능의 꽃을 피워 가는 것을 보면 마음이 조급해진다. 특히 그 대상이 동생이나 후배일 때는 더 그렇다. 이런 조급함과 억울한 감정이 쌓이다 보면 어느새 온전했던 나의 부족함에 집중하게 되고 그것이 결핍으로 이어진다. 많은 사람의 콤플렉스가 가까운 형제자매 사이에서 생기는 경우가 많다. 같은 외부적 조건인데, 그 결과가 다른 것에 대해 비교하는 마음 때문이다.

서로의 다른 재능에 우위를 나눌 수 없다는 것을 우리는 이론적으로 아주 잘 안다. 그런데도 마음 한구석에서는 타인의 삶보다 내 삶이 더 우위에 있다는 인정 욕망을 충족하기 위해 나보다 못한 사람을 보며 위안을 얻기도 한다. 이런 마음이 참 치졸하다는 것을 안다. 흔히 가진 게 없을 때 결핍이 생긴다고 생각하기 쉽다. 그러나 앞의 글을 읽으면 능력이 없어서가 아니라, 내가 가진 것을 온전히 인정하지 못하고 타인, 특히 형제자매와 비교할 때 자신을 부족하게 느끼는 감정을 반복하다 보면 어느새 결핍이 생긴다는 것을 알 수 있다.

이런 마음의 상황을 들여다보게 하는 옛이야기가 있다. 모든 것이

남보다 부족한 사람이 주인공이다. 결핍, 모자람, 부족함을 대변하는 상징적인 주인공인 막내 반쪽이가 온쪽이인 형들보다 잘되는 이야기다. 반쪽이의 사연은 다음과 같다.

옛날에 아이가 생기지 않는 어머니가 기도를 했더니, 꿈속에서 신선이 나타나 우물에 가보라고 했다. 무슨 일인지 우물에 잉어가 세 마리나 있었다. 어머니는 잉어를 잡아먹었는데, 한 마리를 먹고, 두 마리를 먹고, 세 마리의 반만 먹고 배가 불러 쉬는 사이에 고양이가 나머지 반을 가져가 버렸다. 열 달 후에 아들을 셋 낳았는데, 첫째 둘째는 멀쩡한데, 셋째는 눈, 코, 입, 귀, 손, 발이 모두 반쪽인 아이가 태어났다. 세월이 흘러 셋이 한양으로 과거시험을 보러 가게 되었다. 형들은 반쪽이와 같이 가는 것이 창피해서 반쪽이를 커다란 나무나 바위에 묶어두었는데 반쪽이가 나무와 바위를 뽑아 버리고 따라간다. 약이 오른 형들이 호랑이 숲에 반쪽이를 묶어두고 갔는데, 오히려 반쪽이는 호랑이를 가득 잡게 된다. 호랑이 가죽을 가지고 가는 반쪽이를 본 부잣집 이참판이 가죽이 탐이 나서, 반쪽이와 장기 내기를 하자고 한다. 이참판이 이기면 가죽을 다 주고, 반쪽이가 이기면 이참판의 딸을 주기로 한다. 장기에서 반쪽이가 이기자 이참판은 약속을 지키지 않겠다고 한다. 반쪽이는 그럼 자신이 오늘 밤 딸을 데리고 간다고 했다. 이참판이 하루, 이틀을 하인들과 눈을 뜨고 지켰지만, 반쪽이는 오지 않았다. 사흘째 되는 날 모두 잠이 들었을 때, 반쪽은 졸고 있는 하인들의 상투를 묶고, 시루를 씌우고, 이참판의 수염에는 유황을 묻혀 불이 붙게 하고는 정신없는 틈을 타서 딸을 업고 가서 행복하게 잘 살았다.[7]

옛이야기는 인상 깊은 이야기의 요소, 즉 화소(話素)로 기억에 강하게 각인하게 하는 특징이 있다. 이 이야기의 핵심 화소는 반쪽뿐인 신체를 가진 '반쪽이'다. 반쪽이의 어머니가 아이를 가질 때, 붕어를 형들과는 다르게 반쪽만 먹었더니 눈, 코, 입, 귀, 손, 발에 이르기까지 모두 '반쪽이'인 아이가 태어났다. 이야기마다 다르게, 오이, 천도복숭아, 참외 등을 먹기도 하는데, 세 번째는 반쪽만 먹는 건 같은 서사의 흐름이다. 시작부터 부족함, 결핍으로 태어났음을 상징하는 '반쪽이'다. 그런데 반전이 있다. 가진 것이 많은 온쪽이인 사람들이 반쪽이를 괴롭히고 얕잡아 보지만, 반쪽이가 형들의 구박도 이기고, 부와 권력의 상징인 이참판을 이긴다. 어떻게 해서 반쪽인 사람이 온쪽이인 다 가진 사람들을 이길 수 있을까? 온쪽이인 사람들은 왜 반쪽이보다 나답지 못한 삶을 사는 것일까?

허황한 이야기 같지만 드러내고 싶지 않은 진실을 냉정하게 반영한 부분도 많다. 나의 결핍을 제일 잘 아는 사람이 내 삶의 적이 되는 경우가 많다. 때로는 아버지, 어머니, 남편, 아내 그리고 형제자매, 가까운 친구가 그렇다. 가까운 사람들이 문제가 있어서만은 아니다. 어린 시절부터 나를 가장 잘 안다고 생각하는 주변의 인물이 나의 결점을 부각하는 삶의 그림자가 되어 '너는 그렇잖아.', '너는 그런 한계가 있잖아.' 하는 목소리를 내는데, 스치듯 했던 이런 말들로 내가 한없이 작아지고 반쪽만 있는 것처럼 느껴지게 되는 것이다.

그렇기 때문에 <반쪽이>에서는 가장 가까운 형제가 적대자로 등장한다. 반쪽이가 신체적으로 결함이 있는 것과 대칭되게 형들은 신체적으로 온전한 온쪽이다. 모든 것을 온전하게 갖춘 형들이 그들과 다르게 생긴 반쪽이의 적대자가 된다. 형들은 함께 과거 길을 가려는 반쪽이를 가로막는다. 생긴 것부터 부족한 반쪽이가 온전한 자신과 같은 길을 가려는 것을 받아들일 수 없기 때문이다. 반쪽이와 두 형의 대립으로 '부족함 ↔ 온전함', '비정상 ↔ 정상' 등의 대립자질이 생기는데, 이 정상적이고 온전한 형들이 오히려 못나 보이는 서사의 흐름이 진행된다.

다 갖춘 사람들은 '반쪽이는 너무나 부족하기 때문에 자신들과 같은 삶을 살면 안된다'고 쉽게 사유를 자동화 한다. 무서운 건 그들이 나보다 못한 삶을 살아야 내 삶이 더 온전해진다고 생각하는 경향은 형들의 모습처럼 폭력을 내재하고 있다는 점이다. 과거시험을 함께 보러 가는 반쪽이를 나무에 묶고 바위에 묶는 것은 폭력성과 함께 반쪽이가 더 이상 나아가지 않고 같은 자리에 맴돌기를 바라는 마음이 반영된 것이다. 반쪽이의 온전한 형들은 못난 사람이 잘난 사람들과 함께 할 수 없다는 지배적인 관념을 대변하는 인물들이다. 그런데 이들에게 가려져 열등하고 모자라다고 생각했던 막내 반쪽이에겐 형들에게 없는 능력이 있었다. 남들보다 생김새가 반쪽 모자라지만, 보통 사람 몇 배의 힘을 가지고 있었다. 신체적 결함과 상반되는 장사가 반쪽이 안에 있는 것이다.

그런데 옛이야기의 서사는 부족함과 열등함을 신이함과 특별하므로 이어지게 하는 힘이 있다. 앞의 대학원 후배의 사례에서 공부를 잘하는 사람들이 인정받는 현 입시교육의 풍토에서 공부를 못하는 동생은 공부를 잘하는 사람들에 비해 부족하고 열등하게 인식되기 쉽다. 공부를 잘하는 이들에게 공부를 못하는 사람을 자신도 모르게 반쪽이로 인식할 수도 있다. 인정하기 부끄럽지만 얕잡아 보는 얕은 마음들이 잔존해 있다. 그런데 동생은 공부가 아닌 다른 적성을 더 치열하게 고민하다 관현악이라는 악기의 능력을 발견하게 되었다. 공부를 잘하고자 하는 사람들이 가득한 세상에서 그렇게 큰 호른을 불 수 있는 호흡력이 오히려 특별한 음악성으로 바뀐 것이다.

<반쪽이> 이야기의 또 다른 특징은 대결 상대가 점점 강해진다는 것이다. 반쪽이의 적대자는 형에서 호랑이로, 호랑이에서 이참판으로 변한다. 이참판은 반쪽이 주제에 호랑이 가죽을 많이 가지고 있다는 것이 어울리지 않는다고 생각한다. 또 반쪽이를 우습게 여기는 마음에 쉽게 이길 수 있다고 생각한다. 주변에 가까운 사람과의 갈등 관계를 극복한다고 해서 '나'의 '또 다른 힘'을 모두 발견하는 것은 아니다. 여전히 세상의 가치는 반쪽이를 우습게 여긴다. 형과 호랑이와 대적할 때는 반쪽이의 천하장사적인 면모가 드러나고, 이참판(부자)의 내기로 딸을 데려올 때는 반쪽이가 가진 지혜가 드러난다.[8] 이는 세상의 기준에서 인정받는 멀쩡하고 힘 있는 이들보다 반쪽이가 더 기지있고 지혜로운 존재라는 것을 보여주기 위한 것이다.

두 형	↔	반쪽이		↔	이참판
정상 온전함		결 함 → 장 사 부족함 → 기 지 비정상 → 특별함 열 성 → 신이함 모자람 → 지혜로움			부 욕심 권력

사람들은 나를 지지해주는 사람과 함께 하고 싶어 한다. 그럴 때 행복하리라 생각한다. 그러나 칭찬은 나를 머물게 한다. 반쪽이는 적대자를 만나서 그들의 시선과 공격에 괴로운 시간을 보내며 콤플렉스를 만들지 않았다. 오히려 반쪽이는 적대자와 겨루는 과정에서 자신이 가

진 특별한 능력을 펼쳐 보일 수 있었고, 그들과 대결하고 이기면서 온전한 유대관계를 맺을 수 있는 사람으로 성장했다는 것이 이 옛이야기의 서사전략이자 삶의 전략이다. 반쪽이라는 신체적 결함만이 겉으로 보이는 것일 뿐 오히려 평범한 사람에게 없는 특별한 능력이 잠재해 있는 것을 알게 하고, 적대자와의 대결을 통해 자신의 능력과 이상을 실현해 가는 것을 보여주면서 편협한 온쪽이보다 온전한 삶을 성취해 갈 수 있음을 보여주는 설화의 사유 전략이 담겨 있는 것이다.

반쪽이는 형제자매 간의 비교로 인해 생긴 결핍 많은 나의 삶에서 진짜 나를 찾아가는 방향을 제시해 준다. 겉은 좋아 보이지만 가짜의 삶을 사는 온쪽이와, 반대로 겉은 결핍 투성인데 진짜 자신의 삶을 사는 주인공의 삶이 대립되는 것이다. 과학기술이 발달한 첨단의 시대에 다소 허황된 것 같고 현실과 거리감을 느끼게 하는 옛이야기가 여전히 현대인에게 지속되는 이유이다. 반쪽이는 결핍이 있지만 결핍이 문제가 되지 않는 세상을 산다. 반면에 온쪽이인 형들은 인정 욕망에 갇혀 스스로를 치졸하게 만드는 것을 볼 수 있다. 이야기에는 형들이 과거에 급제했다는 결말이 나오지 않는다. 반쪽이가 주인공인 이야기라서가 아니라 스스로의 삶을 조연으로 내몰았기 때문이다.

우리의 얼굴이 다 다르듯이 각자 삶의 이유가 다 다르고 존재 방식이 다 다르다. 자기실현 방식도 다 다를 수밖에 없다. 이야기의 주인공들을 마음 안에서 재해석하며 삶과 궤도를 함께 하는 것은 내 삶의 의미를 재해석하는 일과 연결된다. 내 삶이 반쪽이처럼 부족하다는 생각이 우리를 지배할 때가 있다. 금수저가 아니라서, 머리가 남들보다 좋지 못해서, 못생겨서 등. 그런데 온전한 형들은 반쪽이를 배제하는 데 힘을 다 쓰느라 자신의 삶을 살아내지 못한다. 반면에 결핍 많은 반쪽이는 호랑이를 잡고 참판딸과 혼인을 하며 자기 삶의 주인공으로 살고 있다는 것을 비교하게 해준다.

온쪽과 반쪽의 대립자질을 통해 부족한 것만 보이고, 결핍이 많은 것 같아 내 삶이 반쪽이 같다는 내 안의 목소리를 다시 탐색하고 재구성해 볼 수 있다. 반쪽이라고 온쪽이보다 못한 삶을 살지 않는 것처럼, 반쪽이라고 생각하고 명명한 것 뒤에 내 삶에 벌어진 어려운 문제들을 해결해 가는 과정이 또 다른 나의 자질을 만날 수 있는 계기가 됨을 사유해 보는 것이다.

강의를 하면서 <반쪽이>라는 옛이야기를 들려주고 "내 삶이 반쪽이처럼 느껴진 때가 있었는가?"라는 서사적 화두를 주어 글을 써보게 했다. 이 글을 보는 사람들도 한번 생각해 보면 좋겠다. 많은 사람들이 자기 안에 반쪽이가 살고 있는 것 같다고 말했다. 특히 형제자매 관계에서 비교를 하게 되었던 자신의 모습이 반쪽이 같았다고 말하는 경우가 많았다. 가장 가까운 가족관계에서 스스로 결핍을 만드는 것이다. 다음과 같이 말이다.

반쪽이 이야기를 읽고 언니와 나를 비교하며 열등감에 휩싸였던 과거의 내가 떠올랐다. 그 당시에는 언니와 비교했을 때 나 자신이 완전한 쪽이 아닌 반쪽이라고 생각했던 것 같다. 어렸을 때부터 언니는 공부를 잘하는 우등생이었다. 초등학교 때부터 항상 전교 1등을 하고 남들은 한 번 붙기도 어렵다는 영재교육원에 두 번이나 합격했다. 또 고등학교 때는 공부 잘한다는 학생들이 모두 모여 있는 고등학교에서 전교 1등을 했고 OO대학교에 다니고 있다. 주변에서는 공부 잘하는 언니가 있어서 좋겠다는 소리를 자주 들었지만 1년 전까지만 해도 공부를 잘하는 언니는 나에게 부담이었다.

나와 언니는 1살 차이나는 연년생이다. 나의 열등감은 고등학교 3학년 때 가장 심했다. 내가 대학을 가기 바로 전년도에 언니가 대학을 갔는데 sky에 갔기 때문이었다. 내가 그렇게 공부를 못하는 것도 아니었음에도 불구하고 언니가 좋은 대학교를 갔다는 사실은 나에게 엄청난 부담으로 다가왔다. 언니는 수시로 대학을 갔음에도 수능을 엄청 잘 본 것도 괜히 부담으로 느껴지고 내 자신이 한심하게 느껴졌다. 그래서 꼭 대학을 잘 가야한다는 생각에 스트레스도 많이 받고 마음이 무거웠다.

지금 생각해보면 고등학교 3학년 때 수험생의 생활이 너무 지치고 힘들어서 더 언니에게 열등감을 느끼고 압박을 느꼈던 것 같다. 이제 와서 돌아보면 내가 언니보다 잘하는 일들도 많은데 대학교에 오기 전까지는 공부에만 기준이 맞춰져서 언니를 부러워하고 언니보다 내가 못한 것만 같은 생각에 괴로워했던 것 같다. 지금은 그런 열등감을 잘 극복하고 있지만 아직 언니에 대한 열등감이 마음 한 구석에 있었는데 이번 기회에 반쪽이 같았던 나를 다시 돌아보면서 그런 감정을 정리할 수 있었던 것 같다. 왠지 앞으로는 언니 이야기를 자랑스럽고 당당하게 할 수 있을 것만 같은 기분이 든다!

그런데 자신을 반쪽이라고 생각하면서 글을 쓰다 보니, 오히려 스스로 한 가지 다른 관점이 생긴 것을 볼 수 있다. 반쪽이를 통해 연년생인 잘난 언니를 보는 게 아니라, 열등감을 만들어낸 자신을 보았다는 것이다. 이 점에서 이 학생은 이미 성숙한 삶의 태도를 보이고 있다. 고등학교 3학년 때는 대학의 서열로 인생의 서열이 정해지는 것 같아 열등감으로 자신을 자꾸자꾸 움츠러들게 하는 자기 안의 그림자가 "너는 반쪽이 같아."라고 말하는 것 같다. 그러나 이제 대(大)학생이 되었다는 것은 서열화된 사회와 다른 삶의 기준을 가질 시간이 되었다는 것을 뜻한다. 내 삶을 온쪽이 같은 언니의 그림자인 반쪽이 같은 마음으로 살게 할 것이 아니라, 반쪽이처럼 낡은 삶의 기준에서 자유로워질 수 있는 내 삶의 자질에 더 집중해 볼 수 있었으면 좋겠다.

부정적 감정을 넘어서는 스토리텔링

❶ 부족하고 갖춰지지 않은 내 삶이 형제자매와의 비교로 인해 반쪽이처럼 느껴진 순간은 언제였을까?

❷ 온쪽이인 형들의 뒷이야기를 상상해 보자.

창작예시

　반쪽이는 결혼 한 후 행복하게 살고 있었지만, 반쪽이의 두 형들은 그동안 반쪽이를 창피하게 생각하고 묶어 둔 것이 마음에 걸렸습니다. 그들은 반쪽이에게 용서를 구하기로 결심했습니다. 그들은 집들이 선물로 반쪽이를 위해 손수 제작된 옷과 지게를 들고 반쪽이에게 찾아갔습니다. 반쪽이는 형들을 환영했지만, 마치 집에 방문하는 손님을 대하는 것 같이 거리가 느껴졌습니다. 형들은 선물을 건네 주면서 반쪽이에게 말하지 않았던 사실을 털어내었습니다. 삼형제가 태어나기 전 어머니가 잉어을 완전히 다 먹지 않은 탓에 첫째 형은 눈이 잘 보이지 않았고, 둘째 형은 귀가 잘 들리지 않았다는 것을 말해주었습니다. 형들은 몸이 절반밖에 없던 반쪽이가 형들보다 뛰어나다는 사실 때문에 질투했고, 그러한 이유로 하면 안되는 것을 알았지만 못되게 굴었다고 솔직하게 이야기했습니다. 그들은 반쪽이에게 진심으로 사과했습니다. 형들의 진심을 듣게 된 반쪽이는 사과를 받아주었고, 이후 셋은 정기적으로 모여 오순도순 이야기를 나누며 친하게 지냈다고 합니다.

❸ 반쪽이 같은 내 안의 결핍에 오히려 신이한 힘이 있다고 설정해 본다면, 어떤 화소로 만들 수 있을지 생각해 본다.

서러움으로 무력해진 삶을 살아낼 때: 손 없는 색시
손을 잘리고 살아낼 수 있을까?

내 삶이 훼손당하는 것 같을 때 오는 서러움

저는 손 없는 색시와는 다르게 어릴 때는 아버지에게 많은 사랑을 받고 자랐습니다. 그 이유는 제 의견과 주관과 자아가 성립되기 이전이었기 때문입니다. 하지만 15살, 16살이 되자 아버지와의 가치관 충돌하며 점점 멀어지기 시작했습니다. 저는 한 인격체로서 제가 가지는 생각과 가치관이 누군가를 해하는 방향이 아니라면 존중받아야 한다고 생각합니다. 하지만 아버지에게 제 생각을 밝히고 아버지께서 아버지와 저의 가치관 차이를 발견하자, 그때부터 저에게 보호가 아닌 배제와 통제를 하기 시작하였습니다. 저를 함부로 정의하고, 저에게 자신의 가치관을 강요하였습니다. 지혜롭게 융통성을 가지고 넘어가면 됐을 문제지만, 제가 워낙 고집이 센지라 늘 아버지와 부딪혔습니다. 저를 설득하던 목소리는 점차 고함이 되고, 덕분에 저의 집은 저에게 안식처가 아니었습니다. '원치 않는 삶'을 살고 있다는 신호로 우울증이 찾아왔고, 내 몸에 상처를 냈습니다.

아버지는 이 세상의 법칙을 알려주며 자식을 보호하는 존재이다. 그러나 동시에 자식의 삶을 억압하는 존재이기도 하다. 나의 기준에서 부당한 일을 아버지의 기준에서 하라고 강요한다. 나의 의지를 펼쳐낼 수 없는 것만큼 서러운 일이 있을까? 나의 의지와 다르게 살아내야 할 때, 원하지 않는 삶을 살아내야 할 때의 서러움은 내 존재를 가치 없게 느끼게 하고, 내 삶을 무력하게 만든다. 얼마 전에 여중생들 사이에서 얇게 커터칼로 손목을 그은 흉 자국이 있는 사진을 SNS 등으로 서로 인증하는 것이 유행처럼 퍼지기도 하는 안타까운 일들이 있었다. 얼마나 힘들었으면 손목을 스스로 긋는 일이 벌어지는 것일까? 삶을 포기하고 싶을 만큼 힘들다는 호소이기도 하고, 내 삶을 살아가게 해달라는 절박한 외침이기도 할 것이다.

내 삶을 부당한 세상의 가치나 권위 있는 타인의 요구로 살아가야 할 때 올라오는 감정을 서러움으로 표현할 수 있다. 이를 옛이야기에서는 '손 잘림'이라는 충격적인 화소로 표현한다. 삶이 훼손당하는 것이 '손'이라는 신체가 훼손되는 것과 같은 강도의 아픔인 것이다. 우리나라만이 아니라 전 세계에서 딸들의 손이 잘리는 옛이야기가 전승되는데, <손 없는 색시>라는 이야기이다. 매우 폭력적인 화소가 왜 아들에겐 일어나지 않고 딸들에게만 국경 없이 생긴 이유는 무엇일까? 왜 이렇게 전 세계적으로 손이 잘리는 여성 이야기가 많은 것일까?

<손 없는 색시>는 우리나라에서도 전국적으로 전승되는데, 여기서는 제주도 본의 이야기를 선택했다. 그 이유는 다른 이야기들보다 모함과 권위로 삶이 훼손당했을 때의 부당함과 서러움을 표현하고 있기 때문이다. 다른 화소가 세 가지 정도 있어서 독특한 개성을 주고 있는데, 이렇게 달라진 부분에서 무의식적이고 원형적으로 '나는 언제 손이 잘린 것 같은가?' 하는 질문에 답할 힌트를 더 주는 지점이 있다. 제목은 <배나무집 배조주의 딸>[9]이다.

옛날에 배나무집 배조주에게는 딸이 있었는데, 배조주는 상처를 하고 다시 혼인을 하게 되었다. 계모는 매일 딸에게 일을 시켰는데, 새벽에 일찍 일어나게 해서 디딜방아로 곡식을 찧어 오게 했다. 이 처녀가 디딜방아를 찧으며 노래를 하면 흰 쥐가 또르륵 와서 하얀 구슬을 놓고 갔다. 처녀는 이 구슬을 모아 두었는데, 어느 날 계모가 구슬을 보며 훔쳤냐고 다그쳤다. 처녀가 흰 쥐를 만난 이야기를 하자, 계모가 다음날부터는 자신이 곡식을 찧어오겠다고 했다. 계모가 디딜방아를 찧으며 노래를 부르니 진짜 흰 쥐가 나타났는데, 쥐똥을 놓고 가는 것이었다. 계모는 너무 화가 나서 쥐를 죽여버렸다. 그리고 딸의 방에 가서 이불을 정리해 주겠다고 하면서 이불 속에 껍질을 벗긴 쥐를 넣고는 처녀가 낙태를 했다고 소리를 질렀다. 화가 난 아버지는 계모의 말대로 딸의 손을 자르려고 하자, 딸은 자신은 정말 억울하다며 자신의 손을 자르다. 그때 하얀 새가 나타나 '배나무집 배조주 딸 참 불쌍하다.' 하면서 손을 가지고 날아갔다.

처녀는 하염없이 걷다가 굶주림을 못 이겨 어느 부잣집 담장으로 올라가고 또 배나무 위로 올라가 배를 따 먹었는데 부잣집 아들이 그 여인을 보고 자신의 방에 숨겨 주었다. 아들의 행동을 수상히 여긴 식구들이 아들 방을 감시하자, 병풍 뒤에서 손이 없는 처녀가 나왔다. 시어머니가 옷을 지어 보라고 했는데, 처녀가 옷을 잘 만들자, 아들과 혼인을 하게 했다.

남편은 과거를 보기 위해 공부를 하러 떠났는데, 그 뒤 색시가 아들을 낳았다, 그 소식을 전하러 서울로 갔다 돌아오던 하인이 우연히 배나무 집에 머물게 되었다. 계모는 하인이 가지고 가던 편지를 훔쳐보고 자신이 내쫓은 딸이라는 것을 알게 되었다. 그리고는 '그 아이는 나의 자식이 아니니 쫓아버리라.'는 내용으로 바꾸었다.

시부모는 할 수 없이 손 없는 며느리와 아기를 쫓아내었다. 아기를 업고

정처 없이 길을 가던 색시가 목이 말라 샘물에 엎드려 물을 마시려 했는데, 등에 업었던 아기가 샘물로 빠지려고 해서 손을 뻗었다. 그때 하얀새가 손을 떨어뜨리자 색시의 팔에 손이 붙으면서 빠지려던 아기를 잡을 수 있었다. 꿈에 색시의 어머니가 나타나 어느 곳으로 가보라고 해서 갔더니, 집이 있었다. 색시는 그곳에서 아기를 키우며 살았다. 한편 집으로 돌아온 신랑은 색시가 없어진 것을 알고 그길로 붓 장사를 하며 세상을 돌아다녔지만 손 없는 색시를 만날 수 없었다. 그러다 남편이 우연히 어느 곳에 이르러 자신을 닮은 아이를 만나서 따라갔더니 자신의 아내가 있었다. 부부는 배조주와 계모를 집에 초대해서, 배조주가 있는 방에는 맛난 음식을 차렸고, 계모의 방에는 지네와 독사를 넣어 죽게 했다.

배나무집 배조주 딸은 계모의 모함만을 믿고 자신의 손을 자르려는 아버지를 향해 억울하다고 말한다. 그리고 억울하다며 서러운 눈물을 쏟아내며 스스로 손을 잘랐을 것이다. 얼마나 억울하면 스스로 손을 잘라냈을까? 손이 잘린다는 것은 어떤 의미인지 조금은 어렵게 느껴질 수 있지만 옛이야기의 서사문법을 바탕으로 살펴보도록 하겠다.

인간에게 손은 어떤 의미인가?

옛이야기의 서사문법에서 주제어처럼 그 이야기의 중심 사건을 형성하는 이야기 요소를 '핵심 화소'라고 명명할 수 있다. <손 없는 색시>의 핵심 화소는 '손 잘림'이다. 옛이야기의 서사문법은 '+:−'의 대립자질을 상대적으로 형성하며 갈등을 형성하는 특징이 있다. 가부장 사회에서 딸의 속성은 아들의 속성에 비해 −자질을 가진 화소다.

그 극단의 형태로 '손'까지 훼손당한다. 이를 비단 성질 나쁜 아버지와 딸의 관계에서 벌어지는 가족만의 문제라고 할 수 있을까? 손은 동물과 대칭되는 가장 인간다운 특징이다. 인간에게 있어서 인간다움을 상징하고, 동물에게는 없는 예술성, 창조성을 상징한다. 손은 동물과 대비되는 가장 인간다운 특징이다. 유물론에서는 인간이 직립하고 손을 사용하면서 두뇌가 발달했다는 진화론을 펼 정도로 손은 인간의 창조성을 상징한다. 그런데 손이 잘려나간다는 것은 창의적인 원천이 상처입는 것으로 생각해 볼 수 있다. 엄마들이 내 딸은 내가 경험한 부당함을 겪는 일이 없었으면 좋겠다고 생각할 때, 우리 여성들의 마음에는 이미 손이 잘린 처녀와 같은 부당함, 억울함, 갑갑함이 있을 수 있다.

물론 이렇게 집을 나와도, 이 이야기처럼 아내가 당하는 부당한 일을 모르는 남편과 엄격한 시부모, 계모 못지않은 시어머니를 또 만나는 것은 가부장 사회에서 여성이 겪는 쳇바퀴다. 그래서 '손이 없다'는 것은 남에게 의존하며 살 수밖에 없는 상태로 살아가게 만드는 모습이기도 하다. 손 없는 색시의 삶에서 서러움을 느끼는 것은 삶이 모함과 권력에 의해 훼손되어 살아가야하는 모습이 상징화 되어 있기 때문이다. 우리가 실제로 손은 있지만, 수동적 존재로 살아가길 강요당하고 부당한 대우를 받으며 삶이 훼손되었을 때, 어린 시절부터 자라는 딸들의 상처가 '손 없는 처녀'라는 화소로 표현된으로 생각해 볼 수 있다. '-자질'을 가진 존재가 모함과 권위의 횡포로 어떻게 더 마이너리티의 상태로 내몰리는가를 서사적으로 보여주고 있다.

신체의 훼손, 잘림의 화소는 삶의 훼손을 보여주기도 하고, 상징하고 있는 세계의 부당함을 상징하기도 한다. 그런데 역설적이지만 쫓겨났기에 아버지와 계모가 살았던 모습과 다른 모습으로 살아갈 수 있기도 하다.

　현대인은 어떤 때에 손이 잘린 것 같을까? 나는 언제 손이 잘린 것 같을까? 스위스의 조각가인 알베르토 자코메티의 작품 중에 팔이 없이 가느다란 몸만 있는 7인의 조각[10]이 있는데, 메마른 모습에 팔까지 없는 조각상을 보면 무기력함이 느껴진다. 나다움의 무언가를 할 수 없는 상태이다. 전쟁 시기에 욕망으로 나아가지 못하고 단절된 사람들의 모습이 상징되어 있다. 부모와 자식, 사회와 나의 관계에서 눌려서 무력해질 때를 뜻하는 심리학적 용어도 있다. 남성들에게 '거세를 당한다'는 심리적 표현을 쓰는데 이 역시 거대한 힘에 삶이 훼손되어 무력해진 상태를 뜻한다. 더 큰 억압적인 힘으로 나다운 삶을 살지 못하게 할 때의 모습이 이 '손 없는 색시'의 모습이다.

어떻게 잘린 손을 내 안의 힘으로 다시 자라게 할 것인가?

　그렇다면 세상의 횡포, 나보다 큰 힘의 억압으로 인해 잘린 내 손을 어떻게 다시 자라게 할 수 있을까? 앞에서 이야기한 제주도 본에서 그 힌트를 얻어보고자 한다. 다른 지역에서 전승되는 내용과 전반적으로 비슷하지만, 제주도 본의 독특한 화소 중 하나는 흰 쥐가 흰 구슬을 물어다 주는 점이다. 흰 쥐가 물어다주는 흰 구슬은 아주 상징적이다. 사람은 모두 자신만의 씨앗을 가지고 태어난다고 한다. 화엄경에서는 모두가 꽃피울 존재인데 번뇌와 망상으로 자신만의 꽃을 피우지 못한다고 했고, 융은 사람이 날 때부터 자신만의 잠재력의 씨앗을 가지고 태어나는데, 씨앗에서 자신으로 만개하는 개성화 과정이 필요하다고 했다. 이 구슬은 일종의 배조주 딸의 잠재력으로 상징될 수 있다. 아무

것도 안하는 것 같고, 심지어 어쩔 수 없이 하는 일이지만, 꾸준히 자신의 노동, 자신의 일을 해내는 사람의 마음에 이런 구슬이 있다고 해석할 수 있다. 그러나 어설프게 남의 잠재력을 탐하는 계모에게는 쥐똥만 있을 뿐이다. 딸의 잠재력을 시기하는 계모는 결국 누명을 씌우고 손을 잘라서 딸을 쫓아내지만 삶의 주인공이 될 수는 없다.

두 번째 다른 점은, 보통은 아버지가 딸의 손을 자르는데, 여기서는 딸이 억울함에 아버지가 손을 자르기 전에 스스로 손을 자른다는 점이다. 딸이라고 힘없이 아버지가 자르는 대로 가만히 있지 않고 부당함과 서러움으로 항변하는 모습을 제주도 본에서 찾을 수 있다. 배조주 딸은 부모의 폭력으로 주어지는 누명이 너무나 억울하다고 당당하게 항변하며 차라리 죽겠다며 손을 잘라 버린다. 마치 그동안 손이 잘린 여성들의 외침이 딸의 목소리와 하얀 새의 소리로 나오고 있는 것처럼 느껴진다.

세 번째는 돌아가신 어머니가 등장해 지낼 곳 등을 알려준다는 점인데, 보통은 아이를 업고 쫓겨난 배조주 딸이 산속에서 헤매다 너무나 목이 말랐는데, 손이 없어서 연못에 목을 길게 빼서 엎드려 마시려는 순간의 뒤에 업혀 있던 아이가 연못으로 빠진다. 너무 놀라서 아이를 잡으려는 순간, 새가 손을 가져다주거나 손이 자라며 극적으로 이야기가 진행된다. 절박하고 죽음밖에 없을 것 같은 순간, 이성적인 것으로 무언가 풀리지 않을 때 내 안의 잠재된 무의식의 힘이 나를 이끌어주는 것으로 생각할 수 있다. 우리는 우리 안에 이성의 영역으로 사유할 수 없는 무한한 무의식의 에너지가 있다는 것을 종종 잊는다. 제주도 본에서는 죽은 어머니가 꿈속에 나타나는 것으로 살아있는 내 안의 여성성을 만나게 한다. 억압적인 환경에서 손으로 상징되는 나의 재주가 잘렸다고 해서 나의 모든 잠재력이 죽지 않는다는 것이다. 내 안의 힘이 나의 손을 다시 자랄 수 있게 한다는 강한 메시지를 주는 부분이다.

물 속에 빠진 아이를 잡는 순간 손이 자라는 것은 다른 나라의 이 야기들과 비교했을 때 우리나라만의 독특한 화소다. 우리나라 이야기 에는 모성이 강하게 드러나는 이야기들이 많은데, <선녀와 나무꾼> 만 해도 일본 선녀들은 아이를 두고 혼자 올라가고, 예벤키 족은 백조 여인이 날아가면서 아이를 반으로 찢어서 남은 반쪽이 신성을 가진 후 손을 이루는데, 앞에서도 말했지만, 우리나라 선녀는 셋이고 다섯이고 다 끌고 올라간다. 가부장 사회에서 여성의 창의성, 개성을 억압하더라 도 모성이라는 부분은 여성의 고유한 힘으로 남성들이 대신할 수 없는 영역이기에 손이 자라는 것으로 해석될 수도 있겠다. 옛날이야기라서 힘센 남성이라도 대신할 수 없는 고유성을 모성으로 표현하고 있는 것 이지만, 더 상징적으로 개인이 가진 가장 개별적인 것이 억압 속에서 도 나의 손을 자라게 할 수 있다는 것을 보여준다고 하겠다.

그렇다면 나의 손은 무엇일까? 어떤 사람에게는 예술 등의 재능이 고, 어떤 사람에게는 인간관계를 잘하는 것이 힘일 수 있다. 디즈니 영 화 <겨울 왕국>의 엘사에게 손은 처음엔 감춰야 하는 것이었다. 그 재능을 보이면 안 되는 삶을 살아야 했던 엘사 역시 손이 잘린 것이나 다름없는 삶을 살고 있었던 것이다. 우리 역시 마찬가지로 그 사회에 통용될 수 있는, 혹은 인정받을 수 있다는 재능만이 나의 손이라고 생 각할 수 있다. 그러나 남성 역시 가부장 사회에서 남자다워야 한다며 감춰야 하는 손들이 있다. 악기를 잘 다루는 예술성 있는 손, 인문학을 하는 재능 등을 드러내면 취직하기도 힘들고, 먹고살기 힘들다고 생각한다. 남성은 가부장 사회에서 가정을 책임지도록 돈을 잘 버는 능력이 기본적으로 있어야 한다고 생각하기 때문이다. 엘사가 여러 사건을 겪으며 동생을 죽이지 않으려는 마음으로 눈물을 흘리게 되자 얼음을 녹일 수 있게 된다. 관계를 차단할 때 엘사의 손에서 나오는 얼음은 관계를 단절하게 하는 힘으로 사용되지만, 동생과의 관계로 상징되는 타인과의 관계에서 자기 손을 저주하지 않을 힘을 얻자 동생을 살려낼 수 있게 된다. 이후 엘사는 자신의 재능을 긍정할 수 있게 되었고, 성의 사람들과 교류하며 여름에도 그들만의 겨울을 즐길 수 있게 재주로 행복한 삶을 살게 된다. 처음부터 나의 손이 무엇을 할 수 있는지 모두 알 수는 없다. 그러나 우리는 운명, 사회, 집단 앞에서 나약하게 손을 잘릴 수 있는 존재이기도 하지만, 세상과 부딪혀 나가며 나의 감춰진 손, 잘린 손을 자라게 할 수 있는 존재임을 상기해야 한다.

부정적 감정을 넘어서는 스토리텔링

❶ 내가 손이 잘린 것처럼 느낀 순간은 언제인지 생각해 보자.

> **예시**
>
> 나는 엄마가 상처 주는 말을 할 때마다 손이 잘린 것처럼 아팠다.
> "대학에 떨어진 건 네가 못나서 그런 거야!"
> 늘 어렸을 때부터 '자만할까 봐'라는 핑계로 나를 깎아내리던 엄마의 말투는 성인이 된 지금까지도 늘 트라우마였다. 나는 항상 예체능에 소질이 있었다. 그림도 잘 그렸고 노래도 잘 불렀다. 혼자 그렇게 생각한 것은 아니었고 감하게도 주변에서 늘 뛰어나다고 칭찬해 주었다. 하지만 나는 외동딸이고

엄마가 혼자 날 키우면서 늘 나에 대한 보상을 바라왔다. 마치 내 인생은 실패하면 절대 안 되는 인생인 것처럼. 항상 부담을 품고 있었던 나는 "그래도 대학은 나와야지. 예체능을 하면서 돈도 많이 드는데, 돈만 쓰고 실패하면 어떻게 해."라는 생각으로 계속해서 입시에 도전했다. 그런데 마음대로 되지 않는 결과에 나는 점점 더 망가져만 갔다. 마침내 삼수하고 대학에 입학했지만, 입학 후 행복만 할 줄 알았던 나는 꿈과 현실 사이에서 방황했다. 엄마는 이런 내 고민을 공감해주지 않았다. 어느 날은 술에 취해 들어온 엄마가 나에게 취중 진담으로 말했다.

"아무리 계속 도전해봐라. 네가 그쪽으로 될 것 같아? 본인이 모자란 건 본인이 알아야지"

이 말이 잊히지 않았다. 이날 새벽 나는 수많은 눈물을 삼켜냈다.

❷ 겨울 왕국의 엘사처럼 드러내기 어려운 손의 재주는 무엇이 있는지 생각해 보고, 그 손으로 어떤 사건을 해결할 수 있을지 상상해 보자.

적적함의 말 건네기: 우렁각시
이 농사를 지어 누구랑 먹고살지?

내 초라한 삶에 누군가 함께 했으면 할 때

옛이야기에는 우리를 현재와는 다르게 안전하고 평온한 여행을 하는 것처럼 느끼게 해주는 마법 같은 주문이 있다. 바로 누구나 들어 보았을 "옛날 옛적에", "호랑이 담배 피우던 시절에", "아주 먼 옛날에"이다. 이 마법 같은 주문 하나면 문제가 있고 결핍이 있는 이야기의 공간으로 우리는 이동하게 된다. 이때의 시간은 현재와 먼 거리에 있는 아주 가늠하기도 힘든 시간이며, 과거에도 꼭 있었을 것 같지 않은 신비로운 시간이다. "옛날 옛적에"라는 관용구는 우리를 실제 있었던 세계가 아니라 현실과 거리 있는 낯선 세계로 진입하게 한다.

이야기로 비현실적 공간이 나타나기도 하고, 지상에 존재하지 않을 것 같은 존재들이 등장하기도 한다. 몸이 반쪽만 있는 아이가 힘은 장사라든지, 아이를 낳았는데 구렁이가 태어난다든지, 도깨비를 만나 부자가 되기도 하고 벌을 받기도 한다. 왜 옛이야기에는 이렇게 현실적이지 않은 낯선 상상의 존재가 등장하는 것일까?

이에 대해서는 수많은 사람의 환상적 산물로써 인류 문제의 해

답을 제시해 주는 존재라는 논의[11]도 있고, 우리 마음 깊숙이 있는 무의식의 영역으로의 여행을 암시한다[12]는 논의도 있다. 옛이야기에는 막스 뤼티가 말하는 피안의 세계 속 피안의 존재,[13] 즉 실제 세상의 존재가 아닌 인물이 등장한다. 다시 말해 옛이야기에서는 의식의 세계뿐만 아니라 무의식의 세계까지 모든 것을 담음으로써 인간의 마음이나 무의식에 있는 존재들까지 형상화된다는 것이다. 그런데 현실적으로 존재하는 것이 아닌 비현실적인 존재까지 이야기 형태로 담아냈을 때 얻을 수 있는 것은 무엇일까? 현실에 없는 상상의 존재가 나와 이야기 만드는 유명한 이야기 중의 하나가 바로 <우렁각시>이다.

집도 가난하지만 혼자서 밥을 잘 먹고 열심히 일하며 잘 살아간다. 그러나 적적하다. 적적함의 감정은 우리가 삶의 의미를 찾기 어려울 때 나오는 감정이다. 논밭 일을 아무리 열심히 해도 함께 나눌 사람이 없고, 좀처럼 나아지지 않고 하루하루를 이어가기만 한다. 이날은 그 외로움과 적적함의 감정이 깊어졌는지, 일을 마치고 터덜터덜 걸어오다가 절로 한숨지으며 이렇게 말한다.

"어휴, 이 농사 지어 누구랑 먹고살지!"
그냥 혼자 자신의 처지를 생각하며 한 말이다. 그런데 이때,
"나랑 먹고살지."

소리가 들려온 것 같다. 열심히 일해도 늘 적적하고, 살아가는 의미를 찾지 못했던 총각은 누군가 이 말을 건네주길 간절히 기다리고 기다리지 않았을까. 주변에 아무도 없는데 말이다. 이제 총각이 더 크게 말해 본다.

"이 농사 지어 누구랑 먹고살지?"

"나랑 먹고살지."

총각은 더 크게 외친다.

"이 농사 지어 누구랑 먹고살지?"

"나랑 먹고살지."

둘러보니 논바닥의 커다란 우렁이가 말한 것 같다. 총각은 자기 말에 귀 기울여 준 신기한 우렁이를 집으로 가져가서 항아리에 두게 되었다. 그런데 이게 무슨 일? 다음날 고된 일과를 마치고 집에 들어섰는데, 김이 모락모락 나는 따뜻한 밥이 지어져 있는 그것이 아닌가. 며칠 동안 반복되자 총각은 일을 가는 척하고 다시 집으로 들어가 숨어서 무슨 일이 일어나는지 봤더니, 항아리 속에서 예쁜 각시가 나오더니 일을 뚝딱하고는 다시 들어가려고 한다. 우렁이가 말을 하는 것도 신기한 일인데, 거기에 예쁜 각시로 변신까지 한다. 옛이야기는 이렇게 상상할 수 있는 가장 환상적인 일을 눈 앞에 펼쳐지게 한다. 다시 들어가려는 우렁각시에게 총각은 우렁이로 들어가지 말고 자신하고 살자고 한다. 우렁각시는 총각이 현실에서 느꼈던 외로움을 보상해 줄 것 같은 존재이며, 바닷속 상상의 공간인 용궁과 관련되었을 것 같은 가변적이고 신기하고 기이한 존재다. 총각의 결핍을 채워주는 비현실적인 존재지만, 총각의 집과 마음의 결핍을 채워주는 존재이기도 하다. 이 낯선 존재와 현실에서 지내기 위해선 일정 기간 지켜야 하는 금기가 있다.

"아직 때가 되지 않았어요."

우렁각시는 아직 때가 되지 않았다고 하지만, 외로웠던 총각은 각시를 붙잡게 되고, 둘은 부부의 인연으로 살아가게 된다. 우렁각시는 이렇게 말하지만, 총각은 자기의 욕망을 이기지 못하고 우렁각시와 바로 인연을 맺어 금기를 어기고 말았다. 남성이 여성이 각자의 삶을 살다가 함께 살기까지는 '때'가 필요하다는 것을 상징하기도 하는 금기이다.

옛이야기는 우리의 결핍을 무한한 상상력으로 채워준다. 열심히 살지만 "이 농사 지어 누구랑 먹고살지!" 하는 내면의 목소리로 절로 나올 정도로 적적했기에 현실에 없는 존재인 우렁각시를 만나고, 이제 가난은 총각의 삶에 문제가 되지 않는다. 적적했던 자신의 삶을 채워줄 존재와 함께하기 때문이다. 총각의 결핍과 부정적 감정이 잠시 해결된 것으로 보인다.

그러나 비현실적인 존재와 공존하고자 하는 이야기 세계에 다시 현실 권력의 상징인 원님이 등장한다. 일하는 남편을 위해 새참을 들고 가던 아름다운 우렁각시를 원님이 보고 데려가 버리는 일이 생긴다.

꿈같은 낯선 세계와 대립하는 현실의 지배적인 사유를 대변하는 인물이 등장해서, 둘은 헤어지게 된다. 현실적인 사유, 지배적인 관념의 표상인 원님은 우렁각시처럼 아름다운 여인이 가난하고 보잘것없는 총각과 사는 건 말이 안 된다고 생각하는 것이다. 총각과 다르게 권력과 부를 갖춘 인물인 원님이 아름다운 각시에게 더 어울리는 짝이라 생각될 수도 있다. 그러나 원님과 살게 된 각시는 결국 죽어서 한 맺힌 파랑새가 된다. 그리고 우렁각시를 찾으러 갔다가 매만 맞고 돌아온 총각도 슬퍼하다가 멍든 맘 그대로 파랑새가 된다.

총각은 자기의 결핍을 유일하게 채워주던 비현실적 존재마저 현실의 권력에 의해 빼앗긴다. 비현실적인 존재마저 빼앗는 현실의 권력이 행하는 횡포는 부당한 것이다. 우렁각시는 총각에게 따뜻한 삶의 의미를 주었지만, 원님에게는 해줄 수 있는 것이 아무것도 없다. 사실 모든 것을 다 가진 원님에게 우렁각시는 나를 채워주는 존재가 아닌, 단지 아름다워서 자신이 갖고 싶은 소유욕의 대상일 뿐이다.

여기서 우렁각시가 사랑의 지조를 지키기 위해 총각과 함께 파랑새가 되어 날아갔다는 해석이 일반적이지만, 원님 옆에서는 '우렁각시'라는 신이한 존재의 역할이 필요 없으므로 그녀가 날아갈 수밖에 없었다고 해석하고 싶다. 비극적인 결말로 끝나는 <우렁각시>는 힘 있는 자에게 하나밖에 없는 것까지 빼앗겨야 하는 가난한 사람들의 아픈 삶을 보여주면서, 결국 서로의 존재를 알아주는 사람끼리 살아갈 수밖에 없다는 삶의 진리를 보게 한다.

그런데 옛이야기를 향유하는 사람들은 이와 같은 비극적 결말만이 아니라 행복한 결말을 가진 우렁각시 이야기도 전승한다. 여기서는 원님 대신 왕이 우렁각시를 빼앗는 것으로 바뀐다. 우렁각시를 본 왕은 각시를 너무나 빼앗고 싶어지지만 결혼한 남의 아내를 무조건 빼앗아 올 명분이 없다. 그래서 총각에게 내기하자고 한다. 첫 번째 내기는 장기 내기다. 왕은 장기에서 져 본 적이 없다. 그런데 벼룩으로 바뀐 우렁각시가 총각의 차례가 되면 어떻게 움직여야 하는지를 알려주게 되어 총각이 이긴다. 왕은 인정할 수 없다며 두 번째 내기를 하자고 한다. 두 번째 내기는 누가 말을 타고 빨리 달리느냐 하는 것이다. 왕에게는 당연히 좋은 말이 있다. 총각이 한숨을 쉬자 우렁각시는 자고 일어나면 수가 있을 거라고 한다. 아침에 일어나니 말이 있었는데 너무

마른 말이라 총각은 실망한다. 하지만 막상 내기하고 달리니 이 말은 가볍게 천 리를 가는 천리마라서 또 총각이 이긴다. 왕은 마지막이라며 전쟁으로 승부를 보자고 한다. 우렁각시가 건넨 호리병을 열자 군사들이 무수히 나와 왕의 군대를 이기게 되고 총각은 왕이 된다는 내용이다.

백제의 도미는 개루왕에게 자신의 아름다운 아내를 장기 내기를 통해 빼앗기고 눈알까지 뽑혔다. 그러나 옛이야기가 이끄는 신이한 세상에선 벼룩으로 변신한 우렁각시 덕에 장기 내기에서 권력 있는 왕을 이긴다. 현실에서는 계급과 권력으로부터 자기 것을 부당하게 빼앗기지만, 옛이야기의 세계에서는 낯선 상상을 통해 권력자나 자기보다 힘센 사람에게 지는 게 당연하다는 패배 의식과 무의식적 억압에 고착되지 않는 서사의 길을 열어 낸 것이다.

심리학적으로 무의식적 억압의 고착이라는 측면에서 이야기를 주목해보면, 현실적인 권력을 가진 원님은 총각의 '불안'이 만들어 낸 존재라는 가능성을 제기할 수 있다. 총각은 우렁각시의 존재를 알게 되자 잠시도 그녀와 떨어져 있지 않으려 한다. 물론 우렁각시와 함께 있는 것이 단순히 좋았기 때문일 수도 있다. 그러나 우렁각시라는 인물이 가진 비현실성을 생각한다면, 총각에게 있어 우렁각시는 꿈처럼 잠시 머물다가 언제든 사라질 수 있는 존재다. 이 지점에서 총각에게 우렁각시와 계속 함께 살 수 있을까 하는 불안이 발생한다. 그리고 이를 대변하는 현실적인 존재가 바로 원님 혹은 임금이다. 이야기에서 총각은 우렁각시의 도움으로 내기를 이기고 자기의 불안을 대변하는 존재인 임금을 이기며 내 삶의 왕이 된다.

우렁각시에게 기대지 않고 총각이 적극적으로 변모하며 행복한 결말을 만드는 변이도 있다. '새잡이' 옛이야기와 결합한 이야기인데, 우렁각시가 떠나는 것을 보며 총각이 달려가자, 우렁각시는 총각에게 새잡이 3년, 눈치 보기 3년, 뜀뛰기 3년을 하고 자신을 찾아오라고 한다. 총각은 열심히 9년을 보내고, 잡았던 새들의 털을 뽑아 만든 옷을 입고 왕이 사는 곳으로 간다. 우렁각시는 그동안 한 번도 웃지 않았는데, 온갖 새털로 만든 옷을 입은 사람을 보자마자 웃기 시작했다. 왕은 우렁각시가 웃는 모습을 보고 새잡이에게 옷을 바꿔 입자고 했다. 옷을 바꿔 입고 우렁각시가 눈짓을 찡긋하자, 총각은 왕의 용상으로 뛰어 올라갔다. 그리고 신하들에게 "새털 옷을 입은 요상한 사람을 잡아 가두라!"고 한다. 그렇게 총각은 왕이 되어 우렁각시와 행복하게 살았다는 이야기다.

정말 비현실적인 상상의 상황일 뿐이라고 생각할 수도 있다. 그러나 현실적인 차원에서 해결하지 못함으로써 파랑새가 되어 원망하고 한탄할 수밖에 없었던 문제들이 현실과는 낯선 상상들이 개입되면서, 우렁각시만 바라보았던 총각이 문제를 해결하는 힘을 가져보는 상상의 서사가 펼쳐진다. 그러자 파랑새가 되어 좌절했던 전설의 결말과 다르게 왕을 넘어서는 내면의 힘을 가지게 되는 것이다.

요컨대 총각의 "이 농사지어 누구랑 먹고살지!"의 한숨 뒤편에는 "가난하고 능력도 없는 내가 누구랑 살겠어!"라는 사유가 작동하고 있다. 미래에도 이런 나는 반려자를 못 만날 것 같다는 생각에서 오는 외로움과 적적함의 한숨이었다. <우렁각시> 이야기는 "이 농사지어 누구랑 먹고살지!"라고 적적함에 한숨짓던 총각에게 "나랑 먹고살지!"라고 말을 건네준 우렁각시라는 존재를 만나게 되어 잠시 행복했지만, "너 같은 게 어떻게 우렁각시처럼 아름다운 사람하고 살아! 나처럼 힘 있는 남자가 우렁각시의 짝이지!"라고 하는 현실을 대변하는 권위 있는 내면의 목소리와 싸워서 이기는 이야기다. 그렇기에 총각은 이제 외롭지도 적적하지도 않게 된다.

부정적 감정을 넘어서는 스토리텔링

❶ 내 삶에 우렁각시가 필요할 때는 언제일까?

❷ 우렁각시처럼 숨어 있다가 도와줄 수 있는 물건이나 동물의 화소를 생각해 보고, 밥과 빨래 말고 도와줬으면 하는 것은 무엇이 있을까 생각해 보자.

예시

　지금의 나와 우렁각시 속 총각의 삶을 비교하였을 때 크게 다를 바가 없다. 그는 자기의 일에 열심히 몰두하는 것처럼 나는 헬스에 빠졌으며 나도 그처럼 자취하고 그처럼 솔로이다. 그러나 한 가지 다른 점이 있다면 그는 솔로를 탈출하고 싶어 하는 것이고 나는 그것이 우선순위는 아니라는 것이다. 밥을 차려주며 청소해주는 것에 만족감을 느끼며 우렁각시를 아내로 삼고 싶어 하는 그이지만, 나는 다르다. 밥을 차려 먹고 청소하는 것은 얼마든지 할 수 있다. 다만, 나의 우렁각시는 헬스 트레이너였으면 좋겠다. 그것도 헬스에 관한 지식을 모두 통달한 경지에 이른 헬스 트레이너 말이다. 내가 필요할 때마다 헬스장 정수기에서 나와서 운동 조력자가 되어주고 식단표를 짜주면 좋겠다. 식단표대로 요리해주는 것까지는 바라지 않는다. 그저 내가 스스로 더 만족하고 멋있어질 수 있게 옆에서 자세를 잡아주고 세세하게 운동을 도와줬으면 좋겠다. 이야기를 들으면서 이야기 속 우렁각시의 집안 살림 실력 정도의 운동 능력을 나의 우렁각시가 가진다면 나는 더 빠르고 멋있게 몸을 가꿀 수 있지 않을까 생각하며 흐뭇했다.

권태로움 이면의 가능성: 새끼 서 발

새끼 서 발로 살아갈 수 있을까?

게으름에 대한 사유

저는 무슨 일에도 관심이 생기기 힘들고 관심 있는 일이 아니면 노력하지 않는 성격을 가진 아이였습니다. 이것 덕분에 저는 하지 말라는 일을 하는 일은 하지 않았었지만 동시에 하라는 일도 하지 않는다는 문제점을 가지고 있었습니다. 이토록 게을러 보이던 저에게도 딱 하나 관심이 생겨서 시작했던 것이 있었는데, 그것은 그림이었습니다. 다른 사람들이 그린 그림들이 예뻐 보이고 근사해서 저는 어린아이의 특권이었던 떼쓰기로 집 근처의 그림학원에 다니게 되었습니다. 처음에는 제가 생각했던 것처럼 재미있었고 열심히 노력해서 그림을 잘 그리고 싶다고 생각했지만 얼마 지나지 않아서 그림을 그리는 것에 흥미를 잃고 학원에 다니는 게 귀찮다고 느꼈습니다. 거기서 저는 제가 관심이 생기기 힘들 뿐 아니라 관심을 잃는 것이 빠르다는 것을 처음 알았습니다. 그림 학원은 금방 그만두게 되고, 그 이후에는 한 번 관심이 있는 것을 찾았으니 다시 찾을 수 있다고 생각하며 다른 일들을 찾아봤는데 아무리 찾아도 관심이 생기지 않아서 점점 찾지도 않게 됐습니다. 그 후부터 저는 어렸을 때 그대로 자라와서 지금까지도 무엇에도 관심을 가지지 못하고 있습니다. 저는 다른 사람들이 지루하다는 것에 대해서 어느 정도로 생각하는지 모르지만 지루했던 날들은 저에게 있어서 고통이었습니다.

그 무엇에도 흥미를 느끼지 못하다 보면 나른해지고 무기력해진다. 하고 싶은 게 없다. 무엇을 해도 의미를 찾지 못할 때 우린 권태로움을 느낀다. 이렇게 권태롭게 살다 보면 한없이 게을러진다. 그런데 신기한 건 전 세계에 게으른 사람들이 잘되는 이야기가 퍼져 있다는 것이다. 왜 옛이야기는 게으른 사람들을 응원하는 것일까? 우리나라에도 게으른 사람이 잘되는 이야기가 있는데, 그중에 하나가 <새끼 서발>이다. 이야기는 다음과 같다.

옛날에 아주 게을러서 방에서 나오지 않고 윗목에서 밥 먹고 아랫목에서 똥을 누며 뒹굴뒹굴하는 총각이 살았다. 어머니가 하도 화가 나서 잔소리하자, 볏짚을 달라고 했다. 어머니는 옳다구나 볏짚을 주었는데, 이 아들은 하루 종일 새끼를 서 발만 꼰 것이다. 화가 난 어머니는 총각에게 새끼 서 발만 주고 집에서 내쫓았다. 하염없이 길을 걷는데 옹기장수가 새끼줄이 모자라서 고생하고 있었다. 총각은 새끼 서 발과 작은 옹기를 바꿨다. 또 길을 가는데 독이 깨졌다면서 우는 아낙네를 만났다. 총각은 작은 옹기와 쌀 서 말을 바꿨다. 그 후에 쌀 서 말과 죽은 말을 바꿨는데, 한 집에 유숙하면서 외양간에 죽은 말을 묶어 놓았다. 그러자 주인이 자기 집 말이 성격이 고약해서 말을 죽여서 어쩌냐며 새 말로 바꾸어 주었다. 말을 데리고 가는데 한 사람이 죽은 처녀와 바꾸자고 해서 바꿨다. 우물에서 물을 마시려고 죽은 처녀를 세워놓았는데, 한 처녀가 물을 긷다가 죽은 처녀를 떨어뜨렸다. 깜짝 놀란 어머니가 와서 자기 딸을 데려가라고 했다. 그렇게 오는데 비단 장수가 자신과 수수께끼 내기를 해서 자신이 이기면 그 처녀를 주고 자신이 지면 비단을 주겠다고 했다. 총각은 "새끼 서 발이 옹기가 되고 옹기가 쌀이 되고 쌀이 죽은 말이 되고 죽은 말이 산 말이 되고, 산 말이 죽은 처녀가 되고 죽은 처녀가 산 처녀가 되는 것은 뭐겠냐?"고 수수께끼를 냈고 비단 장수는 맞춰지지를 못해서 비단을 모두 총각에게 주었다. 총각은 비단까지 가지고 집에 돌아와 처녀와 혼인하고 행복하게 잘 살았다.

뒹굴뒹굴하며 새끼 서 발만 겨우 만들어서 집을 나간 총각이 이렇게 잘될 수 있다니! 이 이야기야말로 가장 환상이 개입된 이야기 아닌가? 옛이야기를 통해 사유가 넓어지고 있다고 생각하며 살았지만, 솔직히 새끼 서 발의 게으른 총각이 잘되는 것은 불편하다. 아니 왜 우리가 교훈적이라고 알고 있던 옛이야기가 이런 게으름뱅이의 삶에 손을 들어주는 거지? 그러나 게으른 사람들이 잘되는 것에 대해 유독 불편함을 느끼는 나를 탐구해 보았다. 부끄럽지만 다음은 그 탐구의 내용이다.

아침 수업을 하다보면 지각하는 대학생들이 많다. 물론 결석하는 학생들도 종종 있다. 다음 시간에 만나보면 어김없이 "어제 늦게까지 뭘 하다 늦잠 잤어요."라며 멋쩍게 웃는다. 사실 옛이야기를 공부하지 않았다면, 나는 이런 학생들에게 무척 깐깐하거나 야박한 선생님이었을 것이다. 옛이야기는 나에게 이런 학생들에게 여유로운 마음을 가지라고 말해준다.

사람들은 나에게 많이 묻는다. "왜 옛이야기를 좋아하냐?"라고. 옛이야기가 그렇게 연구할 게 많냐는 질문도 받는다. 언뜻 보면 옛이야기는 명쾌하게 삶을 말하는 것 같은데, 더 연구할 게 뭐가 있는지 궁금하다는 거다. 그런데 옛이야기를 공부하면 할수록 명쾌하게 알고 있던 세상을 의심해야 하는 상황을 맞닥뜨릴 때가 있다. 또 다른 세상을 대면해야 하는 것이다. 내가 그렇게 만난 이야기를 예로 들자면, <효불효 다리>, <하룻밤을 자도 만리장성을 쌓는다>, <새끼 서 발>, <꼬마 재봉사> 등이다.

이 중 나를 가장 괴롭게 했던 주인공은 <새끼 서 발>의 총각이다. 홀어머니 밑에서 사는 이 게으른 아들! 하루 종일 하는 일이 어머니가 해준 밥을 윗목에서 먹고, 먹고 나면 아랫목에 똥 싸는 일이다. 그런데 이 아들이 집 밖으로 나가더니만 만나는 사람마다 필요한 것을 교환하고 결국에는 색시와 비단까지 얻어서 금의환향한다.

이 한심한 주인공은 그동안 우리가 지향했던 삶의 방식과 너무나 반대로 산다. 문학치료적으로 표현하자면, 내 삶을 운용하는 나의 자기서사와는 가장 거리가 있는 삶이다. 나는 그동안 내가 움직여야 세상이 바뀐다고 생각하며 나 자신을 재촉해 왔다. 성실하고 부지런한 삶을 지향했다. 하는 일에 대해 열정적인 사람을 좋아하기도 하고, 내가 열정적인 삶을 살기 위해 '경쟁'을 즐기기도 했다. 가능하면 잠도 줄이고 보다 나은 미래를 위해 현재에 안주하지 않는 삶을 살려고 노력했다.

그런데 이 아들은 미래야 있건 말건, 어머니가 힘들게 일을 하건 말건 하루 종일 뒹굴뒹굴한다. 그러자 참다못한 어머니의 불호령이 떨어진다.

"이놈아! 방안에서 새끼라도 좀 꼬아봐!"

이 게으른 아들, 겨우 한 일이 하루 종일 새끼 서 발을 꼬아 놓은 것이 다였다. 서 발이면 어른 키 세 배 정도의 길이로, 보통의 사람은 한두 시간에 할 일이라고 한다.

어떻게 이런 주인공이 이런 행운의 연속인 삶을 사는 걸까? 뭘 좋게 봐주려야 봐줄 수 있는 사람이 아닌데 말이다. 그런데 심리학에서는 내 눈엣가시 같게 보이는 사람, 성가신 존재가 자신의 그림자일 가능성이 있다고 한다. 나와 전혀 다른 반대의 모습인데 나의 그림자라 명명하는 것이다. 성실하고 부지런히 살아야 성공한다는 나의 마음 반대편에는 게으름에 대한 불안이 잔존하고 있어 거슬리는 것이다. 또 인정하기 쉽진 않지만, 나의 그림자에는 게으름에 대한 동경이 있어서 편하게 이야기를 즐기게 되는 것이 아니라 거슬리게 되는 것이다. <동의보감>을 공부하면서 배운 장수의 비결은 '긴 호흡'이다. 부지런히 바쁘게 산다는 이유로 시간에 쫓겨 살면 장수할 수 없다는 것이다. 내가 바쁘게 살며 삶을 바꾸려고 할수록, 내 무의식은 나를 살리기 위해 옛이야기를 통해 '게으른 아들'을 거슬리게 하며, '게으름'을 사유하게 하는 것이 아닐까 생각했다.

　우리는 한정된 시간에 많은 것을 생산해야 하는 자본주의의 공장 같은 삶의 방식으로 살고 있다. 그래서 오늘날 우리는 많은 것을 가진 것 같지만, '부유한 노예'로 명명될 뿐이다. 대학생의 삶의 방식도 이런 자본주의 공장 같은 방식이다. 고등학교 때까지 내가 왜 공부를 해야 하는지, 내가 하고 싶은 것은 무엇인지도 모르고, 그저 잠을 줄이며 시험 문제를 풀며 대학에 왔다. 그런데 대학은 학점이라는 상대평가로 나를 불안하게 하고, 대학 졸업 후에 취업의 문이 좁아지면서 대학 생활을 여유롭게 누리기에는 여러 가지로 불안하다. 자격증을 하나라도 더 따고, 무언가 상도 받아놓아야 할 것 같고, 학점도 신경 써야 하고. 대학에 낭만은 없고 도태만이 있는 것 같아 두렵다. 성과가 한눈에 보이지 않는 삶에 의미를 부여하지 못하는 것이다.

　어쩌면 열심히 살면 인생이 바뀔 것으로 생각하는 것이야말로 환상 중의 환상이 아닐까? 좋은 학점을 받기 위해 경쟁하며 살면 좋은 취직자리, 행복한 결혼생활이 보장되는 것이 맞을까? 좋은 대학을 나오면 모두 행복하다고 말하는 것이 오류라는 것을 알면서도 공부한 것과 마찬가지의 삶을 반복하고 있는 것은 아닐까? 사실 미래에 대한 두려움보다도 현재를 이렇게 불안과 두려움으로 움직이고 있다는 사실이 더 끔찍하다.

그런데 <새끼 서 발>은 게으르고 능력 없는 사람도 이렇게 잘 살 수 있다는 것을 당당하게 보여준다. 게으름에 대한 우리의 불안을 보게 하는 현실적인 이야기가 된다. 그리고 앞만 보고 달려 나가는 사람들의 삶의 방식 자체를 거시적으로 돌아보게 한다. 세상에 필요 없는 사람은 없고, 모두가 세상에 할 일이 있음을 보게 한 것이다.

아무것도 하고 싶지 않은 권태로운 나는 어떻게 살아갈 것인가?

<새끼 서 발>에 대해 자기 생각이 개입된 반응은 크게 두 가지로 갈린다. 첫 번째 반응은 저자처럼 게으른 사람이 잘되는 것을 매우 불편하게 느끼는 것이다. 두 번째 반응은 학생 중에는 게으른 이 총각이 정말 이해가 된다는 것이다. 여기서 후자의 반응을 보이는 경우는 게으른 모습을 핸드폰을 보며 무언가 하고 싶은 것이 없어서 빈둥대는 모습과 동일시하여 해석하는 사례가 많았다. 게으름은 무언가 하고 싶은 것이 없을 때, 당장은 쉬고 싶을 때 나타난다. 그런데 달려야 성공할 것 같은 이 시대에 성과가 눈에 보이지 않는 삶의 여유는 도태되는 사람처럼 보인다. 발전이 없는 것은 우리를 두렵게 한다. 이런 마음이 <새끼 서 발>에 공감하게 하는 것이다.

나는 지금까지 수동적인 인생을 살아왔다. 보통은 어릴 적에는 화가가 되고 싶고, 대통령도 되고 싶고 누구는 가수도 되고 싶다던데 나는 그 어릴 적부터 하고 싶은 게 없었다. 특별히 재밌는 것도 없었고 남들보다 잘하는 것도 없었다. 조금 잘하는 건 제 자리에 앉아서 하는 공부였으나 정말 하기 싫어했다.

하고 싶은 것이 많은 사람은 답이 쉽다. 열심히 하면 된다. 그러나 하고 싶은 것이 없고 뭘 잘하는지도 모르겠다. 그래서 권태롭고 지루하다. 그러나 <새끼 서 발>은 게으르고 능력 없는 사람도 자기의 가치를 발견하고 잘 살 수 있다는 서사를 교환과 수수께끼로 보여준다. 게을러서 새끼 서 발밖에 꼬지 못하는 결함이 있는 사람이지만, 이야기의 순차구조를 통해 새끼 서 발을 가지고 일단 움직이자 잘 살아내게 된다는 것이다.

다시 이야기로 돌아가 보자. 게으른 총각이 어머니에게 욕을 한 바가지로 먹고 기껏 들고나온 게 새끼 서 발이었다. 그런데 총각이 이것을 들고 세상으로 나오자 바로 그 새끼 서 발이 필요한 사람과 대면하게 된다. 이로부터 총각은 몇 번의 우연적인 주고받음의 행위를 통해 세상을 알게 된다. 죽은 말을 산 말로 바꾸고, 죽은 처녀를 산 처녀로 바꾸는 방법을 터득한다. 능력 없고 게을러 자기 세계 안에만 갇혀 지내던 아이가 집 밖으로 나오게 되고, 그 속에서 교환행위를 통해 세상을 운용하는 방법을 배운 것이다. 여기서 중요한 순차적 전개 중 하나는 일단 총각이 움직이는 존재라는 점이다. 총각은 움직여가며 타인이 원하는 것을 교환해주다가 나중에는 교환을 통해 자기가 원하는 것을 획득할 줄 아는 사람이 된다. 이를 간단히 서사문법의 도식으로 표현하면 다음과 같다.

'내기'를 하자고 하는 비단 장수는 타인의 물건을 빼앗고 싶어 하

① 떠남 -A	② 교환의 반복	③ 적대자	④ 내기	⑤ 돌아옴 A
최초 상태 (게으름) 머무름　내쫓김	새끼 서 발 주다　받다 -b　　b 옹기　쌀 죽은말　산말 죽은 할머니　산처녀	비단장수 등장　퇴치 -c　　c	수수께끼 지기　이기기 -d　　d	최종 상태(충족) 여행　집 유목　정주 떠남　돌아옴
	→ 교환과 지혜의 가치를 배우며 돌아올 수 있는 자질을 실현하는 결합			

는 욕심 많은 개인뿐만 아니라, 교환한 물건을 가진 주인공을 인정하지 않는 세상의 시선을 표상한다. 내기라는 행위를 통해 게으름뱅이였던 주인공은 자기를 부족하게 생각해서 얕잡아 보는 개인과 사회의 시선에 대적한다. 교환행위를 통해 얻은 것은 온전히 총각의 것이 아니었지만, 적대자인 비단 장수와 내기함으로써 얻게 되는 여인과 비단은 온전히 총각의 것이 된다. 여기서 교환과 내기가 유기적으로 짝을 이루고 있는 서사적 전개를 확인할 수 있다. 마지막 내기에서 나온 수수께끼는 자기가 겪은 일과 자기가 겪은 삶으로부터 생긴 서사가 그 사람의 자산이 될 수 있음을 상징적으로 보여준다. 비단 장수의 얕은꾀로 넘볼 수 없는 삶의 자질이 게으른 총각에게 생겼기 때문이다.

이처럼 <새끼 서 발>에는 성실한 사람들의 입장과 현실적 사유에서 용납할 수 없는 삶을 사는 게으름뱅이가 차례로 자기 삶의 문제를 잘 해결해 나가는 것을 보여주며, 현실적인 것으로 생각했던 가치와 성실함이 모든 문제를 해결해줄 것이라 여겼던 사유를 다시 의심하게 하는 순차적 전개가 담겨 있다. 대학생들은 대학을 오기까지 왜 달리는지 모르고 달려왔다. 사실 대학생 때라도 이런 게으름을 사유하는 시간이 필요하지 않을까? 내가 무엇을 위해 달리고 있는지, 내가 살고 싶은 삶은 어떤 삶인지 뒹굴뒹굴하며 숨을 돌려보길 바란다. 당장 눈에 보이는 성과는 없지만, 게으름도 긴 시간이 걸리는 성장이다.

그래도 하고 싶은 것이 없어서 <새끼 서 발>의 주인공에 자신을 빗대었던 사람들에게 세 가지를 이야기해 보았다. 목적이 없어도 '움직여 보기'다. 그리고 나에게 있는 새끼 서 발은 무엇인지 '생각해 보기'다. 마지막으로 내 삶의 수수께끼를 '만들어 보기'다. 내 삶에서 우연이라고 생각했던 경험들 하나하나가 나만의 지도가 될 수 있다. <새끼 서 발>의 주인공처럼 움직여간다면 원래 내가 있던 곳으로 돌아오고 있다고 생각하기 쉽지만, 움직이며 인연을 만나갔던 것들이 하찮다고 생각했던 경험일지라도, 과거의 자리와는 다른 자리에 있는 나를 발견하게 할 때가 있기 때문이다.

부정적 감정을 넘어서는 스토리텔링

❶ '게으른 총각'처럼 나의 특징을 특별한 화소로 만들어서 OOO총각, OOO처녀 등으로 명명해서 어떤 이야기를 만들고 싶은지 생각해 보자.

예시: <팔랑총각과 거짓말 마을>

<u>줏대 없는 성격을 가진 저는 팔랑귀입니다.</u> 그래서 남의 말에 엄청 자주 <u>솔깃하고, 모르는 사람이 하는 말이라도</u> 쉽게 믿어버립니다. 전 이런 성격으로 주변에 많이 휘둘리고 <u>속임도 많이 당했습니다.</u> 제 성격에 이런 문제가 있다는 것도 20살이 되고 나서야 대학생활을 하면서 알아 차렸고, 뒤늦게야 성격을 고쳐보고자 노력을 기울였습니다. 하지만 어린 시절부터 만들어진 성

격을 쉽게 고치기란 힘들었습니다.

　나쁜 사람이 있다면 착한사람도 있듯이 전 제 성격을 인정하고 대신에 이런 제 모습으로도 험한 세상을 잘 헤쳐 나갈 수 있는 이야기를 만들어 보고 싶습니다.

❷ 게으른 총각이 남들보다 못하지만, 자기 손으로 만들어 낸 새끼 서 발을 들고 나가자, 그것을 필요로 하는 사람을 만날 수 있었다. 내 삶에서 새끼 서 발이 된 것은 무엇일지, 다음과 같은 방법으로 생각해 보자.

　내가 ___(게을러)요. 그래서 (　　　)만 가지고 내쫓겼어요. 그런데 길을 걷다 보니 _____이 필요하다며 바꾸자고 했어요. 또 길을 가다가 _____를 만나 _____를 바꾸게 되었어요.

불안함을 넘어선 나의 빛 찾기: 해와 달이 된 오누이
호랑이는 왜 엄마 옷을 입고 오두막에 갔을까?

좋은 엄마의 무게가 주는 불안

어머니는 어렸을 때부터 막내딸의 일이라면 마다하시는 일이 없었고, 저는 엄마의 사랑을 감사하게 여기지만 동시에 넘치는 엄마의 사랑에도 불구하고, 매일 부족하다 졸라대는 어린아이였거든요. 고등학교, 아니 재수 때까지도 어머니는 저를 위해 희생하시고, 저는 이런 엄마의 희생을 당연시하는 일방적인 관계였습니다. 그러나 제가 대학교에 입학하게 되면서 이런 극단적인 관계에 금이 가기 시작했습니다. 대학생이 된 저는 이전처럼 엄마의 희생을 무조건 바라지 않게 되었습니다. 엄마는 점차 제가 어린아이에서 벗어나게 되면서 어머니로서의 시간이 멈춰버렸다고 느끼셨던 것 같습니다. 거의 20여 년을 어머니로 살아오신 어머니가 그 존재 의미가 부정확해지자, 어머니가 엄청난 허탈감을 느끼시게 된 것은 어쩌면 당연한 일이었는지 모릅니다. 이런 허탈감은 저에 대한 집착과 우울증으로 분출되었죠. 저 나름대로 저는 엄마의 집착이 익숙하지 않아 당혹감을 느꼈고, 어머니 또한 자신의 이런 변화에 굉장히 당황스러워하셨습니다. 무조건적인 희생과 그 희생에 대해 갚아야 할 것 같은 책임의 무게감, 그리고 죄책감이 우리 모녀를 짓누르고 있었습니다.

우리는 모성에 대해 한쪽의 편향된 생각을 가지고 있다. 일반적으로 모성은 따뜻하고 자애롭고 희생적인 이미지를 가지고 있다. 그러나 강의를 하면서 모성에 대해 떠오르는 생각, 엄마 하면 떠오르는 생각을 말해 보게 하면, 무언가 이중적인 감정이 있다는 것을 알게 된다. '자상하신데 참견하실 때가 많아서 종종 부담스럽다', '희생하시는 어머니의 모습에 감사하면서도 어머니 삶을 못사는 것 같아 답답할 때가 있다' 등이다. 모성이 늘 따뜻하고 자애로운 이미지만으로 다가오는 것은 아닌 것이다.

자녀에게 엄마는 절대적인 존재이다. 어릴 때는 절대적 의존시기가 있고, 자라면서 상대적 의존시기를 거쳐, 자녀들은 진정한 자립을 하게 된다. 그런데 자녀의 입장에서 엄마의 보살핌을 벗어난다는 것이 두렵고, 엄마의 입장에서는 자녀가 잘 해나갈 수 있을지 불안하다. 이 사이에서 갈등이 생긴다. 자녀의 뒷바라지를 열심히 해주는 엄마, 좋은 엄마다. 그런데 앞의 글은 엄마의 희생으로 내가 성장한 것을 아는데도, 이제 그 희생의 무게가 엄마와 나를 짓누르는 것 같다고 했다. 먹여주고 공부나 재능을 키워주는 것 말고 엄마의 역할이 필요 없어지는 변화의 순간에 엄마들은 왜 우울증에 걸리는 것일까?

심리학 공부를 하면서 딸과의 말다툼 내용을 말하면, "언제까지 품 안의 자식일 것 같아?"라는 말을 종종 듣는다. 이런 말을 들을 때마다 떠오르는 이야기, 자녀들을 돌보는 엄마, 자녀와 밀착된 엄마의 역할을 지속하고 분리하고 싶지 않을 때, 엄마들의 집착으로 자신의 삶을 살아내지 못하는 모습을 상징적으로 극명하게 보여주는 이야기가 있다. 엄마의 관점에서 자녀와 떨어지는 삶을 생각해 보게 하는 이야기가 있는데, 바로 고개마다 나타나 "떡 하나 주면 안 잡아먹지!"를 말하는 호랑이로 유명한 <해와 달이 된 오누이>다. 또한 자녀의 입장에서는 엄마 품을 벗어나는 것이 호랑이를 만나는 것 같은 두려움과 불안으로 표현되어 있기도 하다. 이때 <해와 달이 된 오누이>는 엄마도 꼼짝 못 했던 무서운 호랑이를 오누이의 힘으로 벗어나는 것을 보여준다. 그 결과 해와 달이라는 자신만의 빛을 생성하는 존재가 된다. 엄마를 잡아먹고 오두막에 있는 아이들까지 잡아먹으려는 집 밖의 무서운 존재인 호랑이에 대한 두려움을 한껏 느끼고 벗어나는 이야기는 이렇게 시작한다.

> 깊은 산골 오두막에 엄마와 오누이, 갓난아기가 살고 있었다. 엄마는 오두막에 오누이를 남겨두고 열 고개 너머에 있는 옆 마을 잔칫집에 일하러 갔다. 어둑어둑해진 밤에 집으로 돌아오기 위해 고개를 넘는데 호랑이가 "어흥" 하고 나타났다. 호랑이는 엄마에게 머리에 이고 있는 것이 뭐냐고 물어봤다. 엄마는 아이들에게 줄 떡이라고 대답하자, 호랑이는 "떡 하나를 주면 안 잡아먹지!" 했다. 엄마는 얼른 떡을 주고 두 번째 고개를 넘었다. 또 호랑이가 "어흥! 떡 하나 주면 안 잡아먹지!" 해서 떡을 주고 또 세 번째 고개를 넘는데 호랑이가 나타나 떡을 달라고 해 엄마는 떡을 주고 다음 고개를 넘었다. 네 번째 다섯 번째 고개를 넘을 때마다 호랑이는 떡을 주면 안 잡아먹는다고 해서 떡을 다 줬다. 다시 호랑이가 나타나서 떡 하나 주면 안 잡아먹는다고 하자, 엄마는 떡이 더 없다고 하자 호랑이는 엄마를 꿀꺽 잡아먹었다. 그리고는 호랑이는 엄마 옷을 입고 오누이가 기다리는 오두막으로 갔다.
>
> 오두막에 도착해서 엄마라고 문을 열어달라고 하자, 오누이는 손을 내밀어 보라고 한다. 털이 난 손을 보자 엄마가 아니라고 문을 열어주지 않자, 호랑이는 손에 밀가루를 묻혀 내밀었다. 오누이가 엄마라고 문을 열

어주자 호랑이는 갓난아기에게 젖을 준다고 부엌으로 데리고 가 잡아먹었다. 오도독 소리에 오빠가 문틈으로 보니 치마 밑으로 호랑이 꼬리가 보였다.

오누이는 호랑이 몰래 밖으로 나갔다. 호랑이는 아이들이 보이지 않자 마루, 헛간, 뒷간, 지붕을 돌아다니며 찾다 지쳐서 우물에 가 물을 마시려고 보니 아이들이 우물에 들어가 있었다. 호랑이가 우물을 쳐다보며 나오라고 하자, 위에서 웃음소리가 들려 보니 오누이가 나무 위에 있었다. 호랑이가 어떻게 올라갔냐고 물어보자 오빠가 참기름을 듬뿍 바르고 왔다고 했다. 호랑이가 참기름을 듬뿍 바르고 나무에 올라가다가 미끄러져 엉덩방아를 찧자, 동생이 웃으면서 바보같이 도끼로 찍고 올라오면 되는 것도 모른다고 했다.

호랑이가 도끼로 나무를 찍으며 점점 올라가자, 오누이는 더는 갈 곳이 없어 "하느님, 하느님, 저희를 살려주시려면 새 동아줄을 내려주시고, 죽이시려거든 헌 동아줄을 내려주세요."라고 말했다. 그러자 호랑이가 아이들을 잡으려 할 때 동아줄이 내려와 오누이는 얼른 매달려 하늘로 올라갔다. 오누이의 말을 대충 들은 호랑이는 하느님에게 "저를 살리시려면 헌 동아줄을 내려주시고, 죽이시려면 새 동아줄을 내려주세요."라고 하자, 동아줄이 내려와 얼른 잡고 오누이를 따라갔다. 하지만 헌 동아줄은 툭 끊어져 호랑이는 수수밭으로 쿵 떨어졌다. 수숫대가 붉은 것은 이때 호랑이가 흘린 피 때문이다. 한편 오누이는 하늘에 올라가 해와 달이 되었다.

어린 시절에 한 번씩 들었던 이야기일 것이다. 고개를 넘을 때마다 떡을 빼앗기는 장면이 반복되고, 어머니가 가진 것을 하나씩 위협하고 빼앗아 가며 공포와 긴장을 더 하는 묘미가 있는 이야기다. 옛이야기의 매력은 해석의 다양성이라 앞서 말했다. 공포와 불안을 중심으로 생각한다면 주제는 이야기를 통한 '공포와 불안의 체험과 극복'이 되기도 한다.

엄마가 먹힌다는 공포 그리고 쾌감

여기서는 '분리'를 화두로 이야기해 보려고 한다. 엄마와의 밀착단계를 넘어선 아이들의 분리불안은 발달심리학 연구를 통해 많이 알려졌다. 큰애와 둘째를 키우면서 이 이야기를 들려주었을 때, 대략 3~4살 때는 엄마가 잡아먹힐까 봐 무서워하며 내 입을 막기도 할 정도로 이야기를 즐기지 못했다. 그러나 6~7살이 되면 이 이야기를 너무 재미있어하고 통쾌해하며 즐기는 모습을 보였다. 이 이야기가 '분리'와 밀접한 관계가 있기 때문일 것이다.

서너 살 때는 분리불안이 있지만, 분리불안을 넘어서는 나이가 된 아이들은 엄마가 잡아먹히는 것이 중요하지 않고, 호랑이에게 어떻게 벗어나는지가 중요해진다. 무서워하는 4살 아이에게는 엄마가 잡아먹히는 부분을 간략하게 넘어가듯이 들려준다면, 일곱 살 아이에게 들려줄 때는 한 고개 한 고개 넘어갈 때마다 호랑이가 나타나는 장면이 길어지는 이야기들로 변할 수 있다. 이는 어머니와 호랑이 사이의 긴장감을 즐기기 때문으로 해석된다. 평안북도와 충청도 등에서 전승된 이야기에서는 한 고개를 넘고 두 고개를 넘어 떡을 다 주어 없게 되자, 호랑이가 엄마의 팔을 떼어달라고 해서 팔을 떼어주고, 또 고개를 넘자 다리를 떼어달라고 해서 다리를 주고, 몸통만 굴러서 오두막으로 가는 장면이 추가되기까지 한다.

고개를 또 넘어가니까 아까 그 범이 길을 막고 잡아먹겠다고 해서 <u>팔을 떼어주며 잡아먹지 말라고 하니까 범은 팔을 먹고 갔다.</u> 고개를 또 넘어가니까 범이 또 길을 막고 잡아먹겠다고 해서 <u>다리를 떼여 주니까 범은 그 다리를 먹고 갔다.</u> 고개를 또 넘어가니까 그 범이 길을 막고 잡아먹을라고 했다. <u>이번에 줄 것이 없으니까 범은 달라들어서 이 여자를 잡아먹었다.</u>[14]

아이들이 듣는 이야기에서 왜 이런 잔인한 부분이 추가되었을까? 최근에는 어린이 옛이야기 책에도 옛이야기의 '잔인성'에 대해 다양하게 해석되면서, 이 부분을 삭제하지 않고 넣는 경우도 많아져, 엄마 팔이 잘린다든지, 몸통만 남아 데굴데굴 굴러가는 장면들이 여과 없이 그려지기도 한다. 어머니는 어떻게든 자기가 돌봐줘야 하는 아이들에게 돌아가려고 하고, 호랑이는 어떻게든 어머니를 넘어가지 못하게 하고 먹으려고 한다. 이 대목에서 이야기를 듣는 사람들은 어머니가 잡아먹힐 것 같은 긴장감과 살 수도 있겠다는 안도감을 고개 넘듯 반복해서 느끼게 된다. 이 긴장감이 주는 쾌감으로 어머니의 몸을 하나씩 주는 장면이 추가되었을 수도 있지만, 이런 행위는 공포와 긴장감만이 아니라 그 무엇이 더 있다고 생각하게 한다. 왜 아이들은 엄마가 먹히는 것을 무서워하면서도 엄마가 먹히는 공포를 즐기며 듣는 것일까?

호랑이는 산속을 누비는 야생의 삶을 살며 엄마와 오누이의 생명을 위협하는 폭력적인 존재다. 호랑이는 자식을 주겠다고 이고 가는 떡을 굳이 다 먹고 엄마를 먹는다. 떡을 그렇게 먹고 먹어도 배가 차지 않는다. 호랑이의 식욕은 어머니를 먹었어도 채워지지 않고 오누이까지 먹기 위해 움직이는 끊임없는 '탐욕'을 상징한다. 욕망으로 움직이는 호랑이다. 반면에 어머니는 뭐든지 내어줄 수 있는 희생을 상징한다. 어머니는 떡은 물론이거니와, 자식에게 가기 위해서라면 자기 몸과 옷도 내어줄 수 있다. 어머니와 호랑이의 대립 양상을 간략하게 다음과 같이 제시해 볼 수 있다.

어머니	약함	보호	평화	안전	희생
호랑이	강함	야생	폭력	위험	탐욕

호랑이는 왜 엄마 옷을 입고 오누이에게 가는가?

호랑이와 엄마는 이렇게 대립하는 부분이 많다. 그런데도 이야기에 따라서 호랑이가 엄마를 한 번에 잡아먹지 않고 팔 하나, 다리 하나 해체하듯 먹더니 나중에는 엄마 옷을 입고 엄마인 척까지 하게 된다는 점이다. 마치 엄마를 하나씩 흡수하는 것처럼 엄마의 떡을 먹고, 엄마의 옷을 입은 호랑이. 호랑이는 엄마 옷을 입으며 호랑이와 엄마 사이의 경계를 넘나들려고 한다. 엄마의 옷을 입고 오두막으로 간 호랑이는 지금까지와는 사뭇 다른 모습을 보여준다. 엄마를 잡아먹을 때는 협박하고 공포심을 심어주며 먹었다면, 오누이에겐 마치 정말 엄마인 것처럼 살살 달래며 먹으려고 한다. 엄마 옷을 입은 호랑이에게는 무서움만이 아니라 엄마의 온화함이 공존하게 된 것이 이 이야기의 반전이다. 이러다 보니 호랑이의 상징에 대한 다양한 논의가 이어지는 것도 무리가 아니다. 충동과 본능에 충실하여 잡아먹으려고만 하는 공포의 존재,[15] 통과 의례자,[16] 트릭스터(trickster)[17]에 이어 부정적 이미지의 어머니로 분석한 연구[18] 등이 있다. 그림책으로 나올 때 호랑이가 다양하게 그려지는 것도 당연하다. 그리는 사람의 해석에 따라 어느 때는 공포가 느껴지는 이미지나 탐욕스러운 모습으로 그려지고, 웃음과 지혜로 오누이에게 당하는 호랑이의 우둔한 모습이 부각 되는 이야기책에서는 좀 멍청하게 그려지기도 하고, 엄마처럼 보이고 싶은 그림책에서는 엄마 옷을 입은 호랑이가 온화하게 그려지기도 한다.

엄마는 보호의 존재이며 다른 사람을 위협하지 않는 온화하고 따뜻한 이미지인 반면에 호랑이는 야생의 존재이며 다른 사람과 동물을 위협하는 폭력적인 존재인데, 엄마 옷을 입은 호랑이가 엄마의 모습을 가지려고 한다니 정말 아이러니하다.

떡도 먹고 어머니까지 먹은 호랑이는 엄마가 되어 오두막으로 향한다. 떡을 다 빼앗긴 어머니는 고개 하나를 넘을 때마다 팔과 다리를 떼어주고 몸뚱이로만 굴러가다가 그마저도 잡아먹힌다. 아주 불편하고 잔인한 장면일 수 있지만, 우리에게 한 가지 의미심장한 포인트를 준다. 호랑이에게 가진 것을 모두 빼앗겨도 고개고개 넘어 어떻게든 아이들에게 가고 싶은 엄마의 강한 모성이 오히려 호랑이를 오누이가 있는 오두막으로 인도하고 있다는 점이다.

오누이는 오두막에서 문을 꼭 잠그고 엄마를 기다린다. 그런데 엄마인 척하는 호랑이를 만나자 집 밖이 더 안전하다고 생각하고 나가게 된다. 결국, 오두막으로 간 호랑이는 엄마인 척 집안으로 들어와 오누이를 집 밖으로 몰아내는 역할을 하고 있다. 오두막을 보호하고자 하는 엄마의 품 안이라고 생각해 볼 수 있다. 엄마의 보호로 의존단계에 머물러 있는 아이의 성장을 위해서는 엄마가 예전처럼 자녀를 보호하고 받아주기만 하는 것이 아니라 때론 세상 밖으로 몰아내야 하는 것과 연관될 수 있다. 그렇다면 호랑이는 무서운 것만이 아니라 인생에서 한 번은 대면해야 하는 존재다.

여기서는 자식을 독립시켜야 하는 매정한 어머니의 역할을 호랑이가 하는 것이다. 이런 맥락에서 호랑이는 성장하는 과정에서 자녀가 겪어야 하는 또 다른 모습의 어머니를 상징하는 것으로 해석될 수 있다. 그래서 몸통을 굴려서라도 어떻게든 오누이에게 가려는 모성 깊은 엄마는 사라지고, 엄마 옷을 입은 호랑이가 엄마 대신 오두막으로 향하는 것이다. 이 호랑이는 크게 두 가지 상징으로 얘기해볼 수 있다. 자식을 독립시키기 위한 매개자이자, 자식을 놓고 싶어 하지 않는 모습을 폭력적으로 형상화한 것이다.

일단 이런 호랑이를 만난 오누이들은 어떻게 변화하고 있는가를 보자. '엄마의 모습이 된 호랑이'는 오누이의 아늑한 공간인 오두막으로 찾아가지만, 오누이는 쉽게 문을 열어주지 않는 맹랑함을 보인다. 결국, 호랑이는 자신을 의심하는 아이들의 경계를 풀기 위해 이런저런 머리를 써야 한다. 집 밖, 야생, 숲속의 존재인 호랑이가 집안의 안전한 공간으로 들어가기 위해서는 오누이가 의심을 풀 수 있도록 목소리를 엄마처럼 다정하고 부드럽게 가다듬어야 하고, 털 많은 손에 부드럽고 하얀 밀가루를 묻혀야 한다.

호랑이가 이런저런 머리를 쓴 결과, 오누이는 호랑이를 엄마라고 생각하고 문을 열어준다. 오누이가 호랑이를 진짜 엄마라고 생각하면서, 안심과 두려움의 경계가 무너지는 순간이다. 나를 보호해주는 듬직한 존재라고 믿었던 엄마가 나를 삼킬 수 있는 두려운 존재로 변모하여 세상에서 가장 안전할 것이라 여겨지던 공간으로 침입한 상황이 되었다. 오누이는 인간이며 호랑이보다 약자다. 그러나 오누이는 이 호랑이를 넘어서야 한다.

재밌는 것은 엄마가 호랑이를 대하는 방식과 오누이가 호랑이를 대하는 방식은 사뭇 다르다는 점이다. 모두 공포를 느끼지만, 엄마는 호랑이에게 아이들에게 가야 한다며 감정에 호소했다면, 오누이는 감정이 아닌 머리를 쓴다. 오누이는 동물과 다르게 지혜가 있기 때문이다. 어머니는 자식들에게 가야만 하므로 지혜를 드러내기보다는 모성이라는 약점을 드러내고 말았다. 반면에 오누이는 어머니와 달리 호랑이와 좀 더 대등한 대결을 펼치게 된다. 일단 오두막 안으로 들어온 호랑이는 오누이를 잡아먹어서 통합하기 위해 그들을 오두막 안에 그대로 머물게 한다. 이후 오누이는 호랑이가 아기를 몰래 먹은 것을 알게 되거나, 치마 속에 감춰진 꼬리를 보게 된다. 그들은 안전하다고 믿었던 공간인 오두막이 엄마인 척하는 호랑이 때문에 더 위험해졌다는 것을 깨닫고 오두막 밖으로 탈출하기 위한 기지를 펼친다.

"엄매야, 나 똥 매리워." 했다. 거기서 누어라 하느꺼니 쿠린내가 나서 안된다 했다. 고롬(그럼) 뜨락에서 누라, 밟으문 어카갔네, 고롬 재통(칙간)에 가 누어라. 그래서 아덜은 밖으로 나와서 멀리 뛔서 움물역(우물)에 있던 나무에 올라가 있었다.[19]

몰래 도망가기도 하고, 똥이 마렵다고 밖으로 나가서 도망가는 상황에서는 오누이에게는 사람의 속성인 지혜가 드러난다. 호랑이는 오누이에게 나무에 어떻게 올라갔냐고 질문을 하고, 참기름을 바르고 왔다는 오누이의 말을 곧이듣고 따라 한 호랑이는 엉덩방아를 찧고 아이들에게 큰 웃음거리가 된다.

그런데도 호랑이는 누이의 말실수를 얼른 알아차리고, 도끼를 찍으며 끈질기게 아이들을 쫓아 나무에 오른다. 이때 나무 끝에 올라가 있는 아이들은 자신을 보호해주던 존재인 엄마 대신 하느님을 찾는다. 하느님은 새 동아줄을 내려 오누이들을 하늘이라는 새로운 세상으로 인도하고, 호랑이에겐 썩은 동아줄을 주어 땅으로 떨어뜨려 그들을 분리시킨다. 그 후 새로운 세상에서 오누이는 해와 달이라는 새로운 존재로 거듭나 세상의 빛을 주는 존재가 된다. 세상에서 오누이가 자신들의 할 일을 찾은 것을 해와 달이라는 상징으로 보여주는 것이다. 공간을 변화하며 불안을 극복하고 성장의 자질을 찾아가는 서사문법을 다음처럼 정리해 볼 수 있다.

숲 속 (-) 위험의 공간		오두막집 (+) 결합의 공간	우물가 (-) 대립의 공간	하늘 (+) 독립의 공간
호랑이 ↔ 어머니	동물 변환	어머니 = 오누이	오누이 ↔ 호랑이	분리 변환

떡
살림 　 죽음
b 　 - b
어머니의 죽음

어머니 옷을 입은
호랑이
어머니 호랑이
c 　 -c
결합의 공간에서
의심의 공간으로 바뀜

참기름
호랑이의 남매의
우둔함 기지
-d 　 d
통과의례

동아줄
헌 　 새
-e 　 e
퇴행 성장

공간을 통해 어두움, 공포와 대면하지만 극복하고 자신들만의
빛을 찾는 성장의 자질 획득

왜 자식들은 자기 삶의 빛을 찾는데 어머니를 잃고 집 밖을 나와야 할까? 우리에게 익숙한 콩쥐나 신데렐라, 손 없는 색시, 백설공주 등의 옛이야기 주인공들은 오누이와 마찬가지로 어린 시절 엄마를 잃는 인물들이다. 여기서 엄마의 죽음이라는 상징적인 화소가 민담의 전형적인 서사 방식 중 하나로 자리 잡고 있다는 사실을 확인할 수 있다. 어머니는 자녀가 성장하는 데 없어서는 안될 중요한 존재다. 그런데 많은 옛이야기가 이렇게 중요한 어머니를 일찍 여의는 설정으로써 주

인공에게 결핍을 주며 시작하는 것은 왜일까?

호랑이의 식욕, 또 다른 모성의 속성

이 이야기가 다른 이야기들과 다르게 인상적인 것은 어머니가 사라지는 것만이 아니라 어머니인 척하는 호랑이가 오두막으로 향한다는 것이다. 앞서 살펴보았듯이 끊임없이 타인을 자기 안으로 끌어들이려는 존재가 바로 호랑이다. 강하게 자신과 결합을 추구하는 호랑이의 속성은 식욕으로 나타나고 있는데, 사실 결합의 속성은 모성의 속성이기도 하다.

결합의 속성을 상징하는 호랑이로 이 이야기를 다시 생각해 보자. 자신을 잡아먹으려는 호랑이는 오누이의 삶에서 반드시 이겨내야 할 상대다. 처음엔 오두막이 가장 안전하다고 생각하고, 오누이는 세상 밖으로 나오지 않고 더욱 문을 잠근다. 그러나 호랑이는 엄마를 잡아먹으며 오누이가 있는 오두막을 알게 되고, 호랑이는 엄마인 척 오두막으로 들어간다. 오누이는 분명 호랑이라는 존재가 없었다면 평생 엄마의 보호를 받으며 오두막에 머물고 싶었을 것이다. 보호라는 속성은 오두막처럼 안전한 곳에 계속 머물고 싶은 욕망을 갖게 한다. 오두막 바깥은 위험하고 무섭고 무엇이 나올지 몰라 불안하다. 그러나 오두막에 무서운 호랑이가 등장하자 오누이는 오두막을 뛰쳐나가고자 하고, 호랑이는 모성보다 더 강한 힘으로 오누이와 결합을 시도하며 그들을 집 안에 머물게 하고 잡아먹으려고 한다. 오누이에게 있어 안전하다고 생각하며 집 안에 계속 머무르는 것은 오히려, 성장을 멈추는 행위가 된다. 삶의 어두움과 공포를 대면하지 않는 것은 성장이 멈춘 삶, 즉 죽음과도 같은 상태다. 마치 엄마의 자궁처럼 아이들을 보호해주는 오두막이지만, 그곳에서 평생 있다면 빛이 없이 사는 것과 같다.

호랑이가 잡아먹는다는 것은 오누이를 자기에게로 결합하고자 하는 모성의 욕망으로 생각할 수 있다. 그런 호랑이는 썩은 동아줄 혹은 헌 동아줄을 타고 오누이를 쫓아가다 땅으로 떨어지면서 좌절하게 된다. 수숫대에 똥구멍이 찢어져서 피를 낭자하고 죽은 호랑이의 모습을 통해 자식들과의 분리를 거부하는 모성의 강한 결합력이 어떻게 파국을 맞게 되는지 확인할 수 있다.

호랑이가 엄마 옷을 입고 오두막에 간 것은 엄마의 분리불안을 넘어서지 못했을 때의 모습을 보여주기 위함이다. 유아기에 분리불안을 겪지만, 아동기와 사춘기를 넘어서면서부터는 분리가 일어나도 불안하지 않게 된다. 자녀 관점에서 성장을 위해 부모로부터 정신적으로 독립하는 과정이 필요하다는 것을 모두가 안다. 그러나 독립이 필요한 것은 자녀들만이 아니었다. 엄마들의 삶에도 자녀들의 삶과 분리를 해야 하는 정신적 사춘기를 겪어내야 한다. 자녀가 성장한다는 것은 정신적, 심리적으로 분리해 가야 하는 엄마들의 과제가 생긴다는 것인데, 우리는 이를 쉽게 간과한다. 이 과제를 겪어내지 못할 때 엄마들이 건강하지 못한 모습으로 변하게 되는데 바로 집착하는 모습과 우울해지는 모습이다. 바로 이 모습이 어머니의 또 다른 모습인 호랑이다. 앞서 대학생이 된 자녀가 고등학교 때처럼 엄마가 필요해지지 않은 순간에 어머니는 딸의 삶에 여전히 개입하고 싶어지지만, 그렇지 못했을 때 화를 내고 집착하다 우울해지는 모습이 이 호랑이의 모습과 닮았다.

<해와 달이 된 오누이>를 이야기하고 해석하며 강의를 듣는 사

람들에게 나의 삶과 옛이야기를 연관해서 생각해 보게 한다. 옛이야기를 자신의 삶과 빗대어 해석해 보는 것은 자식이면 자식의 처지에서, 어머니면 어머니의 처지에서, '호랑이 같은 자신의 모습'을 대면해 보고, 자신을 '호랑이'에게 잡아먹히지 않으려면 어떤 삶을 살아내야 할까 생각해 보게 한다는 점에서 삶을 성찰하게 하는 이점이 있다. 재밌는 것은 '호랑이가 나 같다.'라고 얘기하는 사람들이 많았다는 점이다.

50대 중반의 한 여성은 대학을 갓 졸업한 딸이 생각지도 못한 결혼을 얘기했을 때, '썩은 동아줄이라도 잡고 오누이를 쫓아 올라가고 싶은 호랑이가 바로 나'라는 생각을 했다고 한다. 어떻게든 더 딸과 함께 살고 싶고, 아직 결혼 혹은 독립시키기에는 마음의 준비가 안 된 마음이 자식을 삼키고 싶은 호랑이 같았다. '독립', '분리'가 자식만의 과제는 아닌가 보다. 어머니에게도 자식에게 집착하는 마음의 탯줄을 썩은 동아줄 잘라내듯이 잘라내야 하는 힘든 분리의 과제가 있음을 느끼게 하는 해석이었다.

힘든 고등학교 시절을 끝내고 대학에 온 학생도 '호랑이가 나 같다.'라고 말한다. 떡은 어머니의 소중한 시간과 같은 희생을 상징하는 것으로 해석했다. 자신이 대학에 오기까지 어머니의 떡을 당연하다는 듯이 야금야금 빼앗은 것 같고, 자유로운 어머니의 팔과 다리를 자신을 위해 사용하도록 하며, 어머니의 자유로운 삶을 먹은 것 같았다고 말했다.

요즘은 부모와 자식의 관계가 역전되는 때도 있다 보니, '호랑이 같은 자식'이 많아졌다. 그런데 이렇게 호랑이가 자신이라고 얘기하는 자식의 마음에는 어머니에 대한 부채의식이 느껴진다. 어머니는 자식을 위해 모든 것을 내주면 자식이 행복할 그거로 생각하기 쉽다. 그러나 이와 같은 해석들을 보면, 자식으로서는 그 희생이 감사하기만 하지는 않고 부담스럽기도 한다는 것을 알 수 있다. 또한, 그 희생으로 인한 부담이 오히려 자식을 자유롭지 않게 하며 어머니 품 안에 머무르게 하는 함정이 될 수도 있다.

불안의 오두막을 넘어선 나의 빛 찾기

호랑이에게 잡아먹히지 않은 채 동아줄을 잡고 하늘로 올라간 오누이가 해와 달이 되어 자신의 빛을 낼 수 있었던 것은 가장 안전하다고 생각했던 공간인 오두막으로부터 벗어나고 호랑이라는 적대자를 이겨내어 독립할 수 있었기 때문이다. 이 자신만의 빛은 어머니의 세계를 벗어날 때 가능하다. 오누이는 '어머니 모습을 한 호랑이'와 '호랑이 모습을 한 어머니'의 경계에서 안전하다고 생각했던 대상의 어두운 면을 경험하고 그 대상의 부정적인 면을 극복함으로써 성장할 수 있게 된다.

이처럼 <해와 달이 된 오누이>를 통해 자기를 보호해 주던 어머니의 죽음에서 어머니의 또 다른 본성과 세상의 어두운 면을 상징하는 존재를 만나 시련을 겪게 되지만, 어머니의 보호를 벗어나자 빛이 없던 세상에 해와 달이 되어, 독립된 자신의 빛을 내게 되는 것을 볼 수 있었다. <해와 달이 된 오누이> 이야기는 자신의 빛을 내기 위해서는 오두막에서 나와야 하고, 그러기 위해서는 호랑이를 만나는 것을 두려워하지 말라고 우리를 응원한다. 마지막에 구비전승되는 <해와 달이 된 오누이> 이야기에는 변이가 첨가되기도 하는데, 수동적이었던 여동생이 달이 되고 보니 해가 되고 싶다고 말하는 장면이 있다. 음양오행설이 지배하고 있는 세상의 잣대에서 여성은 달, 남성은 해라고 쉽게들 생각하지만, 여동생은 자신이 해가 되고 싶다며 자신이 빛을 낼 자리를 말하고, 해가 된다. 물론 오빠의 배려도 있었지만, 호랑이를 만나 오두막을 벗어나니 그들은 이렇게 큰 빛을 내고, 자신만의 빛을 찾을 수 있었던 존재로 변모했다는 것을 상징적으로 보여주는 변이라 할 수 있다.

<해와 달이 된 오누이>의 이야기는 아이들의 변모만이 아니라, 엄마 역시 변화의 과정이 있어야 한다고 말해준다. 어느 날 아기가 태어나면 비로소 엄마가 된다. 엄마로 세팅되어 태어나는 사람은 없다. 잘 보호해주고 살뜰히 살펴주는 건 당연히 모성에서 필요한 몫이다. 신이 세상 사람들 모두를 돌볼 수 없기에 만들어진 존재가 엄마라고 할 정도로 아이들은 엄마의 사랑과 정성으로 자란다. 하지만 여기가 끝이 아니다. 엄마 역시 자녀의 성장과 마찬가지로 엄마로 만들어지는 과정에 있다. 자녀가 엄마를 넘어서게 할 힘과 과정이 필요하다. 아니면 호랑이에게 나를 먹힐 수 있다고 <해와 달이 된 오누이> 이야기는 말해준다.

마지막으로 앞서 언급했던, 대학생이 된 딸이 더이상 엄마를 필요로 하지 않자 엄마가 딸에게 자신의 우울과 속상함을 전달해서 서로가 힘들었던 사연의 모녀가 이를 어떻게 풀어갔는지로 이 글을 마무리해보고자 한다.

우리는 이 상태로는 더이상 견딜 수 없다고 생각했고, 서로의 감투를 내려놓고 많은 이야기를 나누었습니다. 어머니와 딸이라는 관계가 아닌 사람과 사람의 관계로 말이죠. 학교에서 돌아와 저는 어머니와 제 침대에 앉아 하루 동안 있었던 일, 그리고 며칠 동안 담아두었던 생각들을 서로 나누었죠. 많은 이야기를 나누며 서로가 느낀 것은 엄마는 이제 엄마로서의 삶이 아닌, '유O숙'의 삶을 다시 찾아야 한다는 것입니다. 결론이 내려지자, 엄마와 저는 엄마의 평생교육을 위해 문화센터를 뒤지기 시작했고, 동네 헬스클럽에 등록했습니다. 또, 엄마는 미술학원에도 등록하셨고, 전보다 더 활발히 친구들을 만나시며 여행을 다니시기 시작했습니다. 어머니는 이제 조금씩이라도 자신의 삶을 찾으신 듯 보이고 우리 모녀의 관계는 더욱 돈독해졌습니다.

📖
부정적 감정을 넘어서는 스토리텔링

❶ 희생하는 어머니가 고마우면서도 부담스러웠던 순간이 있었다면, 언제였을까?

예시

"내가 대신 아파줬으면"

"네가 애기때처럼 엄마 품에 있었으면 좋겠어"

어렸을 때 크게 다쳐서 수술했을 때나 병에 걸렸을 때, 방학이 끝나고 부모님이 계시는 집을 떠날 때 어머니는 이런 말씀을 하곤 했습니다. 자식을 품 안에 가두려는 모성이 있다고 하는 데 공감했습니다. 수업 중에 엄마가 팔다리 없이 데굴데굴 굴러갔기에 호랑이는 오두막의 방향을 알 수 있듯이 사랑이 집착으로 변하는 일도 있다는 것입니다.

물론 문제는 독립적인 성인으로 되는 관문인, 호랑이를 넘어 나아가지 못하는 우유부단하고 나약한 나 자신에 있다고 생각합니다.

태어날 때부터 당연한 듯이 내 옆에서 나를 사랑해주고 날 위해 사시는 사람, 간단한 전화 통화에 나를 울게 만드는 사람, 다시 태어나도 만나고픈 사람, 어머니라는 사람, 오두막은 어머니의 보호막, 하지만 언제까지나 있을 수 없는 곳, 이제 나는 부모 곁을 떠나 독립적인 성인으로 살아갈 나이, 나이를 먹어가며 이제는 어머니의 품속을 벗어나야 한다고 생각합니다. 언제까지나 아이로 살 수 없기 때문입니다.

❷ 힘이 약한 오누이가 어떻게 호랑이를 이길 수 있었을까?

예시

오누이가 호랑이를 이길 수 있었던 이유는 두 가지로 생각해 볼 수 있다. 첫 번째는 바로 호랑이의 방심을 이용한 것이다. 지금으로 치면 기껏해야 유치원생 정도 되는 오누이가 다 큰 성체 호랑이를 이긴다는 것은 몇 번을 상상하든 말이 안 되는 이야기이다. 이것은 아마 호랑이와 오누이 모두가 인지하고 있었을 것이다. 그렇기에 호랑이는 오누이가 어떠한 방법을 사용하더라도 자신을 이기는 것은 말이 안 된다고 생각했고, 그래서 싱글벙글 웃으며 아이들을 말로 꾀어내려고 했다. 하지만 그러한 방심으로 인해 호랑이는 긴장을 놓치게 되었고 결국 오누이에게 지고 만 것이다.

두 번째는 호랑이의 낮은 지능이 그 이유라고 볼 수 있다. 오누이는 살기를 바라면 온전한 동아줄을, 죽기를 바라만 썩은 동아줄을 내려달라고 얘기하여 살았다. 그러나 호랑이는 이를 들었음에도 온전한 동아줄과 썩은 동아줄의 순서를 바꾸어 결국 나무에서 떨어지게 되었다. 여기서 호랑이의 낮은 지능을 파악할 수 있는데, 실제로 호랑이의 아이큐는 약 40 정도로 인간과 비교하였을 때 매우 낮다. 제아무리 유치원생 정도밖에 되지 않는 오누이라고 할지라도 호랑이의 아이큐 지수보다 훨씬 높은 아이큐를 가지고 있을 가능성이 다분히 높아서, 이 역시도 오누이가 호랑이를 이길 수 있었던 이유라고 볼 수 있다.

❸ 여기서는 호랑이가 나를 잡아먹는 존재라면, 내 삶에서 나다움을 잃게 하는 호랑이는 무엇이 있을지 생각해 보기

예시: 나에게 나다움을 잃게 하는 것은 나 자신 안에 존재하는 이상화된 또 다른 '나'이다.

이상화된 '나'는 매사에 당당하고 자신감이 넘치는 사람이고 새로운 일에 도전하고 실패해도 다시 일어설 수 있는 용기 있는 사람이다. 또한 그런 '나'는 자신이 무엇을 좋아하고 잘하는지 등 자신에 대해 잘 알고 있는 사람이다. 하지만 현실 속에 존재하는 '나'라는 사람은 그런 이상화된 존재가 되려고 노력하기보다는 그냥 상상 속에 안주하고 비교하고 아무것도 하지 않는 사람이다. 게으름에 취해서 주어진 일만 하는 수동적인 존재다. 이런 일이 해가 지날수록 심해지면서 대학생이 된 내가 나를 마주 보았을 때 나라는 사람의 나다움은 무엇인지 전혀 모르겠다는 생각이 들었다. 내가 낯설었고 그런 낯섦이 두려웠다. 이는 곧 조금씩 조금씩 자신을 알아가고 성장해 나가고 싶다는 대학생 목표로 이어지게 되었다.

❹ 나는 오두막을 나와서 나의 빛을 낼 하늘의 공간으로 나아가고 있는지 생각해 보고, 내가 빛을 내고 싶은 공간을 가상으로 만들어 보자.

제**2**부

옛이야기로
상처받은
내면아이
치유하기

울타리에서 버려진 내면아이: 바리데기
왜 버려진 딸이 아버지를 살리는 것일까?

왜 현재에도 버려진 딸의 이야기에 공감하게 되는가?

저자가 태어난 1970년대에도 노골적으로 아들을 간절히 바라는 사람들이 많았다. 우리 집만 해도 그렇다. 딸 셋에 막내가 아들인 집의 장녀로 태어났다. 셋째도 딸이라는 소식에 아버지는 너무나 다리에 힘이 빠져 어떻게 걸어 도착했는지도 기억에 없다고 하셨다. 엄마는 아들을 낳기 위해 많은 용하다는 한약도 많이 드셨다고 했다. 아들을 낳기 위한 힘겨운 과정이었던 것처럼 느껴지는 세 딸의 탄생은 태어날 때부터 딸이라는 이유로 부족한 존재로 여겨지게 하고도 남았다. 서글퍼진다. 이런 감정이 해결되지 않으면 상처받은 내면아이가 심리학적으로 성장하지 않고 마음에 감정으로 남아있게 된다. 내면아이가 '존재, 느낌, 경험'이라는 우뇌형 기능을 하기 때문에 '실천, 사유, 행동'이라는 좌뇌형 기능을 하는 '내면어른'과 대립된다고 생각한다. 우리는 문학을 통해 내 안에서 상처받고 버림받은 내면아이를 만나는 시간을 통해 자기의 어린 시절 감정을 치유하기도 한다.[20] 쉽게 말해 "너는 필요없는 존재야!"라는 내면어른의 목소리가 때때로 올라오는 것인데, <바리데기>는 평소에 생각하고 있지 않았지만, 어린 시절에 어른과 세상의 잣대로 보았을 때, 자신이 필요가 없는 존재일 것 같아서 버려질까봐 두려웠던 감정을 바리데기로 소환하며, 그 두려움을 치유해 보는 것이다.

어릴 때, 내가 딸을 낳게 된다면 내 딸은 딸이라 서러움을 받는 일은 없어지지 않을까 하는 희망이 있었다. 세상은 바뀌고 있으니까. 큰애를 임신했을 때에 6개월이 지나자, 의사가 아주 조심스럽게 "배 속의 아이가 엄마를 닮았네요."라고 했다. 알아들을 수 있는 사람만 딸이라는 것을 알게 된다. 아빠를 닮았다면 아들이다. 2000년대 초반만 하더라도 혹시나 딸이라서 유산을 하려는 사람들이 있을까봐 의사들은 조심스러웠던 것이다. 그나마 첫아이라서 알려준 것이다. 다른 사람들의 경우에 큰아이가 딸이고 둘째를 임신한 상황이라면 혹시나 아들을 바랄까 봐 알려주지 않는 의사가 많았다. 요즘은 임신 4, 5개월이 되면 초음파로 아들인지 딸인지를 알 수 있다. 현재는 각박하게 살아가야 하면서 결혼을 늦게 하거나 안 하는 사람들이 많아지고, 아이를 많이 낳지 않는 풍토가 되면서 '딸'이라는 이야기를 들어도 기쁘게 아이를 낳는 시절이 되었다.

이렇게 보며 세상이 바뀌기는 한 것 같다. 그러나 큰애가 딸이라는 것에 시아버지는 서운 하셨고, 이후에 아들을 낳을 때까지 조상을 뵐 낯이 없으시다며 뱃속의 둘째가 아들이라는 것을 알게 되시기 전까지 혼자 힘들어하셨다. 딸로 태어난다는 것이 이렇게 부족한 일일까? 이런 마음을 아주 극단적으로 표현한 이야기가 전해진다. 바로 무속신화로 전승되는 <바리데기>다.

오래된 옛날, 딸보다 대를 이을 아들이 더 귀한 시절. 아들을 바라는 마음이 간절한 왕이 있었다. 그 이름은 오구대왕. 그리고 일곱 번째 딸로 태어났다는 이유로 공주지만 태어나자마자 버려진 이도 있다.

버려졌다 하여 바리데기로 불리기도 하고, 버려진 공주라 하여 바리공주라 불리기도 한다. 딸을 버린 아버지는 병이 난다. 그리고 버려진 딸이 아버지의 약수를 구하기 위해 서천서역국까지 다녀오는 고행을 겪는다. 아들이 아니라고 버린 아버지를 원망하고 미워하기도 모자랄 텐데, 왜 버려진 딸이 아버지를 살리는 것일까? 전국적으로 전승되어 무당에 따라 전승하는 이야기가 조금씩 차이가 있는데, 그중 동해안에서 전승되는 바리데기의 사연을 풀어보면 다음과 같다.

옛날 옛날에 불라국을 다스리던 오구대왕이 길대부인을 만나 혼인을 하고자 했다. 그런데 스님이 올해 혼례를 올리면 딸 일곱을 낳을 것이요, 내년에 혼례를 올리면 아들 일곱을 낳을 것이니 내년에 혼례를 치르라고 했다. 그러나 오구대왕은 길대부인과 그 해에 혼례를 한다. 그 이듬해 첫째 딸을 낳고 금처럼 귀하게 키우겠다고 한다. 둘째가 태어나자 은처럼 소중하게 여긴다. 그렇게 셋째, 넷째, 다섯째, 어느새 여섯째까지 줄줄이 딸을 낳았다. 이제 나이를 먹은 오구대왕과 길대부인은 일곱째는 꼭 아들을 낳게 해달라고 갖은 정성을 다해 빌었다. 길대부인이 일곱 번째 아기를 갖게 되자 모두 아들을 기대했다. 그러나 낳아 보니 또 딸이었다. 그 소식을 들은 오구대왕은 펄펄 뛰며 자신에게 일곱 번째 딸은 없다고 하며 내다 버리라고 했다. 길대부인은 울며불며 아이를 안고 산으로 가서 버려진 아이 바리데기라고 이름 짓고 버리고 돌아서자 호랑이가 물고 가버린다.

세월이 흘러 오구대왕은 시름시름 앓기 시작했는데, 모든 약을 써도 낫지를 않았다. 어느 날 스님이 와서 오구대왕이 살아나려면 서천서역국의 약수를 구해와야 한다고 했다. 길대부인이 딸 여섯에게 갔다올 수 있냐고 순서대로 물어봤더니, 첫째는 큰 집을 지켜야 해서 못 간다고 하고, 둘째는 다리가 아파 못 간다 하고, 셋째는 제사가 많아 못 간다 하고, 넷째는 시아버지가 무서워 못 간다 하고, 다섯째는 아이들이 어려서 못 간다 하고, 여섯째는 자신이 없으면 신랑이 잠을 못 자 못 간다고 했다. 오구대왕이 죽기 전에 자신이 버린 일곱 번째 딸 얼굴이나 보고 싶다고 하자 길대부인은 그 길로 바리데기를 버렸던 산으로 가 보았다.

그곳에는 산신령이 돌봐준 한 여자 아이가 있었는데 바로 바리데기였다. 바리데기는 길대부인을 만나 서러움을 풀어내고, 병들어 있는 오구대왕에게 갔다. 오구대왕은 바리데기에게 너를 버려 벌을 받는다며 앞으로 궐에서 편하게 지내라고 한다. 그러나 바리데기는 서천서역국에 약수를 구하러 가겠다며 남장을 하고 길을 떠난다.

서천서역국에 가는 길을 몰라 지나는 길에 마고할미를 만나 산더미 같은 빨래를 하고, 백발노인을 만나 밭을 갈고, 스님을 만나 저승 가는 길에 있는 서천서역국으로 가는 길을 알게 된다. 가는 길에 황천강을 건너는데 강 속의 망자들이 괴로워하는 모습을 보고, 스님에게 받은 목탁을 치며 가니 망자들이 평온해졌다.

서천서역국에는 하늘에서 죄를 지어 내려온 동수자가 약수를 지키고 있었다. 동수자는 바리데기에게 자신과 혼인하여 밥을 하고 나무를 하며 아들 삼형제를 낳아야 약수를 줄 수 있다고 했다. 할 수 없이 바리데기는 동수자와 혼인을 하고 일을 하며 아들 삼형제를 낳고, 동수자가 알려준 꽃을 꺾고 약수를 받았다. 그 사이 동수자는 죄를 다 용서받았다며 하늘로 혼자 올라갔다. 바리데기는 아들 삼형제를 데리고 불라국으로 향했다.

불라국에 다다랐을 때, 멀리서 상여가 나가는 것을 보고 뛰어갔는데, 오구대왕의 상여였다. 바리데기는 달려가 상여를 내리고 오구대왕의 시신으로 가 살살이꽃, 숨살이꽃, 피살이꽃을 문지르고 약수를 입에 넣자, 오구대왕이 다시 살아났다.

오구대왕은 바리데기의 아들들에게 왕위를 물려주겠다고 했다. 오구대왕이 바리데기에게 공주로 편하게 지내라고 했지만, 바리데기는 자신의할 일을 찾았다고 거절한다. 바리데기는 황천강을 건너는 망자의 혼을 위로해 주는 오구신이 되었다.[21]

오래된 우리의 무속 신앙에서는 이렇게 일곱 번째 딸이라서 버려졌다 신이 된 바리데기 이야기를 전승한다. 우리가 죽어서 저승에 갈때 버려진 딸 바리데기가 오구신 혹은 무조신이 되어 망자가 황천길을갈 때 편하게 건너도록 인도해준다는 것이다. 자신을 버린 아버지를살리는 충격적이며 감동적인 <바리데기> 신화는 어느 부분에 초점을 두느냐에 따라 다양한 해석이 가능한데, 여기서는 '아버지와 딸'의관계를 중심으로 풀어내 보고자 한다.

오구대왕은 많은 것을 가진 왕으로, 충족의 존재였다. 그러나 아들이 없어 왕위를 계승하지 못하게 되자, 오구대왕은 일곱 번째 딸의존재를 부정하고 버린다. 그리고 죽을병에 걸리게 되는데, 자기가 버린딸의 희생적인 구약여행으로 다시 살아나게 된다. 아버지에게 존재를부정당했던 바리데기가 왜 아버지를 위해 약수를 구하러 가는 것일까하는 의문은 <바리데기> 서사의 큰 화두가 된다.

물론 현대에 이렇게 딸이라는 이유로 버려지는 일은 드물다. 그러나 가부장제 사회에서 버려진 것 같은 느낌을 받는 딸들은 여전히 많다. 아버지가 직접적인 폭력을 행사하지 않아도 단호한 목소리마저 폭력적으로 느껴지는 경우는 허다하다. 모성과 다르게 부성은 왜 이렇게폭력적으로 느껴지는 것일까? 왜 어머니와 다르게 아버지의 눈 밖에 나는 것은 버려지는 것 같은 두려움을 가지게 하는 것일까?

이를 생각해 보기 위해 살짝 길을 돌아서 이야기해 보자. 요즘 사람들이 흔히 쓰는 표현으로 <바리데기> 이야기는 곳곳이 고구마 스토리다. 답답해서 가슴이 꽉 막힌다는 뜻이다. 그런데도 이 이야기가 유교 시대를 넘어 살아남은 것에는 이유가 있다. 효 의식 때문만은 아닐 것이다. 망자를 보내는 과정에서 무당이 오구신을 불러오기 위해 들려준 이 이야기를 들으며 많은 여성이 울면서 공감했기 때문이다.

딸로 태어나 겪어야 하는 서러움은 바리데기에게, 가부장제 사회에서 아들을 낳지 못할까 봐 두려운 여성들의 불안의식은 길대부인에게 투영된다. 구비문학인 <바리데기>에서 재밌는 점 중의 하나는 여섯 언니가 약수를 구하러 가지 못한다는 핑계가 다양해지고 늘어나는 대목이다. 큰 집 살림해야 하고, 육아와 가사로 몸도 성하지 않고, 시아버지가 무섭고, 제사가 많고, 어린아이를 돌봐야 하고, 신랑까지 챙겨야 한다는 대목에서 여섯 언니가 효 의식이 부족하고 배은망덕해서 못 가는 것이 아니라는 점에 공감하는 것이다. 가부장제에서 원하는 여성의 삶을 충실히 살고 있어서 오히려 아버지를 살리러 갈 수 없는 여성의 현실을 대변해 주고 있는 언니들이다.

그런데 이 이야기는 여성들만 공감한 것은 아니다. <바리데기>에서는 남성들의 불안의식도 그대로 보여준다. 아들을 낳아서 대를 이어야 한다는 강박적 사고는 아들을 낳지 못했을 때, 이렇게 원인 모를 병을 얻는 것이나 다름없다. 그래서 아들을 못 낳고 딸을 버린 행위는 속병을 앓게 하는데, 이를 고치려면 약도 구하기 힘들 정도라는 것을 오구대왕이 보여준다.

그렇다면 이 이야기는 아들을 낳아야 행복하다고 믿는 가부장제에 살아가는 사람들이 어떻게 마음의 병을 얻는지를 '버림'이라는 충격적인 행위로 보여주고, 이를 치유하기 위해 바리데기가 '약수'를 어렵게 구해가며 모두를 살리는 여정을 그린 것으로 생각해 볼 수 있다. 버려짐은 '죽음'을 상징하고, 약수는 '살림'을 상징함으로써, 결국 버려진 존재가 살리는 존재가 되고 살아내는 존재가 되는 이야기다.

이야기에서는 이를 잘 보여주기 위해 오구대왕의 삶의 방식과 바리데기의 삶의 방식을 대립시킨다. '오구대왕 ↔ 바리데기'의 구도로 두 인물이 대립되는 것으로 형상화되어 있지만, 이는 인간관계의 갈등은 물론이고, 정신의 전체성, 세계의 전체성 모두가 대립하는 양상이다. 아버지와 딸의 대립이지만, 생물학적으로는 남성과 여성의 대립을 보게 하고, 사회학적으로는 가부장제로 인해 성립되는 상하관계를 확인하게 한다.

이런 대립이 서사적으로 오구대왕의 한계를 더 극명하게 드러낸다는 점이 흥미롭다. 딸을 인정하지 못하고 버리는 오구대왕의 극단적인 배제의 행동은 더 이상 인정되고 운용될 수 없는 병들고 낡은 세상의 모순을 드러낸다. 오구대왕이 일곱 번째 딸을 버리자 그는 자신의 화와 절망을 누를 수 없어 죽을병에 걸린다. 그의 병은 용하다는 의원의 약도 듣지 않는다.

딸을 버린 오구대왕은 왜 죽을병에 걸리는가?

오구대왕이 만들어가는 세상에서는 아들만이 왕위를 물려받아야 한다. 왕으로 산다는 것은 이 세상의 가치를 충실히 지키고 만들어가는 대표적인 사람이 된다는 것의 상징적 표현이다. 아버지로서, 왕으로

서 오구대왕은 자신이 옳다고 생각해온 관습을 이행했고, 낳을 수 있는 만큼의 자식을 낳아 온갖 정성을 다해 키워갔다. 그러나 오구대왕이 이뤄놓은 세상, 바라는 세상은 아들이 없으니 결국엔 끝이 날 것이다. 아들을 낳아야만 해결되는 틀 안에 살고 있으니, 아들이 없을 때는 어떻게 해야 할지 그 틀 안에서는 생각할 수도 없기 때문이다. 그토록 아들이기를 바라던 일곱 번째 마지막 자식마저 딸이었기 때문에 오구대왕은 자신이 이룩하고 싶은 삶의 방향대로 살 수 없게 되었다. 이러한 좌절은 오구대왕이 자기가 왕으로서의 권위를 갖지 못하게 만든 딸을 버리게 했고, 결국에는 희망 없는 삶으로 자신을 스스로 병들게 했다. 아버지의 세계에서 여섯 언니는 아버지의 울타리 안에서 아버지가 바라는 세상의 가치대로 인정받으며 편하게 살아왔기에, 울타리 밖을 나가 약수를 구해 올 힘이 없다.

오구대왕의 그늘에서 키워진 여섯 딸이 아니라 오구대왕에게 버려짐으로써 그와는 다른 세상에 살게 된 딸이 병을 낫게 한다. 버려진 바리데기는 병든 아버지를 배제하지 않고 약수를 구해 오는 고행을 하며, 아버지의 세상을 자기의 삶으로 포용하는 행보를 보여준다. 이런 바리데기의 행보는 아들이 없을 때 버려지는 세상이 아닌, 딸과 공존할 수 있는 세상을 보여준다. 이런 대립의 양상을 간략하게 표로 다음과 같이 제시해 볼 수 있다.

오구대왕	아버지	남성	상	배제	낡은 세상
바리데기	딸	여성	하	포용	새로운 세상

아버지의 세상을 낡은 세상이라고 하고, 딸의 세상을 새로운 세상

이라고 해도 이를 풀어내는 과정은 여전히 답답하다. 잘못은 아버지인 오구대왕이 했는데, 고생고생하는 것은 바리데기다. 더구나 아버지로도 힘든데, 동수자까지 바리데기에게 당당하게 아들 삼 형제를 요구한다. 자신의 죄나 잘못으로 벌어진 일을 여성에게 전가하는 너무나 일방적인 요구다. 바리데기의 삶은 '희생'이라는 단어와 너무나 밀접하다. 바리데기처럼 딸에서 아내, 아내에서 어머니가 되며 희생했던 과정은 아버지를 위해, 남편을 위해, 자식을 위해 자신의 삶을 희생해야 했던 할머니, 어머니들의 삶과 너무나 닮아있다. 많은 여성이 이 이야기에 공감하는 이유이기도 하다.

커다란 부성의 그림자, 배제와 폭력

오구대왕은 부성의 모습을 상징한다. 부성 역시 모성처럼 이중적인 속성이 있다. 연약한 자식을 지켜주는 울타리 같은 틀이 있다. 그러나 동시에 배제하는 힘을 가진다. 부성이 지향하는 가치관과 잘 맞을 때는 울타리 안에서 보호받고 지지받을 수 있다. 그러나 부성과 다른 가치관을 가졌을 때 배제하는 힘을 받는다. 보호받으면 좋을 거라고 생각하지만, 그 틀과 맞지 않을 때는 너무나 힘겨워진다. 버려짐을 두려워하거나 버려질지도 모른다는 두려움의 내면아이가 있는 것이다. 그 틀을 따르게 하기 위해 보이건 보이지 않건 부성의 폭력이 따르기 때문이다. 더 넓혀서 부성은 현재 살아가는 사회의 가치라 생각해 볼 수 있다. 그 사회 안에 있을 때는 사회의 보호를 받으며 살아갈 수 있지만, 그 사회의 가치를 따라야 한다. 그 가치와 맞지 않을 때 사회는 폭력적으로 따르게 하거나 배제하게 한다. 가부장제 역시 하나의 사회적 가치다. 이를 넘어서는 것이 얼마나 힘든가를 볼 수 있는 현대 소설이 있는데, 외국에서 상을 받아 더 유명해진 한강 작가의 <채식주의자>다.

좋은 작품은 해석의 방향이 하나가 아니라 읽는 독자의 삶을 기준으로 다양하게 해석되는 작품이다. <채식주의자>도 트라우마, 채식과 육식, 폭력 등과 관련한 다양한 주제를 형성할 수 있는데, 여기서는 <바리데기>와 연관해서 '월남전에 다녀온 아버지와 채식을 선택한 딸 영혜와의 관계'로 간략하게 서사를 비교해보려고 한다.

고기에 피가 흐르는 악몽을 반복적으로 꾸게 된 영혜는 채식주의자가 된다. 채식만 하는 영혜가 이해가 안 되는 남편은 처형인 인혜에게 도움을 청한다. 언니인 인혜는 화장품 가게를 하며, 예술 하는 남편을 뒷바라지 하고 자식을 책임지는 실제 가장이다. 이 와중에도 아파트를 사게 되어 집들이를 한다고 가족을 모두 초대한다. 고기가 구워지고, 가족들은 돌아가며 야채만 먹는 영혜에게 걱정을 하며 고기를 권한다. 어머니와 언니인 인혜가 달래며 사정을 해도 안 먹는 것을 본 아버지가 화가 나서 영혜에게 고기를 먹으라고 강요한다. 아버지는 계속 거부하는 딸이 자신의 말을 듣지 않고 고집을 부리는 것에 분노하며 뺨을 때리기도 하고, 급기야 아들에게 팔을 잡으라고 하고는 억지로 입을 벌려 고기를 집어넣는다. 영혜는 이들의 폭력을 뿌리치고 부엌의 칼을 가지고 와서 자신의 손목을 긋는다.[22]

골고루 먹어야 건강하다는 아버지 삶의 방식에 어긋난 행동을 한 영혜의 존재가 지워지는 순간이다. 아버지라는 존재는 결혼한 딸, 이미 성인인 딸에게 어떻게 이렇게까지 할 수 있는 것일까? 그리고 영혜는 왜 채식주의자가 된 것일까?

어린 시절 월남에서 돌아온 아버지는 술을 마시고 엄마에게 폭력을 행사하며 화풀이를 했다. 영혜는 그런 아버지를 늘 두려워한다. 영혜가 키우던 개에게 물리는 사건이 발생한다. 아버지는 감히 자신의 딸을 문 개를 오토바이에 묶어서 달리고 달려 죽인다. 그리고 그 죽은 개고기를 동네 사람들과 나눠 먹고, 영혜 자신을 물었던 개고기를 먹게 한다. 영혜는 아버지가 무서워 거부하지 못하고 먹는다.

영혜가 고기에서 피가 흐르는 악몽을 반복적으로 꾸게 되면서 채식을 고집하게 되었을 때 떠오른 사건이다. 프로이드가 말한 원초적 기억으로 오토바이에 끌려다니다 피를 낭자했던 개의 충격적 영상이 자꾸 꿈속에 다양한 형태로 변형되어 나타나는 것이다. 그때 영혜가 먹기 싫었던 개고기를 먹지 않고 거부했다면 이런 꿈까지는 꾸지 않았을 수 있었을까? 하지만 영혜는 자신을 위해 개를 응징한 아버지의 뜻대로 먹기 싫은 고기를 억지로 먹어야 했다. 그때의 트라우마가 꿈속에서 반복적으로 나타나자, 영혜는 고기를 먹지 않는 것으로 충격 받았던 그 때의 상처를 치유해 가는 방법을 택한 것이다. 그러나 이렇게 야채만 먹는 것을 가족은 영혜를 위한다는 이유로 받아들이지 않는다. 아버지와 남편이 봤을 때 영혜는 정상의 범주에 있지 않기 때문이다. 자기 삶의 방향이 용납되지 않는 곳에서 영혜는 자신의 존재를 지우는 것으로 그 울타리 밖으로 나오려고 한 것이다.

그렇다면 영혜를 이상하게 생각하는 가족과 아버지는 정상적인 것일까? 가족을 지키기 위해 월남까지 다녀온 아버지다. 매일 삶과 죽음의 고비를 넘나들고 타인을 죽여야 자신이 살아남는 전쟁 통에서 살아온 아버지 역시 마음의 상처가 크다. 다만 아버지는 월남전으로 죽음의 공포 속에서 살아 돌아온 트라우마를 자신보다 약자인 엄마와 딸들에게 풀어낼 뿐이다. 아버지는 가족을 지키기 위해 희생한 자신의 삶을 보상받고자, 늘 고성과 폭력으로 가족들이 자기 뜻에 따르기를 강요했다. 아버지는 감히 자기 딸을 문 개를 용납할 수 없었을 뿐이다. 개를 몽둥이로 때려가며 보호했던 영혜지만, 채식을 한다며 자기 말을 듣지 않는 딸이 되자, 거침없이 폭력을 행사한다. 영혜의 남자 형제 역시 아버지가 그렇게 말씀하시면 못 이기는 척 고기를 먹길 바란다. 아버지의 희생으로 이만한 울타리 안에서 살 수 있었으니 그것을 감사하며 아버지의 뜻에 순응하며 살아야 하는 것이다. 영혜는 모두에게 폭력적이지 않을 채식으로 자신의 삶을 살아가려고 한 것뿐인데, 이는 아버지의 뜻에 용납되지 않았고, 그러자 영혜는 자신의 손목을 그으며 자신의 선택을 고수하려고 한 것이다.

부성의 따뜻한 보호에는 늘 '배제'의 힘까지 도사리고 있다. <채식주의자>는 우리를 보호하는 부성과 세상의 지배적 가치와 다른 가치를 꿈꿨을 때, 가부장제에서 가장 약자인 딸에게 부성이 얼마나 폭력적일 수 있는지를 <바리데기> 못지않게 보여주고 있다. 태어나자마자 딸이라고 배제당했던 바리데기는 오구대왕과 다른 삶의 가치를 가진다. 영혜와 아버지 삶의 태도 역시 대립된다. 아버지는 자신의 가치관을 확장해 가려고 한다면, 영혜는 자신의 세계를 지키기 위해 고립되어 간다.

반면에 바리데기와 오구대왕은 오히려 반대다. 오구대왕은 아들이 있어야 하는 자기 삶의 방식과 가치관, 관습을 고수하지 못하고, 딸을 버리며 병이 든다. 병이 들었다는 것은 할 수 있는 일에 제약받으며 고립되어 가는 형상으로 생각해 볼 수 있다. 딸을 배제하면서 자신의 가치관에 더욱 고립된 형상이다. 바리데기는 오구대왕과 다르게 고립이 아닌 포용의 서사를 그려낸다. 자신을 배제했던 아버지까지 포용하는 것이다. 자신과 다른 삶의 방향을 가진 사람들조차도 배제하지 않고 버리지 않고 살리는 방향의 행보로 서천서역국에 가는 것이다. 바리데기가 오구대왕보다 더 희생하는 삶을 살아가는 것은 배제하는 것보다 포용하는 것이 몇 배로 어렵고 힘겨운 길이기 때문이다. 영혜는 가부장제의 폭력에 고립되어 죽어갔지만, 바리데기는 자신을 버린 이조차 살리기 위해 산 사람이 갈 수 없는 서천서역국에 간다. 버리는 행위인 '기아(棄兒)'와 살리는 행보인 '약수'가 오구대왕과 바리데기가 보이는 행보의 차이를 명확하게 보여주고 있다. 이를 서사문법으로 간략히 도식화해 볼 수 있다.

바리데기	일곱 번째 딸 -A	버려짐		구약여행 3번의 길찾기		동수자의 시련		아버지 회생		신의 좌정 A
	최초 상태(결핍) 딸	죽다 -b	살다 b	과제 -c	해결 c	딸 -d	어머니 d	죽다 -e	살다 e	최종 상태(충족)
	존재 / 존재 부정	→ 결핍으로 버려졌지만 포용, 인내, 희생, 구약, 생산의 자질로 이타적 가치를 실현하는 결합								인간 / 신

↕

오구대왕	아들 없음 -A	버림		병에 걸림		딸의 인정 A
	최초 상태(결핍) 일곱 번째 자식	존재 b	존재부정 -b	죽음 -c	회생 c	최종 상태(충족) 딸과 손자
	계승 기대 / 계승불가 실망	→ 딸을 버리고 죽을 병에 걸리지만, 바리데기의 구약으로 죽음에서 살아나는 결합				계승불가 좌절 / 왕위 계승 소생

버려진 딸 바리데기의 힘, 포용

바리데기가 길 위에서 고행과 희생을 하며 떠온 약수는 이 세계와 추구하는 가치가 어긋났다고 여겨져, 버림받고 고난을 겪는 모든 이들의 삶을 받아들이게 하는 힘이 된다. 오구대왕은 바리데기가 떠온 약수를 마시고 '바리데기 덕택에 내가 살았구나'라고 하며 병상에서 일어난다. 오구대왕이 왕이자 아버지로서 지키지 못하고 세상 밖으로 내몰았던 존재인 바리데기가 그를 살렸다는 것은 이제 오구대왕에게 그의 세계 밖에 있는 새로운 세상을 받아들일 삶의 힘이 생겼다는 것을 의미한다. 오구대왕이 지금까지 고집해온 관습과 삶의 무게에서 벗어나자 일곱 번째 막내딸 바리데기를 가치를 인정하게 된다. 그리고 딸의 자식인 외손자들에게 대를 잇게 하자 살아갈 힘이 생긴 것이다. 즉 자기가 지켜온 세계를 유지하기 위해 배제하는 것뿐만 아니라 이제 새로운 세계를 포용할 힘이 생겼기에 약수를 먹은 오구대왕이 이후에 100년을 더 살 수 있게 된 것이다.

바리데기가 가진 포용의 힘은 오구대왕을 변화시킨 것에서 머물지 않는다. 오구대왕은 바리데기에게 이제 불라국에서 편안하게 공주로 여생을 보내라고 한다. 그러나 바리데기는 오구대왕의 제안을 거절한다. 처음엔 아버지를 살리기 위해 생명수를 구하고자 출발한 길이지만, 해낼 수 없을 것 같은 마고할미나 백발노인들의 일거리를 자기 일로 포용하여 헤쳐나가고, 황천강을 건너며 고통을 받는 이들이 평안하게 저승길을 갔으면 하는 마음으로 염불을 외운다. 그때 고통 받는 이들을 배척하지 않고 포용했던 마음이 바리데기로 하여금 신이 되게 하였다. 가부장제를 이어가고자 하는 아버지들이 가질 수 없었던 포용의 힘이 딸들에게는 있는 것이다.

신이 되었다고 하여 바리데기가 일곱 번째 딸로 태어나 아버지에게 버려진 존재였던 사실은 변하지 않는다. 그러나 바리데기는 자신을 버린 아버지와 다르게 버린 아버지마저 포용하는 삶의 방향으로 걸어가며, 많은 사람을 더 이해하고 소통할 힘을 얻게 되었다. 그녀가 포용

못할 망자는 없다. 그러기에 죽음의 길에서 황천강을 건너며 바리데기를 만나는 것이다. 버려짐이 역설적이게도 그녀에게 신성을 얻게 한 것이다. 결핍되고 의미 없어 보여 세상으로부터 버려진 존재가 오히려 고난과 시련으로부터 이타성을 발현하는 근원적인 힘을 얻을 수 있음을 보여준다. 이를 통해 자기 자신을 변환할 수 있고 새로운 삶의 의미를 획득할 수 있었다.

바리데기는 존재 자체가 오구대왕의 가치관에 아주 어긋나는 존재였다. 하지만 그렇게 버려진 존재였기에 아버지와 대립되는 포용으로 가부장제의 균열을 낼 수 있었다. 아버지의 울타리 안에 있는 딸들에게 <바리데기>이야기는 버려지는 것을 두려워하지 않을 힘을 주며, 상처받은 내면아이를 치유한다. 물론 배척하지 않으며 포용하는 길은 열 배 이상으로 어려운 길이다. 그러나 아버지의 뜻을 따르는 것만이 행복한 길은 아니라는 것을 <바리데기>는 생각해 보게 해준다. 그렇기에 사춘기를 겪는 세상의 딸들, 세상의 아들들이 성장하길 바라며 다음의 서사적 질문을 던져본다.

나는 잘 버려졌는가?

나는 잘 버려지고 있는가?

아버지가 내어주는 길이 아닌 다른 길을 내어보고 있는가?

우리 마음 한편에 불라국의 공주로 남지 않고 오구신의 길을 간 바리데기가 살아있길 바란다.

📖 상처받은 내면아이를 치유하는 스토리텔링

❶ 바리데기가 자신을 버린 오구대왕을 살리기 위해 서천서역국에 간 이유는 무엇이었을까?

❷ 딸의 존재를 부정하는 오구대왕으로 상징되는 부성을 바꿀 수는 없지만, 부성을 대하는 나의 태도는 바꿀 수 있다고 할 때, 가부장적인 부성이 내 삶을 흔들지 못하도록 했던 나의 선택은 무엇이 있었는지 생각해 보자.

❸ 바리데기에서 마음에 들지 않는 부분의 이야기를 바꿔보자.

창작예시

　바리데기가 돌아와 보니 아버지의 숨결이 많이 약해져 있었습니다. 아버지의 시간이 얼마 남지 않았음을 느꼈습니다. 바리데기는 불사약과 꽃을 구했으나 아버지의 마음, 자신에 대한 사랑을 확인받고 싶었습니다. 비록 어릴 때 버린 자신을 불사약을 구하기 위해서 다시 찾았다고 할지라도, 아버지를 위해 희생하며 보인 효심에 아버지도 감동하며 사랑해 주시지 않을까라고 생각하였습니다. 바리데기는 아버지에게 자신의 일신을 바쳤지만 약을 구하지 못하였다고 용서를 구하며 그래도 자신을 사랑하느냐고 물었습니다. 바리데기는 아버지가 사랑한다는 한마디와 가볍게 웃어주신다면 기꺼이 약과 꽃을 드릴 생각이었습니다. 아버지를 살리고 싶었던 바리데기는 아버지의 한마디를 간절히 바랐습니다. 하지만, 대왕은 약을 구하지 못하였다는 이야기를 듣자마자 바리데기에게 화를 내며 질타하였습니다. 바리데기는 눈물을 흘리며 아버지에게 약을 구하였다는 사실을 고하였고, 대왕은 자신이 바리데기를 얼마나 모질게 대했는지 깨달았습니다. 곧바로 후회하며 용서를 구해보았습니다. 바리데기는 허탈함과 동시에, 왜인지 모르게 자신을 옥죄던 것에서 벗어난 느낌이었습니다. 바리데기는 아버지를 사랑했었습니다. 하지만 이제는 아니었습니다. 대신 바리데기는 나 자신을 사랑해 주기로 하였습니다. 아버지의 사랑을 갈망하거나 죄책감을 가지는 등 여러 복잡한 감정들을 떨쳐버리고 작별 인사를 고했습니다. 마지막 인사를 마친 바리데기는 어딘가 홀가분한 표정으로 남편, 아이들과 함께 궁궐 밖으로 나섰습니다. 그 후로 바리데기의 소식은 들리지 않았습니다. 바리데기는 깊은 산골 살기 좋은 어느 평범한 마을에서 자신의 가족들과 함께 남은 여생을 평범하지만 행복하게 보냈습니다.

보호로 잠든 내면아이: 들장미 공주

아버지의 축복이 어떻게 저주가 되었을까?

모든 축복을 주고 싶은 아버지와 한 개가 모자라는 금접시

현대에는 딸을 내쫓고 억압하는 오구대왕의 아버지 같은 권위적인 이미지의 아버지보다 친근한 이미지의 아버지가 더 많다. 그리고 한 해가 지날 때마다 무작정 자식을 보호하고 통제하려는 아버지와 갈등하거나 딸이라서 차별을 받았다고 말하는 사례가 적어지면서, 오히려 모성처럼 친밀해서 문제가 생기는 경우도 많다. 그렇다면 나를 세상의 최고로 만들고자 아낌없이 지원해주고, 세상의 편견과 비난으로부터 지켜주는 울타리 같은 아버지와 산다면 과연 나는 나답게 살 수 있을까?

할아버지, 할머니는 언니와 내가 여자아이라는 사실을 매우 못마땅해하셨다. 여자애가 뭘 할 수 있겠느냐고, 아들을 낳아야지 하시면서. 그 때문에, 우리 가족 호적에는 양아들이 있다.

이런 할머니의 말씀과 상황이 우리 아빠에게는 저주로 들렸나 보다. 어릴 적부터 아빠는 나를 강하고, 어디 가서도 꿀리지 않는 사람으로 만들려고 하셨다. 그래서 예절교육도 엄하게 받았고, 검도, 태권도, 등산 같은 운동도 시키셨다. 국어, 수학, 영어 학원은 기본. 피아노, 서예, 가야금, 플롯, 춤, 논술, 아빠의 지식 수업……. 아빠가 세워놓은, 보통 아들의 값 이상을 할, 딸 만들기 커리큘럼에 따라 자랐다.

그러나 우리 아빠의 울타리는 보호의 울타리기도 했지만, 금지와 억압의 울타리기도 했다. 어렸을 때는 그저 그 길을 따라 걸었다. 하지만 점점 자랄수록 여러 가지 가정적 상황과 더불어, 그런 아빠가 너무 싫었다. 사춘기에 접어들어 그 냉전은 최고조를 달했다. 아빠에게 퇴근길에 사고 나서 없어졌으면 좋겠다는 차마 입에 담지 못할 말도 했고, 스트레스가 너무 심해 내 몸에 스스로 상처를 입히는 행위도 했었다.

갓 스물을 넘은 여대생의 글이었다. 대를 잇기 위해서는 아들이 있어야 한다는 할머니의 말씀으로 아버지는 다른 집 아들보다 더 훌륭한 딸로 키우기 위해 무척 애썼을 것이다. 할머니의 잣대로 나의 딸들을 조금도 부족하게 보지 못하도록 키워내려 한 것이다. 그런데 오히려 딸은 그런 아빠로 인해 몸과 마음에 많은 상처가 생겼다. 무엇이 문제였을까? 실제로 열심히 일하고, 자식을 지원하고, 보호하는 아버지인데, 보호로 상처받은 내면아이는 왜 생기는 것일까? 아버지는 울타리 같은 존재라는 것을 아는데, 왜 아버지가 이렇게까지 버거운 것일까?

이와 같은 질문에 힌트를 얻을 수 있는 이야기가 있다. 울타리 같은 아버지와의 관계에서 발생할 수 있는 문제를 생각해 보게 하는 <들장미>라는 독일민담이다. 『그림형제 민담집』을 통해 한국에서도 많이 알려져, 어린 시절부터 듣고 보며 접한 이야기 중에 하나다. 이미 전 세계적으로 오랜 세월동안 국경 없이 광범위하게 전승되고 있다. 특히, 가시, 잠 등의 상징적인 화소를 많은 사람이 각인할 정도의 흡인력을 가지고 있다. 독일민담 중 많이 알려진 <들장미>는 다른 번역본에서 <찔레꽃 공주>라고도 번역되기도 하고, <잠자는 숲 속의 미

녀>로 알려지기도 했다

<들장미>의 주인공은 태어날 때부터 많은 축복과 기적을 받는 대서 이야기가 시작된다. 전통사회보다 풍요로운 시대를 사는 현대인에게는, '결핍'과 마찬가지로 '과잉' 역시 화두가 될 수 있음을 보여주는 이야기다. <들장미>는 '과잉'으로 현대인의 부모들과 공명할 수 있는 부분들이 많다. 현대에 아이들은 <들장미>의 주인공처럼 축복받으며 태어나고, 부모들은 자신의 아이를 세상에서 말하는 좋은 조건으로 키워내기 위해 금접시에 요정을 초대하는 것처럼 끊임없이 좋은 사교육에 투자한다. 왕이 나쁜 예언을 바꾸기 위해 온 나라의 물레의 북바늘을 태우듯이, 어려운 일은 아이 삶에서 겪지 않도록 부모가 차단하는 현대인의 삶과 공명할 부분이 많은 이야기다.

서사를 잠시 살펴보자. 사이좋은 왕과 왕비에게 손꼽아 기다리던 공주가 태어난다. 공주의 탄생은 왕에게 너무나 큰 기쁨이다. 왕은 사랑스러운 딸의 탄생에 모든 세상이 기뻐하길 바라며 커다란 잔치를 열고, 세상의 많은 축복을 받고자 요정을 초대한다. 요정은 반드시 금접시에만 음식을 담아야 먹을 수 있는데, 아무리 왕이더라도 요정을 초대할 수 있는 금접시는 요정의 수에 비해 한 개가 모자란다. 모자란 접시는 딸을 위해 모든 것을 해 줄 수 있을 것 같은 왕의 존재인 아버지지만, 아무리 능력이 많다고 해도 모든 것을 다 자식에게 해줄 수 없다는 것을 상징적으로 말하고 있다. 좋은 성품과 아름다움과 부 등 세상의 가치에서 좋은 축복을 다 받게 하고 싶은 아버지의 마음이 기적을 주는 착한 요정을 만든 것과 동시에 초대받지 못해 저주를 주는 악한 요정을 만들어 축복과 저주를 동시에 받게 되었다. 이는 저주와 축복의 대립을 보여준다. 딸을 위험으로부터 보호하고 싶은 아버지는 세상

의 모든 물레의 북바늘을 불태운다. 세상의 모든 축복을 주고 싶었던 마음 못지않게 딸이 저주에 걸리지 않게 모든 것을 막아주고자 한다.

처음에는 '축복 ↔ 저주'라는 대립쌍으로 움직이고, 다음으로 '저주 ↔ 보호'라는 대립쌍으로 이루어지고 있다. 축복을 주기 위한 행동이 대립지점에 있는 무서운 저주를 받게 되는 행위가 되고, 저주를 막고 딸을 보호하기 위한 모든 행동을 하게 되는 것이다. 왕이 저주로부터 딸을 보호하기 위해 물레의 북바늘을 태운 결과 공주는 15년 동안 한 번도 보지 못한 물레의 북바늘이 무엇인지 모른 채로 크게 된다. 이렇게 서사가 진행되는 동안 정작 주인공은 아무런 행동도 하지 않고, 아버지의 행동에 따라 운명이 좌지우지되고 있다. 이는 굉장히 수동적이며 아버지에게 삶이 맡겨져 있는 상황이다. 아버지가 딸을 보호하려는 의지와 모든 것을 줄 수도 있고 없앨 수도 있는 충족이 딸의 성장을 가로막은 것이다. <들장미> 주인공은 그 자리에 머물러 잠이 들고 가시울타리에 갇히며 고립된다.

왕이 공주를 통제한 시간만큼 공주의 호기심은 커져 결국 탑의 꼭대기에 올라가 처음 보는 바늘을 신기해하며 이를 만져보다, 그만 북바늘에 찔려버린다. 왕이 딸에게 세상의 축복과 같은 기적을 주고 싶은 마음이 착한 요정과 나쁜 요정을 나누었던 것처럼, 저주로부터 보호하고 통제하고자 하는 마음이 오히려 호기심을 키워 저주를 실행하게 한 것이다. 결국 북바늘에 찔린 공주는 잠이 들고, 성의 모든 식구까지 잠에 빠지며, 성을 둘러 싼 가시덤불이 생겨 다른 사람들은 들어갈 수 없게 된다. 100년이라는 시간 동안 성에 들어가려 하는 사람들은 모두 죽임을 당하고 사람들은 그 성의 공주를 들장미 공주라 부르기 시작한다. 성을 둘러싼 가시울타리와 공주를 동일시

하는 것이다.

100년의 잠, 아버지의 과보호를 넘어서는 시간

공주의 아버지는 과도하게 딸을 보호한다. 세상의 좋은 축복은 다 주고 싶었던 행위로 인해 나쁜 예언을 받게 되는 것이다. 그리고 그 예언에서 벗어나게 해주고 싶어 모든 물레를 없애는 과보호가 오히려 예언이 실행되게 했고, 공주를 열다섯의 나이로 성안에 가두고 말았다. 아버지의 지나친 사랑과 보호는 유아기, 아동기에서 고착된 상황을 만들게 된다. 겉으로 보기에는 충족(＋)의 서사지만, 심층적으로 의존(－)의 단계로 자기 삶이 주체적인 힘에 의해서가 아니라, 주변적 상황과 힘에 맡겨진 상태인 것이다. 즉, 겉은 충족(＋)이지만 속은 충족으로 성장하지 못하는 결여(－)를 가지고 있는 것으로 볼 수 있다. 스스로 해결할 힘이 없는 미성숙한 상황에서는 문제를 스스로 직면할 수도 없다. 그리고 미성숙한 아동기에 계속 머무르는 삶은 없다.

바리데기 등 다른 옛이야기의 주인공이 많은 여정을 거치며 관계를 통해 문제를 해결하는 것에 비해 들장미 공주는 오로지 '성'에만 있게 된다. 지키고자 하는 아버지의 과잉된 사랑, 과보호는 딸을 그 자리에 계속 '머무르게' 하는 삶의 서사를 갖게 하고 한 공간에 가둬둔 채 보호하려고만 한다. 머물렀으면 하는 마음의 상징은 100년의 세월로 표현되며, 딸만이 잠드는 것이 아니라 성에 있는 모든 사람이 100년 동안 멈춘 시간 속에서 잠을 자게 된다.

아버지가 보호할 수 있는 딸, 성장하지 않는 품 안의 딸로 계속 머무르게 하는 행위는 공주만이 아니라 공주를 둘러싼 왕과 왕비, 성에 있는 모든 사람의 시간을 그대로 잠들게 한 것이다. 낯설고 신이한 화소인 '100년의 잠'은 움츠러들고 무기력해진 모습, 성장이 멈춰버린 모습의 상징이다. 예언이 실행되면서 같이 잠든 아버지는 이제 더 이상 딸을 보호할 수 없게 된다. 잠에 빠져 있던 100년이라는 시간은 죽음과 같은 긴 시간이다. 그러나 죽음이 끝을 의미하는 반면, 잠에서 깨어났을 때는 자기 전보다 더 맑은 정신으로 일어날 수 있는 것처럼, 100년의 잠은 회생을 준비하는 시간이기도 하다.

또한 공주는 아버지의 과보호가 아니더라도 자신을 지켜낼 가시가 있는 존재였다. 그리고 그 가시 속에서 장미꽃도 피워낼 수 있다. 공주는 죽은 것처럼 있지만 실제로는 죽지 않았던 것처럼, 겉으론 가시 속에 머물러 있는 것 같지만 꽃을 피워내며 스스로 성숙의 시간을 보냈다. 아버지의 보호에서 벗어나 자신을 스스로 보호하며 성숙해지고 꽃을 피울 수 있도록 가시울타리 혹은 가시덤불을 키워냈다. 준비되지 않은 공주의 잠을 깨우기 위해 나타난 가짜 해결자들에게는 포기와 좌절을 줄 힘도 있고, 진짜 해결자를 만났을 때는 가시를 걷어낼 수도 있게 된다. 자신을 방어하기 위해 가시로 성에 고립된 것만이 아니라 아름다운 장미를 스스로 피게 해 부모가 아닌 타인과의 성숙한 만남을 준비할 시간을 가지게 된 것이다. 이 과정은 '딸에서 여인으로 성장하는 것'23)으로 생각해 볼 수 있다. 공주의 잠과 같은 죽음의 시간은 결국 성숙의 시간이 되고, 오히려 저주 같은 예언으로 보호받는 아동기적인 고착을 끊어내고 자기를 스스로 피워낼 힘을 갖게 된 것이다. 그렇기에 죽음과 같은 시간이었지만 100년이 지나 다시 소생해서 깨어났을 때는 한 왕자의 아내가 될 여인으로 성숙할 수 있었다.

잠				가시		
죽 음	소 생			보 호	성 장	
정 체	휴 식			고 립	독 립	
무기력	회 생					

　　막스 뤼티는 '잠 안에 죽음과 소생의 의미를 동시에 가진 것은 양
극성이며, 이 양극성은 민담의 방식으로 세계를 포괄한 것'[24)]이라 말했
다. 저주 역시 양극성을 가진다. 아버지가 요정을 통해 축복받게 하려
는 행위로 저주가 생겼지만 결국 그 저주가 있었기에 공주는 아버지의
통제와 보호가 아닌 자신의 힘인 가시로 자신을 스스로 보호하며 성숙
하기 위한 시간을 갖게 된 것이다. 통제와 보호로 가져볼 수 없었던 내
면의 성장을 위해 들장미 공주에게는 삶과의 단절, 고립의 시간이 순차
적으로 필요하다. 들장미의 모습은 가시로 둘러싸인 성의 공주 모습으
로 상징화되어 있으며, 보호와 성장이라는 서사적 화두를 새기게 한다.
　　요컨대 대립적 속성을 없애기 위한 행동이 오히려 대립적 속성을
가져오도록 이끄는 서사적인 흐름이 <들장미> 서사를 만들어간 것
이다. 아버지는 공주에게 축복을 주고자 하지만 금기로 저주가 생기고,
저주를 막아서 딸을 보호하고자 물레가락을 모두 태운 행위가 오히려
호기심을 키워 저주에 빠뜨렸으며, 결국 저주는 실행되어 100년간 잠
이 들게 되었다. 과잉된 사랑, 과한 축복, 과보호가 정체와 고립으로
이어지고, 예언의 고행이 오히려 머물러 있는 삶을 바꾸고 성장하게
만드는 서사 문법을 볼 수 있다.
　　<들장미>의 '저주'는 부정적인 −자질의 상황인데, 저주로 인해
딸에서 여성으로 성장한 것은 오히려 축복이 되었다. 베텔하임의 '저주
는 변장된 축복'[25)]이라는 말처럼 새로운 외재적 자질이 형성되면서,

고립에서 유대하는 삶으로 변화될 수 있었기 때문이다.

민담에서 '그래서 행복하게 살았다'는 결말은 주인공들이 풀 수 없을 것 같은 모순된 삶의 문제를 풀어냈다는 것을 보여주는 것과 동시에, 이후의 다른 삶의 문제들도 해결하며, 결핍이나 문제가 있어도 지배당하지 않는 행복한 삶을 살아낼 것이라는 상징적인 표현이다.

요즘 부모들은 공부도 잘하고 사회생활도 잘하는 자녀상을 바란다. 마치 <들장미>의 왕과 같은 자기서사로, 귀하게 태어난 공주에게 세상의 모든 축복을 주어 뛰어난 외모와 목소리, 부와 귀 모두를 가지며 살아가길 기대한다. 그러나 자식이 모든 것을 다 해줄 것 같은 부모를 만났어도, 요정을 대접할 금접시는 늘 하나가 모자라듯이 모든 것을 가지고 살 수는 없다. 성장하는 과정에서 많은 것을 부모가 해결하며 자란 아이들은 관계를 스스로 잘 형성하기 어려우면서 소외감을 느끼게 된다. 친구관계에서 따돌림을 당하고, 연인관계에서 상처를 입었을 때, 더 상징적으로 <들장미> 공주처럼 자기 삶이 저주 받은 것 같고, 고립되어 가시가 가득한 성에 혼자 잠든 것처럼 생각할 수 있다. 이럴 때 들장미 공주가 성안에서 100년 동안 잠을 자며 온전히 자신에게 집중하여 아버지의 보호를 벗어나 반려자를 만날 수 있었던 것처럼, 자기에게 집중하고 몰입하며 문제를 해결할 답을 부모가 아닌 자신 안에서 찾을 수 있다고 생각하는 것까지 서사가 구성될 때 진정한 자기를 발견할 수 있게 된다.

다시 앞의 사례로 돌아가서 이야기와 연결해 보면, 이 학생은 세상의 아들들보다 더 나은 존재임을 증명하기 위해 아버지의 커리큘럼을 충실히 이행해야 했다. 그러나 그런 아버지에게 늘 인정받기란 어려웠고, 그렇다고 아버지 뜻에만 순종하기도 어려웠다. 결국 딸을 아들

못지않게 키우려고 노력했던 아버지를 미워하며 자기 손목을 자해하는 선택을 하기도 했다. 바리데기처럼 어린 시절에 버려지는 것도 죽을 위기에 처하는 것이지만, <들장미>의 공주처럼 보호받고 그 안에서 인정받는 것 역시 나를 죽이는 길일 수 있다는 것을 이 사례는 보여주고 있다. 그러나 아버지를 미워했던 시간은 자신을 지킬 가시의 시간이었는데, 이 학생은 아버지의 커리큘럼으로 달려오다 보니 자신에게 몰입할 잠의 시간을 가지지 않고, 아버지를 미워하고 가시를 세웠다. 가시는 나를 찌르기 위한 것이 아니라 타인이 아직 준비되지 않은 나의 삶을 좌지우지하지 못 하게 하는 힘이다. 아버지를 싫어하고 미워하는 가시의 시간이 결국 나를 찌르게 하지 않기 위해서는 나다움이 무엇인지, 내가 진정으로 하고 싶은 것은 무엇인지를 100년의 잠처럼 몰입하는 시간을 가져야 한다. 이 학생 역시 100년의 잠과 같은 시간으로 나다움에 집중해 보는 시간이 필요할 것이다.

📖 상처받은 내면아이를 치유하는 스토리텔링

❶ 아버지는 우리에게 세상임에도 불구하고 아버지의 울타리가 버거웠던 이유는 무엇일까?

> **예시**
>
> 저희 아버지는 엄격한 분위기보다는 유쾌하시고 장난을 자주 치시는 분입니다. 그럼에도 불구하고 저는 아버지를 어려워합니다. 평소에는 화목한 분위기지만 종종 아버지의 기분에 따라 분위기가 바뀌곤 합니다. 어릴 때는, 아버지의 기분이 좋지 않으실 때 줄타기를 하는 것처럼 긴장되었습니다. 이럴

때는 사소한 실수만으로도 크게 화를 내시곤 했는데 마치 제가 화풀이용 인형이 된 것 같았습니다. 어느 정도 성장한 저는 이제 어릴 때처럼 무서워하지는 않지만, 아버지의 기분이 좋지 않을 때는 집이 안식처라는 느낌이 들지 않고 불편하기만 하며, 제 방만이 안식처라고 느껴집니다.

찔레꽃 공주처럼 울타리 안에서 살아가고 있기도 합니다. 하지만 저는 이 울타리를 갑갑하게 생각합니다. 아버지께서는 뉴스를 즐겨보시는데 저에게 항상 뉴스 기사를 보여주시며 성폭력, 데이트 폭력 등 물레 가시의 위험성을 많이 강조하셨습니다. 그래서 저는 엄격한 통금 안에서 지내야 했습니다. 고등학생 때 입시 공부를 하면서 다른 친구들처럼 늦게까지 독서실에 있고 싶었지만 부모님이 저를 데리러 마중을 나오셨기 때문에 늦은 시간까지 있을 수 없었습니다. 저를 걱정하셔서 그런 것을 알기 때문에 이해하고 아버지의 말대로 지내려고 노력하였습니다. 하지만 고등학생 때에 비해 성인이 되고 나서는 울타리가 훨씬 갑갑해졌습니다. 20살이 된 해 초반에, 제 통금은 10시였습니다. 친구들과 놀 때 많은 불편함이 있었고 제 생활을 존중해 주지 않고 자유를 억압받는 듯한 느낌에 서러움까지 느껴졌습니다. 현재는 제 이야기를 들어주시고 존중해 주시지만 한때 받았던 억압은 정말 버거웠습니다. 이러한 상처와 울타리로 둘러싸인 아버지와의 관계 속에서, 저에게 아버지는 여러 감정이 섞여 어려운 인간관계입니다.

❷ 내 삶이 들장미 공주처럼 가시에 둘러싸인 것 같았을 때는 언제이고, 가시에 둘러싸인 것 같았던 나를 ○○공주, ○○왕자라고 명명하고 어떤 이야기를 만들지 생각해 보자.

예시

저는 고등학교 때 첫사랑을 만났습니다. 하지만 부모님이 그 아이를 싫어한 것과 또 다른 개인적인 이유로 금방 헤어지게 되었습니다. 그런데 몇 년이 지나도 첫사랑을 잊을 수가 없었습니다. 다른 남자친구가 생겨도 그 아이가 자꾸 생각이 나서 남자친구에게도 미안해졌습니다. 그러다보니 제 자신이 정신병에 걸렸나, 저주에 걸렸나 하고 이상한 생각까지 하게 되었습니다. 마치 혼자만의 성에 있는 것 같았습니다.

이야기의 배경인 안개로 뒤덮인 성은 저의 세계입니다. 부모님의 그늘 아래서 바깥세상으로 나가지 못하는, 그리고 이루지 못한 사랑에 슬퍼하는 저의 이야기를 만들고 싶습니다. 그래서 '안개꽃 공주'라고 하고 저주가 걸린 것처럼 다시 다른 사람을 만나 사랑할 수가 없는 이야기를 다음과 같은 순서로 만들고 싶습니다.

첫사랑과 헤어짐 → 첫사랑의 고착 → 다른 남자친구와의 잦은 헤어짐 → 저주 → 나만의 성에 갇힘

차별로 상처받은 내면아이: 콩쥐 팥쥐
왜 차별받은 콩쥐가 편애받은 팥쥐보다 잘 되는 것일까?

의붓자매 이야기는 왜 전세계에 있을까?

나는 쌍둥이인 여동생과 세 살 터울의 언니가 있다. 당연하게도 우리 세 자매와 어머니는 충돌을 겪었지만, 나는 이 옛이야기를 나와 내 쌍둥이 동생, 그리고 언니와의 관계에 대입하여 읽어나가게 되었다. 엄마는 우리 둘에게 혹시나 언니가 소외되지나 않을까 걱정하시며 싸움이 일어나면 매번 언니 편을 드시곤 했다. 이외에도 성적이 우수한 언니에게 '너는 공부만 하면 된다'라는 식으로 다른 집안일을 돕거나 하는 일을 일절 시키지 않으셨고, 의도치 않으셨더라도 갈수록 애지중지하며 우리 둘과는 차이를 두시곤 했다. 언니는 당연히 팥쥐와 같은 아이로 자라났으며, 그럴수록 언니와 우리 둘의 관계는 멀어져만 갔다. 우리 둘은 언니와의 사소한 시비라도 차별당한다는 억울함으로 인해 더 심한 싸움을 일으켰고, 자매 관계는 극도로 악화되었으며, 그로 인해 엄마와의 관계도 악화되었다.

형제와 자매의 사이에서 벌어지는 이와 같은 갈등 사례는 편애하는 부모의 태도와 연동되어 나타난다. 옛이야기는 상처받은 내면아이나 좌절된 욕망이 다양한 인격으로 표상된다. 상처받은 경험이 치유되지 못했을 때 상처받은 내면아이가 잠재되어 있는데, 옛이야기를 통해 접근하면 상처받은 내면아이가 어떤 삶의 서사를 구성하는지 혹은 콤플렉스가 어떤 서사를 구성하며 나의 삶에 개입하고 있는지 거리를 두고 안전하게 살펴볼 수 있다. <콩쥐 팥쥐>를 엄마의 입장에서 빗대어 보면 엄마 대부분이 아이를 잘 보호하는 친모와 내 아이가 아닌 아이를 분리하는 계모의 속성을 모두 가지고 있다는 것을 발견하게 된다. 아이들은 엄마가 나를 구박했던 순간 엄마를 계모라 느끼며 자신을 스스로 콩쥐로 여긴다. 형제자매 사이의 갈등을 겪는 과정에서 엄마에게 받은 상처를 치유하지 못하고 '구박받은 콩쥐'가 살기도 하고, 엄마의 편애를 받았다고 생각하는 자녀는 엄마의 지나친 보호로 아무것도 할 수 없게 되어 "엄마 때문이야!"를 외치는 팥쥐가 살기도 있다고 생각해 볼 수 있다.

전 세계에 의붓자매, 계모와의 갈등으로 인해 상처받은 마음의 심연을 풀어가게 하는 옛이야기들이 전승된다는 것이 아주 흥미롭다. '신데렐라 유형'으로 알려진 이야기는 전 세계에 어린 나이에 친엄마가 죽고 계모가 들어오고, 그 계모에게 온갖 구박을 받다가 자신의 짝을 찾아 삶의 주인공으로 거듭난다는 공통된 서사를 공유하고 있다. 그런데 왜 전 세계에 이렇게 진짜 엄마가 죽고 가짜 엄마를 만나서 고생하는 이야기가 전승되는 것일까? 우리나라의 <콩쥐 팥쥐> 이야기로 찬찬히 살펴보겠다.

옛날에 콩쥐라는 착한 딸이 있었는데, 어머니가 세상을 떠나자 아버지가 새 장가를 들었는데, 계모에게는 팥쥐라는 딸이 있었다. 계모와 팥쥐는 늘 콩쥐를 못살게 굴었다. 하루는 계모가 콩쥐와 팥쥐에게 밭을 매라고 시켰는데, 팥쥐에게는 쇠 호미를 주면서 모래밭을 매라고 하고, 콩쥐에게는 나무 호미를 주면서 비탈길의 돌밭을 매라고 하였다. 콩쥐는 나무 호미로 돌밭을 매다가 호미가 부러져 어찌할 바를 몰라 울고 있는데, 검은 소가 와서 밭을 갈아주고 과일을 주었다. 구박할 준비를 하고 있던 팥쥐와 계모는 콩쥐 말을 믿지 않고 다른 사람을 시켜 일을 대신하게 했다고 더 구박했다.

계모는 둘 다 시집갈 때가 되었다며 콩쥐와 팥쥐에게 베 짜기 내기를 시켰다. 팥쥐에게는 길이 잘 든 헌 베틀과 찹쌀밥을 주고, 콩쥐에게는 길들어지지 않은 새 베틀과 콩을 볶아 주었다. 다음날 보니, 팥쥐는 찹쌀로 손이 찐득찐득해져서 얼마를 못 짰고, 콩쥐는 콩을 한 줌씩 먹으며 새 베틀을 길들이며 베를 많이 짰다.

다음날 계모는 팥쥐가 더 많은 베를 짜게 하려고 새 베틀과 콩을 볶아 주고, 콩쥐에게는 헌 베틀과 찰밥을 주었다. 팥쥐는 새 베틀도 익숙하지 않았고 콩을 한 알 한 알 주워 먹느라 얼마 못 짰는데, 콩쥐는 찰밥을 한번 먹고 찬물에 손을 담그며 배부르게 먹어, 길이 잘 든 헌 베틀로 전날보다 더 많이 짰다. 계모는 팥쥐가 콩쥐보다 더 재주가 좋다는 것을 보여주려고 하는데 번번이 팥쥐가 지자, 더욱 화가 나서 콩쥐를 미워했다.

며칠 후 마을의 큰 잔치가 열렸는데, 계모는 콩쥐에게 항아리에 물을 다 채우고, 벼를 열 섬 찧어 놓고, 밀린 빨래를 다 하라고 하고는 팥쥐만 데리고 잔치에 갔다. 콩쥐가 물을 아무리 채워도 채워지지 않아 보니, 밑빠진 독이었는데, 두꺼비가 나타나 구멍을 막아줘서 물을 채울 수 있었다. 그리고 벼를 한참 찧어도 많았는데, 참새가 와서 벼를 다 까주었다.

그때 검은 소가 나타나 빨래를 도와주고, 옷과 꽃신을 주었다. 콩쥐는 옷을 입고 꽃신을 신고 잔치에 가다가 원님이 행차하는 것을 보고 피하려다 꽃신 한 짝을 잃어버렸다. 원님이 잔칫집에 들어가서 꽃신의 주인을 찾

있는데, 팥쥐와 다른 여인들이 신어 보니 맞지 않고, 콩쥐가 신어 보니 꼭 맞았다. 원님은 콩쥐와 혼인하여 행복하게 살았다.[26]

돌아가신 엄마를 대신해 들어온 계모는 나쁜 엄마다. 옛이야기는 간결하고 함축적이고 상징적이다. 겉으로 보기에는 간결하지만, 인류가 살아가면서 공통으로 겪는 삶의 문제가 아주 함축적이고 상징적으로 표현되어 기억에 각인하게 하는 특징이 있다.

상징적으로 간결하게 표현되는 옛이야기의 해석은 이야기를 듣는 사람에 따라 다양할 수 있다. 많은 심리학자가 '계모는 친모다'라는 상징적인 해석을 했지만, 친모의 죽음을 비단 상징적인 죽음만으로 받아들이지 않을 때, 이 이야기에는 자식의 입장에서는 '어머니가 나를 다 키우지 않고 떠난다면 나는 어떻게 살아갈 수 있을까?' 하는 두려움이, 어머니의 입장에서는 '내가 자식을 다 키우지 못하고 죽으면 내 어린 자식은 어떻게 살아가지?' 하는 불안이 담겨 있다. 이와 같은 두려움과 불안은 전 세계 엄마와 자식의 무의식에 있는 마음이라 해도 과언이 아닐 것이다. 이런 관점에서 '의붓자매' 화소 유형의 옛이야기들은 어머니를 일찍 여의어도 자녀가 잘 성장할 수 있다는 마음의 안심을 주며 두려움과 불안을 넘어서게 하는 이야기라 해석할 수 있다.

그러나 간결하고 함축적인 옛이야기의 또 다른 매력은 각자가 가진 삶의 맥락에 따라 다르게도 해석할 수 있다는 점이다. 서양의 <신데렐라>는 자매의 이름들이 전승되지 않는 것에 반해, 우리나라 이야기인 <콩쥐 팥쥐>처럼 아시아의 옛이야기에서는 계모의 딸인 의붓자매의 이름도 함께 전승되는 특징이 있다. 베트남에서는 <떰 깜>, 인도네시아의 <바왕뿌띠 바왕매라>, 우즈베키스탄의 <줌라트와 흠

마트>로 앞의 이름은 콩쥐, 뒤의 이름은 팥쥐와 같은 성격을 가진 의붓자매들이다. 이름이 전승된다는 것은 의붓자매들이 아주 강하게 각인되며 전승된다는 것이다. 엄마가 일찍 돌아가셔서 슬프고 의지할 곳 없이 살아야 하는 주인공과 대립하게 친엄마로부터 보호받고 사랑받는 의붓자매가 등장하는 것이다.

계모는 나쁜 엄마일까?

옛이야기는 삶의 대립 혹은 대칭되는 자질을 상징적으로 담아내면서 삶의 이면을 보게 하는 전략을 가진 서사이다. 콩쥐와 팥쥐, 친모와 계모 등의 대립적인 인물을 설정하고 '선 : 악'이라는 성향을 대립해서 상징적으로 보여주는 것을 생각해 보면 쉽다. 그러나 이를 단순히 선과 악의 문제로만 바라보면 옛이야기의 매력을 모르게 된다. 현실에서 계모라고 다 나쁜 것은 아니지만, 콩쥐에게 계모가 나쁜 사람임은 틀림없다. 친모와 대립하는 계모는 외부에서 온 외재적인 속성을 가진다. 그래서 낯설고 익숙하지 않은 삶의 태도를 가진다. 성장한 모습으로 만난 콩쥐에게 자신의 몫을 대신 하라고 하며, 집안일을 시킨다. 여기까지라면 계모는 그다지 나쁜 엄마가 아닐 수 있다.

콩쥐의 입장에서 더 '나쁜 엄마'의 모습으로 인지되기 쉬운 이야기의 요소가 바로 계모의 친딸인 팥쥐가 있기 때문이다. 대립구조는 계모가 자기 친딸인 팥쥐를 대할 때와 자신이 낳지 않는 콩쥐를 대할 때가 얼마나 다른지를 극명하게 비교하게 한다. 단순히 새엄마와 팥쥐가 못된 성격을 가져서가 아니다.

자기 친딸은 어린 시절부터 품어왔던 자식이니 잘해주게 되고, 자신이 낳은 자식이 아닌 딸에게는 냉정하게 성인으로 대하게 되는 것이다. 여기서 <콩쥐 팥쥐>가 선과 악의 대립을 바탕으로 한 권선징악의 단일한 주제와 줄거리를 가진 이야기라는 생각을 넘어설 만한 단서를 발견할 수 있다.

<콩쥐 팥쥐>는 형제자매 사이에서 생길 수 있는 차별과 편애로 인해 어떤 사건이 발생하는지를 보여주면서, 감정을 쉽게 이입하게 한다. 전 세계에 이런 이야기가 많이 전승된 이유도 많은 형제자매가 부모의 차별로 인해 자기 스스로 구박데기, 찬밥데기, 천덕꾸러기, 재투성이라고 느꼈던 마음들을 콩쥐에게 이입하기 쉬웠기 때문일 것이다. 언제 자신이 콩쥐처럼 느껴졌는지를 생각하면 '차별을 받는 사람의 서사'와 접속하게 된다. 반면에 내가 언제 팥쥐 같았나를 생각하는 것은 '편애받는 사람의 서사' 혹은 '편애받고 싶은 사람의 서사'와 연결된다.

흔히들 계모가 콩쥐만 구박하고 팥쥐는 '오냐오냐' 해준다고 생각하기 쉽다. 그러나 그것은 선악 대비의 오해일 수 있다. 구비전승되는 <콩쥐 팥쥐> 옛이야기를 하나하나 살펴보다 보면 계모가 친딸인 팥쥐라고 보호만 하고 일을 시키지 않는 것은 아니다. 계모는 팥쥐에게도 그 나이에 맞게 배워야 할 일에 대해 콩쥐처럼 과제를 내준다. 밀양에서 전승되는 이야기에는 이런 대목이 나온다.

"이년들, 느그도(너희도) 나이 들어가면은 시집을 가야 될 텐데, 뭐건 다 배아야(배워야) 되고, 오늘은 가여(가서) 저 콩쥐 니는 저 비얄밭(비탈의 밭) 저 거로 가여 매고, 팥쥐 니는 저 인자 들밭을 가여 매라."

이라민서는(이러면서) 호미를 주는데, 콩쥐는 나무호미로 주고, 팥쥐는 인자 쇠로 가 만든 호미를 줬는데, 인자 콩쥐 이거는 시키는 대로 뭐건 다

<u>이래 잘 하는데</u>. 아, 이넘(이놈) 나무호미로 가지고 비얄(비탈)밭을 맬라 (매려) 카이, 마 마 (나무호미가) 뿌러지 뿌리고(부러져 버리고) 마 밭을 못 매게 되는 기라.[27]

계모는 시집을 갈 나이가 되어가니 뭐든지 배워야 한다며, 콩쥐와 팥쥐에게 똑같이 밭 매는 일을 시킨다. 단, 팥쥐는 엄마의 품 안에서 사랑받는 딸이니 같은 일을 해도 좀 편한 들 밭에서 일을 하게 하고, 엄마가 해줄 수 있는 좋은 조건으로 상징되는 쇠 호미를 건네준다. 반면, 친딸이 아니라 품 밖에 있는 콩쥐는 일하기 힘든 곳인 비탈밭이나 돌무더기 밭에서 나무 호미로 일을 해야 한다. 계모는 당연히 나쁜 조건인 콩쥐가 좋은 조건을 가진 팥쥐보다 일을 못 할 거라고 예상하게 된다. 그리고 이를 빌미로 팥쥐 좀 본받으라며 콩쥐를 보란 듯이 구박할 수 있는 좋은 계기도 생길 거라고 내심 기대하게 된다. 팥쥐도 자신이 더 일을 잘하리라 생각한다. 그들의 바람처럼 콩쥐는 열심히 일했지만, 나무 호미를 부러뜨리는 바람에 더 이상 일을 할 수 없게 되고, 서러움에 울고 만다.

이때 콩쥐의 우는 소리를 듣고 검은 소가 등장한다. 이 검은 소를 어머니의 죽은 넋[28]으로 보기도 하고, 콩쥐 안의 풍요로운 대지의 힘[29]으로 해석하기도 한다. 그러나 도움이 절실히 필요한 순간에 도움을 받으며 유대할 수 있는 존재가 나타나는 것은 단순한 옛이야기만의 환상만은 아니다. 검은 소는 조력자의 역할을 하며, 주어진 조건만이 아니라 새로운 관계로 문제를 해결할 수 있는 길을 열어주는 존재다. 열심히 일을 했는데도 안 되어 서럽게 우는 소리에 검은 소가 온 것이다. 반면에 어머니의 보호 속에 있는 팥쥐는 어머니와 유대하면서 모든 문제를 해결하면 된다. 만약에 팥쥐가 울었다면 엄마가 달려올 것이다. 어머니 품에서, 어머니의 도움으로 어려운 삶의 과제를 해결하면 되는 팥쥐는 모성의 울타리에 고립된 형상이므로, 콩쥐처럼 유대하며 도움을 받을 대상을 만날 일이 없게 된다.

밭매기를 콩쥐가 잘 해내자 속상한 계모는 이제 대놓고 누가 더 베를 잘 짜는지 팥쥐와 '내기'를 하게 한다. 다음은 전라북도에서 전승되는 이야기의 일부다.

> 어느 날 이붓어매(의붓어미)는 콩쥐허고 퐅쥐(팥쥐)허고 누가 베를 많이 짜넌가(짜는가) 내기허게(내기하게) 허나라고 콩쥐헌티에는(콩쥐한테는) 새 북(베틀북)을 주고 콩을 볶아 주고, 퐅쥐헌티는(팥쥐한테는) 질이 잘 난 북(베틀북)을 주고 찰밥을 히서(해서) 주었다. 콩쥐는 베를 짬서 콩을 한 줌 입에 넣고 먹음서 짰넌디 새 북이라도 많이 짰넌디, 퐅쥐는 찰밥을 한 덩이 한 덩이 띠어서 집어 먹어서 손이 찐덕찐덕히서 손을 씨쳐감서 베를 짜서 얼매 못 짰다.

계모는 품 안의 자식인 팥쥐에게 길이 잘 든 베틀과 맛 좋은 찰밥 등 엄마가 해줄 수 있는 최선의 좋은 조건을 제공해 주고, 품 밖의 자식인 콩쥐에게는 뻑뻑한 새 베틀과 딱딱한 콩을 준다. 그러나 이번에도 계모가 예측한 것과 달리 팥쥐는 맛 좋은 찰밥이 손에 덕지덕지 붙어 베를 잘 짜지 못하게 된다. 반면에 콩쥐는 새 베틀로 신이 나서 베를 짠다. 화가 난 계모가 조건을 바꿔서 줬더니 팥쥐는 쏟아진 콩을 주워 먹느라 잘 짜지 못하고, 콩쥐는 손에 찬물을 묻혀서 찰밥을 맛있게 먹으니 배도 부른데다가 길들여진 베틀까지 사용하니 베를 더 많이 짜게 된다. 베짜기 경쟁은 엄마 품 밖에 있는 콩쥐에게 문제가 닥쳤을 때 검은 소 등의 조력자를 만나 문제를 해결하는 것만이 아니라 스스로의 힘으로 어려운 상황을 운용해 가는 힘도 있다는 것을 보여준다. 반면에 팥쥐는 어머니가 갖춰준 조건의 틀을 벗어나는 지혜가 없고 엄마를 탓하기만 하니, 콩쥐에게 질 수밖에 없다.

어떻게든 계모는 팥쥐가 콩쥐보다 나은 모습을 보고 싶은데 마음 대로 되지 않는다. 그러자 계모는 콩쥐를 더욱 미워하게 되고, 잔칫집에 데려가지 않기 위해 절대 해결할 수 없을 것 같은 '밑 빠진 독에 물 채우기', '벼 열섬을 모두 찧기', '밀린 빨래 몽땅 빨아 놓기' 등의 과제들을 주는 것이다.

계모는 내 친자식은 잘 보살피고 내 핏줄이 아닌 자식을 분리하며 사는 모성 원형의 대표적인 한 패턴을 보여준다. 문학치료학에서는 사람의 인생살이 역시 서사처럼 흐름과 패턴이 있다고 본다. 그리고 "인생살이를 전개하거나 음미하는 과정에서 수행되는 서사를 자기서사"[30]라고 한다. 계모가 둘을 대하는 방식이 어떻게 다른지 보여주고, 친자식과 전처 자식을 차별하는 흐름의 패턴은 계모의 자기서사를 엿보게 한다. 품 안의 자식에게는 좀 더 좋은 조건을 주며 단점도 품어가며, 품 밖의 사람들에게는 냉정하게 대하는 서사다.

콩쥐와 팥쥐가 주어진 과제를 어떻게 해결해 가는가 하는 패턴에서도 어떤 자기서사가 작동하는가를 생각해 볼 수 있다. 팥쥐가 베를 잘 짜지 못했을 때 팥쥐는 스스로 해결하기보다 알아서 해결해 주는 엄마를 통해 콩쥐와 조건을 바꿔보게 된다. 이렇게 팥쥐를 대하는 계모의 모습은 오늘날 엄마들이 좋은 조건의 선생님을 구해주며 공부를 더 잘하고 좋은 스펙을 쌓도록 매니저 역할을 하는 모습을 쉽게 떠올리게 한다. 팥쥐는 자신을 보호하고 자신만을 위하는 엄마와 함께 하며 콩쥐를 이기기만 하면 되는 삶의 방식에 머물러 있다. 팥쥐가 엄마 품 안에서 과제를 해결하려는 패턴의 자기 서사를 지속하는 반면, 콩쥐는 계모의 구박으로 인해 생긴 과제들을 스스로 혹은 유대를 통해 해결하며 성장해 가는 자기서사를 보여준다.

친모라면 무조건 좋은 엄마일 거라고, 계모와 반대되게 생각하기 쉽지만, 팥쥐에게 친모는 성장을 가로막는 엄마고, 오히려 콩쥐에게 계모는 시련을 주어 성장하게 하는 엄마다. 계모의 구박으로 상징되는 과제들로 콩쥐는 시련을 겪지만, 오히려 해결할 수 없을 것이라고 생각했던 과제를 통해 자신의 지혜를 발견하기도 하고, 검은 소, 두꺼비, 참새 등의 조력자를 만나 문제를 해결하기도 한다.

왜 맞지 않는 신을 신으려고 하는 것일까?

그렇게 과제를 해결하고 잔치에 갈 수 있게 된 콩쥐는 원님 행차를 피하다가 검은 소가 준 꽃신 한 짝을 잃어버리게 된다. 원님은 잔치에 가서 꽃신의 주인을 찾는다. 그때 계모는 팥쥐의 신이 아닌 줄 알지만 팥쥐에게 그 신을 발을 구겨서라도 억지로 신게 하는 이본도 있다.

여기서 <콩쥐 팥쥐>를 현대인이 운용하고 있는 자기서사와 연결해 볼 지점이 또 생긴다. 우리는 팥쥐처럼 엄마의 보살핌 속에 살면 행복할 것이라 생각하기 쉽다. 우리의 마음 안에 콩쥐처럼 어려운 조건에 처해지며 시련을 이겨내고 성장하기보다는, 부모 품에서 고생을 덜할 것 같은 안정된 삶을 선택하고 싶은 마음이 올라올 때가 있다. 그런 마음이 들 때 만나는 게 바로 팥쥐의 서사다. 현대인 중에는 부모의 품이라는 울타리에 갇혀서, 엄마로 상징되는 세상의 좁은 가치를 비판 없이 받아들이며, 공부를 하고 대학을 가고 취직을 하고 결혼을 하는 경우가 많다. 마흔이 넘어, 육십이 다 되어 엄마를 원망하는 사람들은 어릴 때 엄마의 말을 잘 따르는 아이였고, 엄마는 그런 딸을 위해 최선을 다했다. 겉보기에 평화로운 삶을 살았을 뿐인데, 팥쥐처럼 자신에게 맞지 않는 신을 억지로 신고 있는 느낌 때문이다. 자신의 꽃신은 자신이 찾아야 하는데, 팥쥐 엄마는 팥쥐의 신이 아닌 '꽃신'을 신어봐야 원님이라는 안정된 틀에 팥쥐가 들어가야 한다고 생각한다. 그러나 팥쥐는 자기 신이 아닌 그 신을 신을 수 없었다. 현대에는 자식이 꽃길만 걷길 바라며 자식의 삶을 최선을 다해 세팅해 주고자 하는 엄마들이 많아졌다. 그러나 과연 엄마가 세팅해 주는 자식의 꽃길이 있을까? 오히려 엄마의 헌신적인 작은 시야로 너른 들판으로 나아가지 못하게 해서, 딸들의 원망을 듣는 것은 아닐까?

　콩쥐처럼 살고 싶은 팥쥐의 모습이 후일담으로 전승되는 이야기는 팥쥐가 가진 삶의 운용방식이 얼마나 위험한 것인지 강하게 경고한다. 그 후일담은 다음과 같다.

　콩쥐의 꽃신을 기어이 신지 못하고, 콩쥐의 원님만을 바라보며 시기했던 팥쥐는, 어느 날 원님이 없는 사이에 콩쥐 집에 가서, 콩쥐를 연못에 빠뜨려 죽인다. 그리고 팥쥐는 콩쥐 옷을 입고 콩쥐 행세를 한다. 얼마 후, 연못에 아름답게 핀 연꽃을 따서 처마에 매달았다. 그런데 그 연꽃이 원님이 지나갈 때는 향기가 나는데 팥쥐가 지나가면 머리를 쥐어뜯는다. 화가 난 팥쥐가 아궁이에 꽃을 태운다. 이때 옆집 할머니가 아궁이에서 불씨를 얻으러 왔다가, 그 안에 예쁜 구슬을 발견하고 가지고 와 자신의 장에 넣어둔다. 그날부터 할머니가 일을 하고 오면 따뜻하고 맛있는 밥상이 있게 된다. 할머니가 일을 하러 가는 척하고 몰래 보니 장에서 예쁜 색시가 나온다. 색시가 할머니에게 옆집에 원님에게 밥상 한번 차리면 소원이 없겠다고 하자, 할머니는 어렵게 원님을 모셔온다. 원님이 맛있게 차려진 밥상의 음식을 먹으려고 하는 순간에 젓가락이 짝짝이라 음식을 편하게 먹을 수 없게 된다. 원님이 젓가락이 왜 짝짝이냐고 할머니에게 따지자, 장에서 있던 콩쥐가 튀어나와서 젓가락 짝이 안 맞는 건 알고, 자기 짝이 바뀐 건 왜 알아보지 못하냐고 한다. 원님이 정신을 차리고 자세히 보니 자신의 짝인 콩쥐였다. 콩쥐를 데려간 원님은 팥쥐를 젓갈로 만들어 계모에게 보낸다.[31]

잔인하다. 그런데 우리나라 옛이야기만이 아니라 멀리 베트남 옛이야기에서도 팥쥐 역할인 '깜'이 젓갈이 되는 것이 똑같다. 왜 이런 장면이 추가 되었을까? 슬프지만 결국 어머니들이 원하는 대로 사는 자식의 삶은 어머니에게 먹히는 삶이란 것을 상징하고 있다.

독일민담의 아셴푸텔의 언니들은 이름이 나오지 않지만 신을 억지로 신게 하는 장면이 아주 인상적이다. 계모는 자신의 자식들에게 아셴푸텔의 신을 신어보게 한다. 그리고 자식들은 그 신을 맞지 않는데 신는다. 아셴푸텔의 큰언니가 신이 맞지 않자 계모는 발가락을 자르고 신게 한다. 둘째언니가 신이 맞지 않자 뒷꿈치를 잘라서 신게 된다. 그러나 결국 피가 철철 흐르게 되어 들키고, 아셴푸텔이 신을 신어 왕자와 결혼을 하게 된다. 그리고 둘의 행복한 모습을 부러운 듯이 바라보던 언니들의 두 눈을 흰 비둘기가 와서 쪼아 먹는다. 나의 삶이 없을 때 우리는 타인이 이룬 삶을 부러워하거나 시기하기 쉬워진다. 그러나 자신의 삶을 구성하지 못하고, 그런 시기심을 가지면 두 눈이 멀 수밖에 없음을 이야기는 강하게 보여준다.

　우리는 누구의 신을 신으려고 하는 것일까? 나의 시련을 통해 만난 삶의 조력자인 검은 소에게 받은 '콩쥐의 신'을 신고 있을까, 아니면 친엄마로 상징되는 가치가 내 삶을 좌지우지하여 맞지도 않는 신에 발을 맞추려고 애쓰는 팥쥐처럼 타인의 신을 신고 있을까? 콩쥐와 팥쥐가 경쟁하면서 움직이는 서사적 흐름은 계모의 보호를 받는 좋은 조건의 사람이 내기에서 이기리라는 예측을 깨뜨린다. 계모가 악역을 맡아 콩쥐와 팥쥐를 경쟁시킨다는 간결하고 함축적인 옛이야기지만, 여기서 팥쥐 엄마는 자식에게 모든 조건을 충족시켜주며 경쟁에서 이기게 하고 싶은 현대인의 어머니들이 가진 삶의 패턴과 연결해 볼 수 있다. 엄마가 된 사람들은 이야기를 통해 마음 안에서는 팥쥐를 대하듯이 내 자식에게 콩쥐의 꽃신을 신으라고 우기고 있는 것은 아닌가 하는 자기서사를 점검해 볼 수 있게 된다.

계모, 모든 엄마의 두 과제

　옛이야기에 등장하는 친모와 계모 중, 현대의 엄마들은 친모의 모습이고자 한다. 필요한 것들을 다 세팅해 주고, 잘 보살펴 준다. 그러나 팥쥐 엄마가 팥쥐를 대하는 태도를 보면, 아이들은 인생에서 계모를 한 번은 만나야 할 것 같다. 계모를 만난 콩쥐가 친모의 품에서 경쟁하고 살아가는 팥쥐보다 더 건강한 삶을 산다고 옛이야기는 말해주기 때문이다.

　우리가 잊고 있지만 엄마에게는 두 가지의 과제가 있다. 하나는 아이가 어린 시절에 건강하게 잘 자라도록 돌보는 일이다. 많은 현대의 엄마들이 이 과제는 잘 수행한다. 그런데 또 한 가지 잊고 있는 일이 있다. 아이들 스스로 할 수 있는 일이 많아지도록 하는 것이다. 나와 비슷한 사람들이나 윗세대에는 자식을 많이 두었다. 나만 해도 딸 셋에 아들 하나 있는 집의 장녀다. 어린 시절 들었던 많은 말들은 "장녀니까"였다. 나는 부모의 사랑을 받는 것보다 동생들에게 베풀어야 하는 사람이었다. 물론 동생들의 증언에 따르면 베풀어야 한다는 생각을 가지고 있었을 뿐, 드라마 <응답하라 1988>의 자기 공부만 아는 이기적인 맏딸인 성보라에 더 가까운 사람이었다고 한다. 그럼에도 나는 외동이라 공주 대접을 받고 크는 친구가 부러웠다. 그 친구와 다르게 나는 늘 양보해야 했고, 하고 싶은 일은 참아야 했으며, 늘 가사를 도와야 하는 게 부담스러웠고, 다양한 미래에 대해 함께 얘기할 가족이 없다는 것을 힘들어했다.

나를 비롯해 현대의 욕심쟁이 엄마들에겐 이런 결핍이 있어, 아이들을 잘 세팅하고 싶은 욕망으로 움직이게 된다. 그러나 팥쥐를 보면 엄마의 세팅으로 할 수 있는 일은 없다. 콩쥐처럼 상황을 응용하고 유대하는 힘을 길러야 한다. 그러기 위해서는 우리 엄마들은 인생에서 친모만이 아니라 계모의 역할도 해야 한다.

많은 엄마들이 자신의 모성이 부족함을 괴로워한다. 물론 학대하는 엄마와는 다른 문제다. 열심히 아이들을 돌보지만 옆집 엄마만큼 정보력을 갖고 잘 유도하며 아이를 키우고 있지 못한다는 생각에 위축되는 경우가 있다. 그러나 고3을 보낸 엄마들은 말한다. 엄마가 정보력이 없으니 아이가 학교나 학원에서 더 적극적으로 진학 상담을 한다고.

엄마들의 두 가지 과제 중 우리는 한 가지를 잊고 있다. 자녀가 많은 것들을 스스로 할 수 있도록 성장시키고 나아가 부모로부터 독립시켜야 한다는 것. 자녀가 성장하면서 계모의 모습 역시 엄마의 또 다른 모습으로 필요한 날들이 오는데, 한없이 자식을 보호하기만 하는 친모로 살아간다면, 앞의 딸들에게 원망을 듣는 엄마밖에 되지 않는 것이다. 현대에는 때론 계모의 모습으로 아이들이 스스로 성장할 수 있는 기회를 주는 엄마의 모습이 더 절실하게 필요할지도 모른다.

콩쥐, 상처받은 아이가 아닌 독립적인 사람으로 거듭나는 사람

이번엔 자녀의 입장에 이 이야기가 어떻게 삶과 접목되는지 살펴보겠다. 부모의 품을 떠나 자신의 삶을 구성해야 하는 시기에 <콩쥐 팥쥐>의 서사와 자기서사가 만나면, 자기 자신의 마음속에 더 머물고 싶은 팥쥐의 서사가 있는 것은 아닌지 스스로 의심해 보게 한다. 자녀의 입장에서는 부모 품을 떠나지 않고 싶을 때 자신 안에 있는 팥쥐의 자기서사를 만날 수 있게 된다.

자식들은 그렇게 자식을 위해 적극적으로 달려와 주는 어머니가 늘 고맙기만 했을까? 자식들이 현재의 대학교에 다니는 것이 헬리콥터 맘이었던 엄마의 덕이라고 말한다면 엄마는 기쁘기만 할까? 팥쥐 엄마를 헬리콥터의 맘과 비교해 본다면, 팥쥐 엄마는 억지로 타인의 신을 신게 하고, 팥쥐는 자신의 신이 아닌 신을 신어야 한다. 자신의 신을 신지 못하고 타인의 신을 신으려고 하는 삶이, 과연 자기 삶의 주인일 수 있을까?

반대로 콩쥐의 서사는 부모의 품에서 벗어나 내 안에 시련을 이겨내면서 성장할 수 있는 힘을 준다. 콩쥐는 자신 안에 시련을 이겨낼 힘을 긍정하게 되는 자기서사를 생성하게 하여, 삶을 창의적으로 구성해 낼 수 있게 한다.

저는 8남매 중 넷째로 태어났습니다. 아버지가 엄하셔서 형제들끼리의 싸움이 많지는 않았지만 미움은 항상 있었던 것 같습니다. 넷째는 서열이 높지도 낮지도 않은 위치라 저는 항상 큰 자녀들이 해야하는 희생에는 동참하면서 좋은 것들을 누릴 때는 함께하지 못했습니다. 또 어린 자녀들이 누릴 땐 함께 누리지 못하지만 희생해야 할 땐 함께인 상황들이 많았고 그래서 형제, 자매들에 대한 미움이 컸던 것 같습니다. 태어날 때부터 가족들이 많았기 때문에 어릴 때는 그런 특별함과 어려움이 크게 느껴지진 않았지만 학교에 다니고 친구를 사귀기 시작하며 남들과 비교하게 되니 저는 세상 속에서 언제나 반의반의 반쪽이라고 느꼈습니다. 남들은 한 두명에서 나눌 것을 저는 8명이 나눠 가져야 했기 때문이죠. 하지만 자라고 보니 저는 호랑이도 이길 수 있는 강한 사람이 되어 있었고 두꺼비, 참새가 와서 도움을 주는 인복이 좋은 사람이 되었다는 것을 느낍니다. 여전히 답답하기도 하고 밉기도 하고 때로는 불필요하다고 생각할 때도 많기는 합니다. 항상 비교하게 되고 또 나의 것을 뺏어가는 존재라고 생각하지만 저의 성장에 가장 큰 거름이 되는 존재들이라는 것을 알고 누구보다도 든든한 사람들이라는 것을 느끼며 그래도 있는게 좋다고 생각하게 됩니다.

또한, 편애를 받는 팥쥐의 서사와 차별받는 콩쥐의 서사를 통해, 보호받는 현재를 지속하고 싶은 서사와 어렵더라도 시련 속에서 성장하는 서사를 마음속에서 비교하게 되면서, 시련을 다시 사유하게 되는 과정을 겪을 수도 있다. 차별받는 콩쥐가 편애받는 팥쥐보다 오히려 지혜롭게 과제를 해결하고, 조력자를 만나고, 반려자를 만난다. 이와 같은 서사의 흐름은 콩쥐처럼 차별받는 사람이 보호받는 사람보다 더 성장하고 타인과 유대를 맺으며 살아갈 수 있다는 자기서사를 생성할 수 있게 한다. 독립적인 성장을 원할 때, 계모와 이복자매인 팥쥐라는 시련도 맞닥뜨릴 수 있는 게 삶이지만, 우리는 콩쥐를 통해 시련을 두려워하지 않는 자기서사를 구성할 수 있게 된다. 옛이야기 속 전형적인 인물들을 자신의 삶에 빗대어 해석해 보면, 자신의 삶을 운용하는 자기서사를 풍성하게 만들어갈 수 있게 되는 것을 발견하게 된다.

상처받은 내면아이를 치유하는 스토리텔링

❶ 콩쥐와 팥쥐가 상징하는 대립자질을 '착함과 악함'만이 아니라 자신의 경험에 따라 이야기를 해석하고자 '성장과 독립'으로 대립자질을 설정했을 때, 나의 자기서사를 바탕으로 서사적 화두(서사적 질문)를 생성해 보자.

예시

나는 콩쥐처럼 독립하고 있는가, 팥쥐처럼 보호받고 있는가?
왜 콩쥐는 아버지에게 새엄마의 괴롭힘을 알리지 않았을까?

❷ 내 안에서 올라오는 계모의 목소리는 무엇이 있는지 생각해 보고, 동물들이 콩쥐를 도와줘서 계모의 과제를 넘어설 수 있었던 것처럼, 나를 넘어서게 했던 힘들을 동물의 특징으로 상징해 보자. (예시 : 두꺼비-우직함)

예시

나는 삼남매 중 둘째이다. 4살 위인 언니는 관심을 듬뿍 받는 맏이이고, 나보다 일곱살이나 어린 동생은 하나뿐인 아들이다. 명절에 용돈을 받을때도, 언니는 나이가 많아서 용돈을 더 받고 동생은 아들라서 나보다 용돈을 더 받았다. 언니는 첫째니까 새로운 것들을 사주고 동생은 남자이고 누나들이 쓰던 건 낡았다며 새 것들을 사주기 일상이었다. 이런 것들이 부모님의 사랑의 척도는 아니지만 그럴 때마다 어린 나는 항상 서운했고 상처를 받았다. 내가 언니나 동생이 받는 것처럼 받길 원하면 부모님이나 친척 어른들은 둘째가 서운함도 많고 욕심도 많다며 나를 예민한 아이, 욕심 많은 아이, 투정이 많은 아이라고 손가락질했다.

어릴 때 모두에게 구박받는 나를 신데렐라나 콩쥐 같다고 생각했다. 동화책을 보면서 신데렐라의 요정 할머니나 콩쥐 팥쥐의 동물들처럼 나를 둘째 인생에서 구원해줄 누군가가 나타나면 좋겠다고 생각했다. 하지만 어린 나에게 누군가 나타나서 나를 도와주는 꿈같은 일은 일어나지 않았다. 그래서 슬퍼하면서 언니, 동생과 비교하면 관심이나 지원 없이 내 인생을 혼자 살아가기 위해 할 일을 묵묵히 했다.

스물 중반의 나이가 되고 이 수업을 통해 오랜만에 콩쥐 팥쥐 이야기를 다시 읽어보니 나를 구원해줄 누군가가 나타나지는 않았지만 내 인생에서도 나를 일어서게 했던 동물이 있었다는 생각이 든다. 나를 넘어서게 했던 동물은 외롭지만 씩씩한 호랑이였다. 호랑이도 가혹한 동물의 세계에서 독립적으로 살아가기 때문에 가끔은 외로울 수 있다. 하지만 호랑이는 위험한 자연에서 혼자 남겨져 더 단단하고 독립적인 삶을 살고 있다고 생각한다. 이 세상을 살다 보면 부모님도 형제도 내 삶을 대신해 주지 않는다. 내 인생은 내가 만들어 가는 것이다. 어쩌면 내 안에 나를 일으키는 단단한 독립심, 즉 호랑이가 있는 걸 부모님이 눈치채고 나보다 언니와 동생을 조금 더 보살펴 준 건 아닐까 생각해 본다.

따돌림받은 내면아이: 나무도령

구해준 소년은 왜 나무도령을 괴롭혔을까?

학생들에게 <나무도령>으로 나와 옛이야기를 쓰게 할 때마다 한 번씩 나오는 문제가 친구 관계에서 겪었던 상처들이다. 민담으로 전승되면서 아버지가 없는 과부의 아들이라고 놀림을 받고, 나무에 올라가서 나무하고 노는 독특한 아이로 변이되면서 서러움을 받는 대목들이 추가된 것에 자기 경험을 투사하게 되는 것이다.

나의 어릴 적 인간관계는 순탄치 않았다. 나무도령 같았다. 가족이라는 울타리에서 벗어나 또래 친구와의 관계가 중요해지는 초등학생 시절, 평범하게 지냈던 나는 일방적으로 아이들로부터 소외되어 있었고 흔히 말하는 집단 따돌림을 겪게 되었다.

직접적인 신체 폭력이 있었던 것은 아니었다. 그러나 어느 순간부터 아이들은 내가 말을 걸어도 의도적으로 없는 사람 취급을 했고, 뒷자리에서는 나를 공개적으로 비웃는 말들이 끊임없이 들려왔다. 사물함에는 '제발 친한 척 좀 하지 말아라', '구역질 난다.'는 내용의 비슷비슷한 쪽지가 매 시간마다 놓여 있었다. 나중에 알게 된 것이지만 그 쪽지들은 당시 내가 가장 친하다고 생각했던 친구들이 썼던 것이었다. 그렇게 1년 가까이 학교에서 투명인간으로 지내다가 결국 전학을 갔다.

다른 것보다 내가 견디기 힘들었던 것은 따돌림의 이유도 모른 채 하루 종일 한 마디도 하지 못하는 지독한 외로움이었다. 어차피 상대를 해주지 않으니 왜 나를 그렇게까지 싫어했나 물어보지도 못하고 혼자서 추측할 수밖에 없었고, 나는 그것이 나의 성격적인 결함 때문이라며 스스로를 몰아세우곤 했다.

이후, 나는 또다시 미움받아 혼자가 될 것을 두려워하며 다른 사람들의 눈치를 보며 내 성격을 뜯어고치려고 하면서도, 사람에 대한 불신으로 똘똘 뭉쳐 다가오는 친구들에게 마음의 벽을 세웠었다.

나무도령이 서당 아이들에게 괴롭힘을 당하는 장면, 구해준 아이가 시기하는 모습 등을 보면서 어린 시절 또래 관계로 상처받은 내면아이(inner child)[32]가 자신 안에 아직 자라지 않고 있음을 대면하게 되는 것이다. 이 학생만이 아니라 많은 학생이 또래 관계에서의 상처가 있다. 이런 경험을 하고 나면, 나는 저 아이들보다 뭐가 부족한 것일까, 나의 어떤 행동이 친구들을 거스르게 한 것인가를 생각하며 자기 스스로 또 상처를 입힌다. <나무도령>은 상처받은 내면아이를 끄집어내기도 하지만, 홍수처럼 떠내려가게 하는 힘도 있는 이야기라는 것을 밝혀가고자 한다.

<나무도령>은 홍수신화에서 민담으로 전승되어가면서 다양한 주제로 변모한 이야기 중에 하나다. 천상의 선녀가 하늘에서 내려왔다가 큰 나무를 보고 감응해서 아이를 낳고 하늘로 올라갔는데, 그 아이가 나무도령이다. 어머니는 천상의 사람이고, 아버지는 지상의 나무다. 이물교혼(異物交婚)은 신화의 주된 서사전략이다. 신과 인간의 중간, 자연과 인간의 중간인 양가적 속성을 가지게 되면서 기존의 사람들과 차이를 가지게 되는 것이다. 민담으로 전승된 <나무도령>의 이야기는 선녀가 아니라 밤나무 아래에서 오줌을 누었던 처녀나 과부가 아이를 가지게 되는 것으로 변이되었다. 신화에서는 인류의 시조가 된다는

부분이 민담이 되면서 한 성씨의 조상으로 한정되거나 생략되고, 주인
집 처녀와 행복하게 잘 살았다는 것으로 마무리되면서 신성성이 약화
되어 민담으로 전승되는 상황이다. 신화적 관점에서 서사를 정리해 보
면 다음과 같다.

옛날에 하늘의 처녀가 밤나무 밑에서 오줌을 누었는데 그날로부터 배
가 불러오더니 열 달 후에 아들을 낳았다. 아이가 서당에 다니는데 서당
친구들이 아비 없는 자식이라고 놀리며 구박했다. 아이가 어머니에게 아
버지가 누구냐고 묻자 뒷산에 있는 밤나무라고 했다. 아이는 밤나무에게
가서 아버지라고 세 번 부르니까 밤나무가 떨어졌다. 그날부터 아이는 나
무를 아버지라 생각하고 나무와 시간을 보냈다. 그러자 사람들은 아이를
나무도령이라고 불렀다.

어느 날 갑자기 큰비가 내리기 시작하더니 그치지 않아서 세상이 온통
물바다를 이루었다. 밤나무에서 놀던 나무도령은 홍수에 넘어진 나무를 타
고 떠내려가게 되었다. 그러던 중 살려 달라고 애걸하는 멧돼지, 개미, 모
기떼를 만나 아버지인 나무의 허락을 받고 그 개미들을 구해주었다. 또 지
나가는데 한 소년이 살려 달라고 하는 것을 보고 아버지에게 구해주자고
하였더니 밤나무가 구하면 후회한다고 했으나, 나무도령이 다시 구하고
싶다며 소년을 구해주었다.

비가 그치고, 나무도령 일행은 높은 산꼭대기에 닿았다. 멧돼지, 개미,
모기, 두 소년은 나무에서 내려서 산으로 갔다. 두 아이는 기와집을 발견
하고 머물게 되었는데, 그곳에는 한 노파가 딸과 시비를 데리고 살고 있
었다. 구해준 소년은 나무도령을 시기해서, 하루 안에 너른 땅을 밭으로
일구고 좁쌀을 뿌리는 시험을 해보게 하라고 했다. 나무도령이 다 하지 못

해 어려워하고 있는데 멧돼지가 그사이 새끼들까지 낳아서 데리고 와서 밭을 다 갈아주었다. 구해준 소년은 노파에게 좁쌀을 다시 주워 담게 해 보라고 했다. 나무도령이 주우려고 해도 잘 안되어서 속상해하고 있을 때 산더미처럼 많아진 개미들이 좁쌀을 다 주워주었다. 노파는 아이들이 혼인 할 나이가 되었다며 딸과 시비를 똑같이 옷을 입혀서 뒤돌아 있게 하고는 자기 딸을 맞추는 사람을 사위로 삼겠다고 했다. 뒷모습이 너무 똑같아서 난감해하고 있는데 모기떼가 나무도령의 귀에 와서 "윙윙" 하자, 나무도 령이 왼쪽 처녀에게 갔더니, 주인집 딸이었다. 나무도령은 주인집 딸과 혼 인하였고, 구해준 소년은 못생긴 시비와 혼인하였다. 이 두 쌍이 인류의 새로운 시조가 되었다.[33]

'나무도령'은 원래 신화적 관점에서 신이함의 성격을 가진 인류의 시조인데, 선녀와 나무가 결합한 이물교혼의 화소가 민담화 되면서, 어 머니인 선녀가 밤나무에서 오줌을 눈 것에서 과부나 처녀로 변한 것은 어머니에 대한 신성성이 누락되는 것뿐만 아니라 나무가 아버지라는 사실에 대한 신성성도 드러나지 않게 변이된다. 신화가 가지는 환상성 과 비현실적인 요소가 민담화 되면서, '아버지가 없는 자식'이라는 현 실적인 결핍의 요소로 변한 것을 볼 수 있다.[34] 신화에서는 비정상적 인 것이 신이한 신성함으로 이어지는 것에 반해, 현실화된 민담에서는 나무도령의 아버지가 나무라는 것이 고귀함을 가진 신성한 '+자질'이 되지 않고, 오히려 인간의 시선에 의해 비정상적인 '-자질'을 형성하 게 된 것이다.

우리 삶에서 홍수로 떠내려 보내고 싶은 것은?

　초기 신화의 흐름과는 다르게 기이한 출생이 비범함이 아닌 결핍으로 변모되었지만, 홍수라는 사건을 통해 나무의 아들이라는 특별함은 다시 드러나게 된다. 남들과 다르게 나무가 아버지라는 '－자질'이 '＋자질'로 변화되는 것은 홍수라는 사건 이후 나무아버지의 도움으로 나무도령만 살아남게 되면서 나무도령의 삶에 전환점이 된다. 마을에 아무 일 없을 때는 '－자질'이었지만 홍수라는 사건을 통해서 나무도령이 가진 남들과 다른 자질은 원래 신이한 것이었고 그것이 곧 평범한 사람들에게는 없는 능력으로 다시 드러난다. 그래서 오히려 세속적 가치로 나무도령을 못살게 굴었던 이들은 다 떠내려가고 없어진다. 이는 '나무도령'이라는 화소가 '자연 : 인간'의 양항으로 이중적이고 대칭적인 속성을 동시에 가지게 하며, 어떤 서사적 분기점에 놓이느냐에 따라 '나무의 아들'이라는 속성이 결핍되기도 하고 특별함이 되기도 하기 때문이다. 나무를 아버지로 따랐던 나무도령에게는 모기나 개미 같은 작은 자연의 존재까지도 품어내고 소통하는 능력이 있었던 것인데, 이 차이가 홍수로 인해 드러나게 되는 것이다. 그러다 보니 환경문제가 많은 현대인에게는 대안적 가치를 생성하게 하는 이야기로 생각하게도 한다.

　<나무도령> 옛이야기는 전세계에 있는 홍수 옛이야기들처럼 '정화'의 주제를 가지고 있다. 노아의 방주에서 홍수로 타락한 세상이 씻겼던 것처럼, 이 이야기도 큰비가 내려 홍수로 모두 떠내려갈 때 큰 밤나무를 타고 살아남은 아이들이 새로운 세상의 시조가 된다는 내용이다. 세상의 정화, 새로운 인류의 시조 등의 큰 주제를 가지고 있으면서 현대인들에게 홍수로 떠내려 보내야 하는 것은 무엇인가의 질문을

던지는 이야기다.

최근 홍수로 떠내려가는 것을 보여주며 서사적 전환점을 확 달라지게 한 영화가 있다. 바로 <기생충>이다. <나무도령>의 핵심 화소인 홍수가 나온다는 점에서 이 영화에 대해 짧게 언급해 보고자 한다.

이 영화에는 세 가족이 등장한다. 반지하에 살며 모두 직장이 없는 가족, 호화주택에 사는 최상층 가족, 남의 집 지하에 숨어 살며 빚이 가득한 가족. 개인적으로 흥미로웠던 점은 최상층이건, 가난하건, 지하에 살건, 지상에 살건 모두 가족 안에서는 끈끈한 정과 연대로 똘똘 뭉쳐서 닥친 삶의 문제들을 해결해 가고 있다는 점이다. 오히려 가족 안에서만 보았을 때, 우리가 앞서 이야기해 왔던 부모와 자식의 관계, 형제자매관계, 남녀관계, 부부관계에서 큰 문제가 없어 보였다. 기택 가족은 특히 가족 안에서의 문제가 드러나지 않는다. 가족이 다 함께 모여 피자상자를 접는 아르바이트를 할 때도 그들의 대화는 유쾌했고, 아들과 딸이 와이파이가 터지는 곳이 화장실임을 발견했을 때도 와이파이를 쓸 수 있다는 것에 만족해하는 모습이었다. 가난하지만 구김이 느껴지지 않는 특유의 유쾌함이 있다는 것이 아주 인상적이었다. 많은 빚으로 부잣집의 지하에 숨어 살아야 하는 남편 근세와 부잣집의 일을 해주는 문광 역시 사채 등 힘든 주변의 일들이 있지만, 부부의 끈끈한 정으로 지하에서 어려움을 이겨내며 살아가고 있었다. 잘 사는 사장 집의 아들 다송이는 지하에서 밤에 올라온 근세를 귀신으로 착각해서 생긴 정신적 내상이 있다. 이를 풀어주기 위해 아빠인 동익과 엄마인 연교는 아들의 인디언놀이에 동참하고 최고의 생일잔치를 계획하는 등 할 수 있는 모든 지원을 아끼지 않는다. 세 가족은 모두 끈끈한 정과 연대로 각자의 위치에서 발생한 삶의 문제를 풀어내려고 하는 공통된 모습을 보이고 있는 것이다.

그런데 이런 연대는 가족끼리만 가능하다. 왜 나와 동질성이 없다고 생각하는 가족 대 가족의 관계는 서로 죽고 죽이거나, 이용하고 이용당하는 관계여야 하는 것일까? 반지하의 기택 가족과 지하의 문광 가족은 한정된 일자리를 두고 치열하게 서로를 내몰아야 하는 관계다. 반지하에 사는 기택 가족은 지하에 남편을 숨기고 살며 스스로 불우 이웃이라고 말하는 문광과 다르다고 선을 긋기도 한다. 부자인 동익과 연교 가족은 두말할 것도 없다. 우아한 척 겉으로 티는 내지 않지만, 지하철 탈 때 난다는 '김기사 냄새'로 상징되는 선긋기를 통해 지하철을 타고 다니는 사람들 모두를 불편하게 만들었다. 왜 가족끼리는 가난하건 빚이 있건 부자이건 간에 연대가 잘되는데, 서로 다른 가족들은 경쟁하거나 제거하거나 분노해야 하는 관계를 맺게 되는 것일까? 영화에서 기택의 가족은 반지하 집이 홍수로 잠기게 되면서, 상승할 수 있을 것이라 생각한 자신들의 헛된 욕망 역시 떠내려가게 되었다. 동익의 가족 역시 홍수를 계기로 겉으로 친절하고 우아했던 모습을 벗어던지면서 속으론 기택의 가족과 얼마나 선을 그으며 살아가는지를 보여 주는 장면들이 이어지고, 그 결과 동익은 죽임을 당하게 된다. 헛된 상승의 욕망과 선 긋기가 홍수로 사라져야 하는 것이 아니었을까?

다시 앞으로 돌아가, <나무도령>에서 마을 아이들이 세속적인 태도로 나무도령을 구박하고 나의 성향이나 배경이 다른 사람들에 대한 선 긋는 풍토가 만들어 낸 이 시대의 문제가 바로 아이들의 따돌림, 왕따의 문제로 드러나면서, 많은 학생이 학창 시절에 상처받은 내면아이를 만들고 있다. 가족의 울타리에 있을 때는 아무 문제가 없었던 성향과 성격, 빈부격차, 지역 등이 가족 밖으로 나왔을 때는 문제시 될 때가 있다. 무언가 다른 것을 발견할 때 선 긋는 태도를 가지게 되고, 옳든 옳지 않든 주류나 인싸라고 표현되는 영역에 있으려고 하면서, 나와 다른 사람들에 대해 차갑게 대하는 것이다. 어른들은 은밀하다면, 학생들은 크게 드러내는 차이가 있을 뿐이다.

세상을 덮치는 홍수라는 신화소는 낡은 기존의 세상과 단절하게 하고 공간을 이동하게 하여, 기존 세상의 가치에 지배받지 않고, 자신이 가진 자질 그대로 타자를 만나게 하는 중요한 기능을 한다. <나무도령>에서는 홍수로 세속적 가치를 가지고 있었던 마을 사람들이 모두 떠내려갔다. 이제는 <나무도령>을 통해 상처받았던 내면 아이를 마주하는 것을 넘어서 "내 삶에서 세상을 뒤엎을 만큼의 홍수로 갱신하고 싶은 것이 무엇인가?"에 대한 스스로의 답을 모색해야 한다. 나의 존재를 흔드는 인습의 가치, 낡은 세상의 원리, 세속적인 욕망, 모순된 질서, 억압적 관계 등을 내 마음속에서 홍수로 떠내려가게 할 때, 정화된 내 마음에서 갱신해야 하는 것은 무엇인지를 생각할 수 있게 된다.

나무도령은 왜 아버지가 구하지 말라고 하는 아이를 구했을까?

홍수 속에서도 나무도령이 살아남은 이유가 있다. 나무도령의 품성 때문이다. 물에 떠내려가며 나무도령은 개미, 모기, 멧돼지, 참새나 황새 등을 구해주고, 게다가 나무아버지가 구해주지 말라고 경고하는 소년까지 구해준다. 나무도령은 소년을 구하면 후회할 일이 생긴다는 아버지의 경고보다 자신 안의 측은지심에 따라 소년을 구한다. 홍수라는 사건으로 나무도령은 원래 있던 곳에서 다른 곳으로 공간을 이동하게 하며 정화된 곳에서 새로운 관계를 세팅할 수 있었다. 그러나 구해준 소년은 나무아버지의 예견처럼 나무도령을 시기하여 간계를 쓴다. 이야기의 신화적 화소가 점점 더 사라지면서 '동물의 보은과 소년의 배신'을 부각하다 보니 '인불구(人不求) ─ 짐승은 구하되 사람은 구하지 말라'[35]는 가치와 주제를 형성하는 이야기가 되기도 한다. 앞에서 어려움을 겪었던 사연을 말했던 학생도 나무도령에서 거슬리는 부분을 이렇게 말했다.

나무도령은 아버지가 밤나무라는 것을 밝힌 후 조롱과 놀림을 당하며 어린 시절부터 또래에서 소외된 인생을 살아왔다. 그럼에도 불구하고, 아버지가 구하지 말라고 하는 소년에게 손을 내밀 정도로 바보 같이 순수하다. 나무도령은 어떻게 기꺼이 손을 내밀 수 있었을까? 구해준 소년은 나무도령의 또래였다. 나무도령을 소외시키는 무리였거나, 소외시키는 것을 방관하는 무리 중의 한 사람이었을 것이다. 심지어 구해준 이후에도 나무도령에게 역경의 요소를 제공하기까지 한다. 내가 정말 불편했던 것은, 나무도령에게 악한 행동을 했던 그 소년이 결혼해서 잘 먹고 잘살며 인간의 선조가 되었다는 부분이다. 과거의 나는 모든 불행에 대한 원인은 모두 내 탓으로 돌렸고, 잘못된 것은 내가 아니라 그들이었다는 것을 인정하기까지 꽤 오랜 시간이 걸렸다. 나무 도령에서 불편함을 느꼈던 이유는 아마 지금까지도 그때의 원망이 미처 다 씻기지 못한 것이 아닐까 생각한다.

이 학생의 해석처럼 나무도령은 아버지의 말대로 소년을 구하지 말아야 했을까? 유약한 나무도령이 '나무'로 명명되어 아버지의 도움을 받으며 아버지의 속성을 그대로 따라갈 것으로 보이지만, 나무의 속성만 가진 아버지의 세계에 머무르지 않는 선택을 한다. 아버지의 옆에서 아버지의 가치만을 따르는 것이 아닌 자신의 가치를 드러내기 시작한 것이다. 그리고 그 선택의 결과는 오롯이 나무도령의 몫이 된다. 나무아버지는 구해준 소년의 속성을 간파하고, 나무도령이 새로 정화된 곳에서는 상처받지 않는 삶을 살게 하고 싶어 한다. 그러나 산 위에 다다르자 나무아버지는 물을 따라가고 나무도령은 산으로 올라가게 된다. 이는 나무도령과 나무아버지가 평생 함께 할 수도 없으며, 나무도령은 이제 자신의 판단과 행동으로 살아가야 한다는 것을 보여주는 상징적 헤어짐이다.

그러면 구해준 소년은 왜 그랬을까? 고마움도 있지만, 소년은 그때 그때 자신의 욕망에만 충실한 인간의 세속적인 가치관을 대표한다. 똑같이 아무것도 없는 위치인데 상대방이 더 나은 것 같을 때, 시샘의 감정이 상대방을 깎아내리고 싶게 한다. 이후에 나무도령은 소년의 시샘으로 과제를 해결해야 하는 곤경에 빠지고, 신부를 두고 경쟁을 해야 한다. 이 이야기가 구전되면서 더욱 다양한 변이가 생겼는데, 구해준 소년은 잘생기고[36] 힘이 센[37] 반면에 나무도령은 어려운 과제에 콩쥐처럼 통곡을 하는 더욱 연약한 모습[38]을 보인다. 심지어 나무도령은 얼굴이 나무에 얽혀서 못생기게까지[39] 표현되기도 한다. 이런 변이들은 소년이 세속적인 가치에서 더 우위에 있음을 보여주고 나무도령은 소년에 비해 많이 부족한 상황임을 강조한다. 그러나 이런 소년과의 경쟁으로 나무도령은 원조자를 만나 위기를 극복하게 되는데, 바로 홍수 때 자신이 구해준 동물들에 의해서다. 나무도령은 유약하고 선해서 나무아버지의 말대로 소년을 구해주고 위기를 겪지만, 그 유약함과 선함으로 구해준 동물들의 도움을 받아 위기를 극복하고 소년과의 '신부찾기' 과제에서 이기게 되는 것이다. 이런 의미에서 대립적인 가치를 지닌 소년은 서사에서 없어서는 안 되는 존재가 된다. 즉, 대립자인 힘 세고 자신의 욕망을 우선하는 소년과의 경쟁을 통해 오히려 나무도령의 유약함과 선함으로 미물과도 인연을 맺을 수 있는 나무도령 안에 자질이 드러나게 되는 것이다. 내가 가진 좋은 자질은 관계의 부딪힘에서 나오기 때문이다.

또한 이런 나무도령의 모습을 통해 그동안 강인한 이미지만의 영웅들이 나라를 세우고 시조가 될 수 있다는 사유를 바꿀 수도 있다. 나무도령은 부드럽고 약한 존재이기에 더욱 더 교감하고 소통하며 살아갈 수 있는 인간의 또 다른 면을 보여주며, 새로운 세상에 새롭게 갱신되어야 하는 인간성은 무엇이어야 하겠냐는 화두를 던지는 존재가 된다. 신화로 전승되는 <대홍수와 목도령>[40]에서 세속적인 소년 역시 시조가 되는 것은, 현재 많은 사람들이 소년처럼 세속적인 가치로 나를 움직이며 살아갈 때가 많기 때문일 것이다. 그러나 우리 안에는 홍수로 세속적인 가치를 정화하고 새로운 가치를 갱신하며 살아갈 나무도령 역시 있다고, <나무도령>의 서사원리는 오늘날 우리에게 말한다. 실제로 나무도령의 선한 품성과 자연존재와의 소통 능력은 환경오염이 가득한 현대인이 가져가야할 대안적 능력이다.

새로운 공간으로 이동하더라도 세속적인 가치는 우리의 발목을 잡을 때가 있고, 나와 다른 낡은 가치들은 언제나 있을 수 있다. 아버지의 말처럼 소년을 구하지 않았다면, 나무도령이 가진 유약함으로 괴롭힘을 당하는 문제 상황이 발생하지 않았겠지만, 동물들과 소통하며 자신의 한계를 넘어서는 과제를 해결해 보는 힘을 경험하지는 못했을 것이다.

구해준 소년 역시 우리의 시조가 되었다는 것 역시 무척 상징적이다. 우리 마음에는 세속적이고 악한 마음 역시 함께 한다. 그리고 그 마음으로 타인을 괴롭히고 공격하기도 하는 사람이 될 수도 있다는 것이다. 이런 마음은 우리가 자신 안의 힘을 보지 못하고 타인이 가지거나 못 가진 것만을 보게 될 때 올라온다. 이런 마음들이 있는 사람들이 여전히 삶에 어려운 시련을 주기도 한다. 그러나 나무도령처럼 유약할지라도 그 유약함이 측은지심을 가지게 하고 그 연민으로 오히려 타인과 더 연대할 수 있는 마음을 준다는 것을 기억하며, 내 삶이 흔들리지 않을 힘을 경험해 가야 할 것이다.

상처받은 내면아이를 치유하는 스토리텔링

❶ 나무가 아버지라면 무엇이 좋을까?

❷ 밤손이는 왜 아버지가 구해주지 말라고 하는 아이를 구해줬을지 생각해 보고, 구해준 아이의 행동을 이미 다 알고 있어도 그 소년을 구해주는 게 맞다고 생각는지 자신의 의견을 제시하시오.

❸ 구해준 아이는 왜 밤손이를 못살게 굴었을까?

❹ 내 삶에서 홍수로 떠내려 가게 하고 싶은 것은 무엇이 있을지, 인류의 삶에서 홍수로 떠내려가게 할 것이 있다면 무엇일지 생각해 보자.

예시

　어려서부터 주위 모든 사람들과 좋은 관계를 유지해야 한다는 강박관념을 가지고 있었다. 이런 생각은 어느 순간부터 흔히 '착한 아이 증후군'이라고 말하는 일종의 방어기제를 지니게 했고, 나 스스로를 괴롭게 만들었다. 이상하게도 타인의 눈치를 과하게 봤고, 무리해서 무리를 이끄는 역할을 자처하며 남들에겐 좋은 평판을 얻었지만, 이상하게도 기쁘지 않았다. 한편으로는 늘 타인을 위해 내가 배려하는 것이라는 생각하고 있었던 것 같다. 내가 배려하고 있다는 생각이 커질수록 타인이 나를 배려하지 않았다고 생각했을 때의 실망감은 커져만 갔고, 그제야 나 자신을 돌아보기 시작했던 것 같다.
　하지만 상대가 나를 배려하지 않는다고 생각하는 것 또한 어떻게 보면 위험한 발상이다. 배려라는 것 또한 나만의 주관적인 기준으로 세워지는 것이기 때문이다. 이에 대한 여러 고민 끝내 내가 내린 결론은, 아예 배려라는 단어로 나의 언행과 상대의 언행을 평가하지 않도록 노력해야 한다는 것이었다. 그렇기에 이번 강의에서 다룬 '나무 도령 밤손이'를 통해, 내가 나의 삶에서 홍수로 떠내려가게 하고 싶은 것을 과하게 노력하는 관계로 결정하게 되었다. 과하게 노력하는 관계에는 앞서 언급한 나와 상대의 배려를 나만의 잣대로 평가하는 것을 의미한다.

제**3**부

옛이야기로
나다움의
서사적
길내기

들려주는 할머니와 듣는 손자의 치열한 스토리텔링: 선녀와 나무꾼

같은 이야기가 왜 다르게 전승되는가?

하늘에 사는 선녀와 땅에 사는 나무꾼

구비문학의 큰 매력은 같은 이야기인 것 같은데, 다양한 이본과 결말이 형성된다는 점이다. 들었던 이야기를 누군가에게 다시 구연해서 전달할 때, 이야기가 던지는 삶의 질문을 능동적으로 사유하며, 자신의 삶을 기준으로 적극적으로 이야기에 개입하는 것이다. 각자의 처지에서 어떻게 같은 이야기를 다르게 누리며 자신의 가치를 반영하는 스토리텔링을 했는지 잘 보여주는 이야기 중의 하나가 <선녀와 나무꾼>이다.

현실의 세계와 거리가 먼 낯선 상상의 존재지만, 홀어머니를 모시는 착한 나무꾼과 아이를 낳고 살아가다 하늘을 보며 문득문득 눈물을 흘리는 '선녀'의 서글픔이 낯설지 않은 것은 왜일까? 결혼한 여성으로 어려움을 느낄 때 나는 늘 내 안의 선녀를 만난다. 선녀가 그토록 가고 싶어 하는 자유로운 하늘의 공간을 동경하기도 했다. 아내로 엄마로 잘살고 있는 것 같은데, 문득문득 서글퍼지고, 헛헛해지는 이유를 찾게 해준 건 나에겐 어떤 이론도 논리도 철학도 종교도 아닌 옛이야기 속

'선녀'였기 때문이다. 나무꾼으로 대변되는 남성적 욕망의 상징이라 생각했던 선녀의 이야기는 이렇게 시작된다.

옛날 옛적 어느 산골에 홀어머니를 모시고 사는 가난하고 착한 나무꾼이 살았다. 하루는 나무꾼이 나무를 하고 있는데 사슴 한 마리가 헐레벌떡 달려와 살려 달라고 했다. 착한 나무꾼은 쌓아놓은 나뭇단 속으로 얼른 사슴을 숨겨 주었다. 곧이어 따라온 험상궂은 사냥꾼이 "지나가는 사슴을 보지 못했느냐?"고 하자, 나무꾼은 "저 너머로 갔다."라며 사냥꾼을 따돌렸다.

사슴은 고마우니, 은혜를 갚게 소원을 말해 보라고 했다. 나무꾼은 가난해서 나이가 들어도 장가를 못 가니, 장가를 가는 게 소원이라고 했다. 사슴은 방법이 있다며, 저기 깊은 산속의 연못에 보름달이 뜨면 선녀들이 내려와 목욕을 하는데, 그 틈에 한 선녀의 날개옷을 감추면 그 선녀는 하늘로 올라가지 못하니, 집으로 데리고 가서 살면 된다고 했다. 대신 선녀가 아이 셋을 낳을 때까지 절대로 날개옷을 보여주면 안 된다고 했다.

나무꾼은 사슴이 일러준 대로 깊은 산 속의 연못으로 갔더니, 하늘에서 내려온 선녀들이 목욕을 하고 있었다. 숨어서 보고 있던 나무꾼은 목욕하는 선녀의 옷 중의 하나를 숨겼다. 목욕을 다 하고 선녀들은 하나 둘 올라가는데 막내 선녀만 날개옷이 없어져 울고 있었다. 나무꾼은 선녀에게 자신의 집으로 가자고 했다. 선녀는 나무꾼의 아내가 되어 아들딸을 낳았다. 나무꾼은 행복했는데, 선녀는 하늘을 보며 날개옷을 한 번만이라도 만져봤으면 좋겠다며 눈물을 흘렸다. 착한 나무꾼은 자식을 둘이나 낳았으니 괜찮겠지 하고 옷을 건네주자, 선녀는 한번 입어 보고 싶다고 했다. 선녀는 날개옷을 입고는 양팔에 두 아이를 안고는 둥실 하늘로 올라갔다.

하늘로 올라간 선녀를 좀 더 보기 위해 지붕에 올라간 나무꾼은 지붕에서 슬피 울다가 수탉이 되었다.[41]

요즘 옛이야기 동화책으로 읽은 사람들은 '어? 두레박이 있는데?' 하겠지만, 80년대만 해도 이처럼 간략하게 전승되는 <선녀와 나무꾼> 이야기가 많이 채록되었다. '선녀'라는 존재는 남성의 욕망이 바라는 이상향이 투영된 여성으로 아름답고 신비로운 모습과 착한 심성 등을 가진 존재다. 핵심 화소인 선녀를 통해 꿈같이 환상적이고 신이한 세계와 연결되는 것이다. 낯선 존재인 선녀를 통해 가난하지만 착한 나무꾼의 결핍을 채워갈 희망을 가지게 된다. 사슴의 보은으로 나무꾼은 목욕하는 선녀를 훔쳐보기도 하고, 선녀의 옷을 훔쳐서 숨기기도 한다. 옷을 빼앗긴 선녀는 나무꾼의 아내가 되고 며느리가 되어 아이를 낳고 살아간다. 이렇게 보면 여성 입장에서 참 폭력적이고 불편한 이야기다.

그러나 반전이 있다. 이 이야기가 가슴에 들어온 이유다. 전승되는 <선녀와 나무꾼>은 남성의 욕망으로만 움직이지 않는다. 구연하는 할머니들은 선녀를 통해 그들의 현실적인 처지를 생각한다. 입에서 입으로 전승되는 옛이야기의 매력이 여기에 있다. 구술하며 들은 대로만 말하지 않고, 자신의 소망과 해석을 반영한다는 점이다. '선녀'가 주는 환상적인 모습은 나무꾼으로 대변되는 남성의 욕망뿐만 아니라 여성 내면의 목소리까지 투영되어 전승되면서 풍성한 서사와 상징적 의미를 가지게 되었다.

할머니들은 이야기 속 선녀처럼 환상적인 하늘의 존재가 아닌 땅에 뿌리를 내리고 사는 존재다. 그럼에도 불구하고 이야기를 하다

보면 어느새 선녀의 입장이 되어 이야기를 구연하게 된다. 왜 그럴까? 자기의 의지와 상관없이 어느 날 시집을 와서 살아야 했던 할머니들의 삶이 마치 날개옷을 빼앗긴 선녀의 모습과 닮아있다고 생각하는 것이다. 가부장 사회일수록 딸의 위치는 하늘과 같고 며느리의 사회적 위치는 땅으로 떨어진 것처럼 낮게 느껴지는 특징이 있다. 할머니들은 하늘을 그리워하는 선녀처럼 친정에서 딸로 살았을 때의 삶을 그리워하지만, 그들의 몸은 현실이라는 땅에 묶여 남편과 시부모님 옆을 떠날 수 없다. 이에 반해 선녀는 날개옷을 입고 날아오를 수 있다. 나무꾼을 두고 자유롭게 훨훨 하늘로 날아가는 선녀. 선녀의 이러한 모습은 할머니들에게 하늘처럼 자유로웠던 시절로 날아가고 싶은 욕망을 불러일으킨다. 남성을 대변하는 나무꾼은 성숙하지 못한 관계의 욕망만으로 날개옷을 훔쳐 아내로 삼지만, 이런 식으로 맺어진 관계는 지속될 수 없음을 날개옷을 입고 하늘로 날아가는 선녀는 보여준다.

사슴은 "아이를 셋 낳을 때까지 절대로 날개옷을 보여주지 마라."라는 금기를 남긴다. 선녀가 하늘이 아닌 땅에서 살게 되면서 선녀다움이 없어지는 시기, 선녀에서 아내, 며느리, 엄마로 살아내야 하는 시간이 바로 금기로 주어진다.

현대 여성이 아내로 살아가는데 과거의 할머니들처럼 많은 것을 무조건 인내하고 양보하는 것을 숙명으로 생각하며 살지는 않지만, 임신과 출산으로 생명을 책임져야 하는 삶의 무게는 달라지지 않았다. 오히려 과거보다 자유롭던 시절은 더욱 자유로웠기에, 많은 책임으로 나를 내려놓아야 하는 것의 틈은 하늘과 땅보다 더 커졌을지도 모른다. 이런 마음이 과연 현대 여성들의 투정일까? 현대에는 아내로, 엄마로 살아가는 것을 더욱 두렵게 하며 결혼을 미루거나 출산을 미루는 현상이 점점 심각하게 나타나고 있고, 출산 우울증, 육아 우울증이라는 병명이 우리 주변에 가득하다. 이런 감정이 선녀와 공명하게 한다. 하늘을 바라보며 눈물짓는 선녀, 우리 마음에 이런 선녀가 여전히 살고 있기 때문이다.

그렇다면 아내, 며느리, 엄마로 사는 여성들에게 '날개옷'은 무엇일까? 날개옷은 아내, 며느리, 엄마가 아닌 '나는 누구일까?'를 생각하게 하는 서사적 화두 혹은 서사적 질문을 만든다. 결혼 이전의 여성에게는 있는 '날개옷'이 결혼한 여성에게는 어딘가 숨겨져 있을 뿐이다. 아니 어쩌면 '아이 셋'이 가지는 상징이 있을 수 있다. 선녀는 아이가 둘이라 날아갔지만, 보통의 여성들은 아이 셋을 낳았다 생각하며 날개옷을 찾지 못한 것처럼 현실에 스스로를 묶어버려 날 수 없는 것일 수도 있다. 왜 선녀처럼 날개옷을 다시 찾고 날아오르지 못하는가를 자꾸 생각하게 하는 힘이 날개옷에 있다. 즉, 아내로 며느리로 엄마로 살아내야 하는 삶의 과제 속에서 '나다움'을 찾고 있는가의 문제를 던져주는 것이다. 현대 여성이 선녀처럼 나무꾼에게 날개옷을 빼앗기는 폭력적인 결혼을 하지 않았음에도 무언가 선녀와 닮은 마음의 한숨이 있는 이유다.

나무꾼은 왜 수탉이 되었을까?

이야기를 전해 듣는 사람들은 자신의 감정과 상황에 투영해 이야기를 듣다 보니, <선녀와 나무꾼> 역시 하나의 이야기로 고정되지 않고 다양한 변이를 가지게 되었다. 구비전승된 옛이야기에는 수많은 세월 동안 전승되면서 다양한 사람들의 다양한 삶의 목소리가 반영되고 있기 때문이다. 앞에서는 날개옷을 빼앗기며 사는 것 같은 나의 마음을 담아서 해석한 것이다. 그러나 <선녀와 나무꾼>은 자신의 처지에 따라 다양하게 해석될 수 있다.

앞의 이야기에 이어지는 한 이본은 하늘로 올라간 선녀를 그리워한 나무꾼이 지붕에 올라가 하늘을 바라보다 수탉이 된다. 그런데 재밌는 것은 이 이야기를 성인보다 아이들이, 옛이야기 동화책이나 할머니 또는 엄마로부터 많이 듣는다는 점이다. 여성의 관점에서 선녀가 아이 둘만 낳고 하늘로 날아오르는 모습은 땅에 매여 있어야 하는 여성들의 삶을 다시 생각해 보게 하는 통쾌한 장면일 수 있지만, 이 이야기를 듣는 아이들은 다르다.

10여 년 전 5살이었던 딸에게 이 이야기를 들려주었을 때, 한 5일은 "왜 나무꾼은 수탉이 되었어?"를 반복해서 물어보며 너무 슬퍼했다. 이 화두는 사실 많은 논문의 주제가 되기도 한다. 아이들은 성별을 떠나 가난하고 착한 나무꾼이 수탉이 되는 것이 너무 불편하고 슬픈 것이다. 남성만이 아니라 많은 아이들 역시 나무꾼이 그냥 허망하게 수탉이 되는 것보다 둘 사이가 행복한 결말이 되길 바란다. 우리의 마음이 그렇다. 두 남녀 주인공이 수많은 갈등을 겪어도 결국 행복한 결말인 드라마의 줄거리가 너무 뻔하다고 생각하면서도 두 사람이 잘되길 응원하며 보는 마음을 생각하면, 수탉이 된 나무꾼을 너무 안타깝게 생각하는 아이들의 마음도 이해가 된다.

구연하는 할머니들은 선녀의 입장이지만 듣는 아이들은 나무꾼의 입장과 가까우면서, 둘 사이의 팽팽한 긴장감이 이야기의 다양한 이본으로 전승된다. 그래서 수탉이 되기 전에 다음과 같은 '하늘에서 내려

오는 두레박'의 이야기 요소(화소)가 등장한다.

선녀가 하늘로 올라가고 나무꾼이 연못에 가서 매일 우는데, 어느 날 커다란 두레박이 하늘에서 내려오는 것이었다. 나무꾼은 물을 떠서 하늘로 올라가는 두레박에 얼른 탔다. 그러자 두레박은 하늘로 올라갔다. 아내가 남편을 보더니 여기까지 온 것을 보니 천생배필이라며 여기서 잘 살자고 했다. 나무꾼과 선녀는 아이들과 함께 하늘에서 잘살게 되었다.[42]

이렇게 본다면 '선녀'보다 '나무꾼'이 더 주도적인 이야기다. 이 이야기만이 아니라 울고 있는 나무꾼에게 사슴이 등장하여 두레박이 내려오는 날을 알려주기도 하고, 콩을 주며 콩나무를 심어 하늘에 타고 올라가게도 한다. '선녀'는 가난하고 외로운 나무꾼 안의 욕망을 실현해주는 존재로 환상적인 해피엔딩의 결말이 되었다.

그런데 여기서 현실이 다시 개입하여 서사적 질문이 생성된다.

"그럼 하늘로 올라간 나무꾼은 행복할까?"

선녀가 행복하게 사는 곳은 환상의 공간인 하늘이고, 나무꾼이 행복하게 사는 곳은 땅이라는 현실의 공간이기 때문이다. 그래서 두 가지의 큰 흐름의 이야기가 또 생성된다.

나무꾼이 두레박을 타고 하늘로 올라가 선녀와 아이들을 만나 행복하게 살자, 선녀의 언니들이 옥황상제에게 동생의 남편과 하늘에서 같이 살 수 없다고 한다. 옥황상제는 내기하자며 숨바꼭질을 하자고 하며 자신을 찾으라고 했다. 나무꾼이 끙끙 앓자, 선녀가 양계장의 커다란 수탉에게 가서 왜 닭의 허물을 쓰고 있냐고 하며 왼발을 세 번 구르라고 했다. 선녀가 일러준 대로 하자, 옥황상제가 나타나 다시 찾아보라며 숨었다. 이번에도 선녀가 일러준 대로 돼지우리로 가서 왜 돼지의 허물을 쓰고 있냐며 왼발을 세 번 구르자 옥황상제가 나타났다.

옥황상제가 이번에는 활을 쏘아 찾아오라고 하자 나무꾼은 선녀가 일러준 대로 상여꾼들이 매고 가는 송장에서 화살을 세 개 빼서 옥황상제에게 가져갔다. 옥황상제가 나무꾼이 능력이 있다고 하자, 두 언니는 나무꾼과 함께 살 수 없다고 하였고, 옥황상제는 인피가죽 세 장을 찾아오라고 한다. 선녀는 인피가죽은 쥐마을에 가야 한다며 비루한 말을 주었다. 나무꾼이 쥐마을에 가자 먹을 것이 왔다며 쥐들이 모두 물어뜯었다. 그때 쥐 나라 왕이 나무꾼을 알아보고 정중히 모시라고 했다. 알고 보니 쥐 나라 임금은 나무꾼 집에서 살 때 나무꾼이 콩을 줘서 키운 쥐였다. 쥐 임금은 나무꾼의 소원대로 인피가죽 석 장을 주어 나무꾼은 옥황상제의 인정을 받아 행복하게 하늘에서 살게 되었다.[43]

땅의 존재인 나무꾼은 하늘에서 선녀의 언니들에게 무시당한다. 그러나 섣부른 욕망으로 결합하려던 나무꾼이 선녀 언니들의 시기를 통해 오히려 옥황상제에게 인정받고, 자신을 떠난 선녀와 신뢰를 회복하며 부부의 삶을 지속하게 되는 내용으로 듣는 어린이들 좋아할 만한 행복한 결말이다. 선녀가 나무꾼의 세상으로 내려가듯, 나무꾼 역시 선녀의 세계로 올라간 것이다.

그러나 과연 땅의 존재인 나무꾼이 선녀가 있는 하늘에서 옥황상제의 인정을 받고 산다고 해서 행복했을까 하는 의문은 여전히 해소되지 않는다. 선녀가 하늘을 보며 서글픔을 느꼈다면, 나무꾼은 땅을 보며 두고 온 어머니, 홀로 계신 어머니 생각에 한숨을 짓게 된다.

두레박을 타고 올라와 하늘에 살게 된 나무꾼은 즐겁게 살다 보니 땅에 계신 어머니 생각이 났다. 나무꾼이 어머니를 보고 싶다고 하자, 선녀는 말을 내어주며 이것을 보고 어머니를 보고 오는데 절대로 말에서 내리지도 말고, 땅의 음식도 먹지 말라고 한다. 나무꾼은 알겠다고 하고 말을 타고 내려갔다. 아들을 본 어머니는 너무 반가워하며 네가 좋아하던 호박죽이나 먹고 가라고 했다. 아들은 말 위에서 호박죽을 먹으려고 하다가 뜨거워서 그릇을 놓쳤다. 뜨거운 죽이 말에게 떨어지자 놀란 말은 벽력같이 소리를 지르며 날아올라 나무꾼은 땅에 떨어지고 말았다. 다시는 가족을 만날 수 없게 된 나무꾼은 평생 하늘만 쳐다보다 병이 들어 죽었다. 그 후 닭들이 죽은 나무꾼의 모습을 따라 하늘을 보고 운다고 한다.

결국 하늘의 세계에서 자기 뿌리를 내릴 수 없는 나무꾼은 다시 하늘만 바라보는 수탉이 된다. 할머니들은 부인의 말보다 어머니의 말을 들은 나무꾼의 어리석음을 탓한다. 시어머니와 갈등이 있을 때, 나무꾼의 이런 행동은 더 크게 문제가 되기도 한다. 하지만 조금 더 크게 생각해 볼 때, 선녀와 나무꾼의 결말이 이리 다양한 것은 각자의 세계에서 살던 남녀가 부부가 되어 함께 살아간다는 것이 그만큼 힘든 일이기 때문이기도 하다. 하늘과 땅으로 상징되는 두 사람의 세계를 모두 포용하고 넘어서는 세상은 어디에 있단 말인가? 이 이야기는 남성의 마음을 대변하는 나무꾼과 날고 싶은 여성의 마음을 대변하는 선녀가 지상과 하늘을 넘나들면서 남녀가 함께 사는 삶이 과연 어떤 모습이어야 하는가를 자꾸 생각하게 한다.

선녀와 나무꾼은 하늘과 땅의 세계를 수직적으로 넘나들고 있다. 현실적 공간인 땅의 세계와 환상적 공간인 하늘의 세계 사이에서 발생하는 거리감은 남녀가 관계 맺기에서 느낄 수 있는 심리적 거리감을 상징적으로 보여준다. 여기에는 남녀 간의 삶의 영역이 달라서 생기는 어려움, 즉 선녀와 나무꾼으로 명명되는 삶을 지켜내며 관계 맺는 것이 어렵다는 사실이 얽혀있다. 이를 통해 이야기는 '신이한 하늘과 현실적인 땅의 공간처럼 서로 다른 공간에 사는 것 같아 멀게만 느껴지는 여성과 남성의 차이가 좁혀질 수는 없는 것인가?'라는 화두를 우리에게 던져 준다.

<선녀와 나무꾼>은 행복한 결말의 변이가 있는데도, <우렁각시>와는 달리 비극적인 결말이 선명하게 남는 이야기다. 비극적인 결말은 우리로 하여금 선녀가 왜 하늘의 세계로 떠날 수밖에 없었고 나무꾼은 왜 지상에서 하늘을 바라보는 수탉이 되었는지를 생각하게 하기 때문이다. 이러한 의문은 남성과 여성의 건강한 관계 맺기의 문제로 확장되고, 이에 대한 답을 우리 스스로 탐색하게 만든다.

선녀: 딸에서 아내로, 아내에서 엄마가 되는 성장통

앞으로 우리는 옛이야기로 삶을 반추해 보는 시간을 가질 것이다. 전승되는 옛이야기에는 저마다의 욕망과 소망이 담겨 있기 때문이다. 이점이 옛이야기의 가장 큰 매력이다. 옛이야기를 통해 각자의 처지에서 삶을 반추할 수 있다는 점에서 옛이야기는 우리 마음을 보여주는 거울이 될 수 있다.

잠시 부끄럽지만 현대 여성이 선녀와 어떻게 접속하게 되는지 나의 이야기를 해보려고 한다. 나름 자아가 강한 나는 결혼을 하고 아이를 낳고 난 후에, 날개옷을 찾지 못할까 하는 두려움을 가지게 되었다.

벌써 12년 전, <선녀와 나무꾼>으로 '나와 옛이야기'를 끄적여 보았다. 겉으로 밝은 척하며 사는 내 안에 우울함이 가득할 때였다. 혼인하고 아이를 낳았어도 선녀 본연의 모습을 찾고자 하는 의지가 '날개옷'에서 느껴지자, 한 가수의 노랫말처럼 자유롭게 날아가는 선녀를 바라보며 나도 따라 날아가고 싶다고 생각했을 때의 글이다.

    대학에 붙자 "자율학습도 없으니 7시까지 집에 들어오라!"라는 아빠의 말을 한 번도 지키지 않았다. 토요일, 일요일, 방학도. 그동안 못해 본 게 얼마나 많은데 7시라니. 막차 끊기기 전까지 열정적으로 고등학교 때 못했던 많은 일을 하며 즐겁고 뜻깊은 대학 생활을 보냈다. 철학 세미나, 여성학 세미나도 열심히 하고, 다른 학교 사람들과 만나 여러 일을 도모하고, 학과일, 동아리 일, 학생회 일까지. 지금 생각하니 온 세상을 날아다니는 것 같은 자유가 있었다.

지금은…

아내가 되고 며느리가 되고, "OO엄마~"로 불리고 사는 삶. 딱히 불행하지 않다. 남들이 봤을 때 순탄한 삶일 것이다. 근데 하늘을 보면 한숨이 나오고, 헛헛해지는 건 왜일까?

석사를 마치고 큰애를 낳고 큰애가 유치원에 들어갈 수 있게 되면서 나는 다시 공부를 결심했다. 그러나 대학원에 붙은 그 순간 안 생기던 둘째가 생겼다. 그 이후 애 하나일 때도 힘들 것 같아서 망설였던 공부를 애 둘을 데리고 하게 되었다. 애가 둘이지만 애 셋을 낳아서 하늘로 올라가지 못하는 선녀 같다는 생각을 했다. 휴학과 복학의 과정이 있었지만, 나에게 공부하는 시간은 그나마 하늘과 맞닿는 소중한 시간이었다. 그래서 학교에 나와 있는 동안은, 짧은 시간에 많은 일을 빨리빨리 하도록 나를 채근하고 또 채근했다. 차근차근 하기보다 빨리빨리 해야 한다는 생각. 시어머니와 친정엄마가 번갈아 가며 아이 봐주실 동안 빨리빨리 많은 글을 써야 한다는 생각에 늘 분주하게 뛰어다니고, 아이를 재우고 커피를 마시며 밤을 새워 소논문을 써댔다. 그렇게 살다

보니 할머니 때 생긴다는 이석증이라는 병을 앓기도 했다. 힘들었다.

그런데 구비 전승되는 육십여 편의 〈선녀와 나무꾼〉을 읽다 보니, 숨겨진 선녀의 저력을 보게 되었다. 사슴이 나무꾼에게 "아이가 셋이 될 때까지는 옷을 보여주지 마세요."라는 말을 하는데, 이 이본이 가장 많은 이유는 둘이면 양손에 두 아이를 안고 쉽게 올라갈 수 있다고 생각했기 때문이다. 그런데 이본에 따라 아이가 셋, 넷, 다섯으로 늘어난다. 특히 평양 할머니들이 구연해주신 이야기들. 둘 데리고 엄살떠는 나를 보란 듯이 선녀들은 아이가 많아지면 많아지는 대로, 두 아이를 안고, 한 아이는 업고 또 한 아이는 다리가랑이 사이에 끼고 하늘로 올라간다. 아이 둘을 어깨에 들쳐 매달리게 하고, 두 아이를 안고, 하나를 다리에 끼고 다섯을 데리고도 하늘에 올라간다.

처음 내 안에 선녀를 만났을 때는 남편과 아이로 인해 날개옷이 없어진 것 같아 하늘을 생각하며 우울해하고 또 우울해했다. 그런데 그 우울증은 내가 좋은 엄마가 되기 위해서는 하고 싶은 일을 참아야 모성을 발휘할 수 있다는 생각이 만든 망상이 아니었을까 싶다. 선녀가 아이가 둘이면 둘인 대로 다섯이면 다섯인 대로 하늘로 올라갔듯이, 아이는 문제가 아니었다. 아이가 생기면서 내가 멋대로 만들어낸 엄마다움이라는 망상의 서사가 나를 괴롭힌 것이다. "남편도 있고, 애도 있고, 공부도 하는 내가 다른 이들보다 할 수 있는 게 많으면 많았지, 못할 게 뭐가 있겠는가!" 이렇게 외치며 아내와 엄마가 되어 아무것도 못 할 것 같던 내 안의 숨겨진 날개옷을 다시 입어 본다.

현재는 또 많은 시간이 지나서 그런지 그 당시의 저 솔직한 상태가 민망하고 우습기도 하지만, 지난 나의 글을 보며 정말 힘들었던 '삼십대의 나'를 다시 만날 수 있었다. 그 당시에 읽었던 평안도 할머니들의 <선녀와 나무꾼>이 꽤 내 마음을 잡았나 보다. 그 당시 왜 나는 날개옷을 빼앗겼다고만 생각했을까? 나의 날개옷을 훔친 건 아이들과 남편이 아니라 좋은 아내, 좋은 엄마로 살아내고자 '나' 스스로를 누르며 살았기 때문 아닐까? 내 안의 선녀다움을 잃지 않고 관계를 맺을 수는 없을까를 인문학적으로 자꾸 생각해 보게 되었다. 좋은 관계란 한쪽이 희생했을 때 형성되는 것이 아니라, 그 관계로 이전과 다른 내 안의 또 다른 삶을 살아내고 있는 나를 찾아갈 때 만들어진다. 그게 우리들의 날개옷일 것이다.

옛이야기를 통해 나는 나의 삶을 '우울'이라는 병명에 맡기지 않을 힘을 찾았다. 시간이 많이 지나 어느새 성인이 된 딸은 내가 공부하고 강의하는 것을 적극적으로 지지해준다. 나에게 많이 의지했던 둘째는 이제 축구를 좋아하게 되어 엄마인 나보다 아빠하고 축구하는 게 더 재밌다며 아빠와 많은 시간을 보낸다. 30대에 이런 40대의 시간이 있다는 것을 알았다면 조금 더 우울하지 않게 잘 버티었을까. 그래도 결혼으로 인해 접해야 했던 낯선 시댁 문화와 임신, 육아로 인해 나다움을 내려놓아야 했을 때, 내 안의 선녀는 나에게 날개옷을 통해 나다움은 무엇인가를 끊임없이 생각하게 하며, 딸에서 아내로, 아내에서 엄마 되기의 성장통을 넘어설 힘을 준 고마운 지기였다.

<선녀와 나무꾼>을 통해 처음엔 선녀의 날개옷은 무엇인가를 고민했고, 왜 수탉이 되었을까를 고민했다. 십여 년이 지난 현재는 선녀에 주목하는 부분이 바뀌었다. 우리나라 여성들의 모성이 참 징하게 무섭다는 것이다. 일본의 선녀들, 북쪽 소수민족의 백조 옛이야기의 백조들은 다 아이를 놓고 혼자 올라간다. 그래서 그들의 자손들은 선녀족, 백조족으로 이 이야기를 전승하며 살아간다. 그런데 평안도 할머니들의 선녀들은 뭐 그리 애가 많은데도 다 데리고 올라가야 할까? 옛날에는 감동을 주었던 이 아이 다섯을 끼고 이고 가는 선녀에 대해 다시 생각해 보게 되었다.

이런 선녀의 모습은 '엄마', '모성'이라는 화두로 인문학을 사유하

게 한다. 모든 것을 놓아버리고 날아가 버리면 편하다. 그러나 아이를 놓지 않고도 날개옷을 입고 선녀다움을 찾고 싶은 욕망이 어쩌면 나를 이렇게 글 쓰게 하고 강의하게 하는 것이 아닐까 싶다. 힘들었다. 그래도 둘 중의 하나를 놓았다면 현재의 나는 없었을 것 같다.

　　<선녀와 나무꾼>이 여전히 마음에 선녀다움을 품고 살아갈 이 땅의 엄마들과 앞으로 엄마가 되어 선녀를 품어갈 여학생들, 그리고 사랑해서 결혼했는데도 아이를 낳자 선녀 옷을 훔친 것도 아닌데 나무꾼 같은 부채감을 결혼 후 느끼게 될 남학생들 모두에게 건강한 관계 맺기를 고민하게 하는 이야기이길 바란다.

📖
옛이야기로 나다움의 서사적 길을 내는 스토리텔링

❶ 내가 〈선녀와 나무꾼〉을 전승한다면, 선녀의 옷을 숨긴 사람이 나무꾼이라는 것을 밝히고 애 셋을 낳으면 옷을 주겠다고 하고 데리고 가는 것과 일단 도와주고 나중에 옷을 보여줄 때 고백하는 것 중 어느 것을 선택할 것 같은지 이유를 생각해 보기.

❷ 선녀다움을 상징하는 날개옷처럼 나다움을 상징하는 화소를 만들어 보기

❸ 선녀의 옷과 나무꾼의 터전은 어떻게 공존할 수 있을지, 행복한 결말의 서사를 상상해 보자.

창작예시

선녀는 땅에서 살면서 하늘이 그립고, 갇혀서 사는 것 같은 자유 없는 삶이 슬프다. 나무꾼은 그렇게 슬퍼하는 선녀를 보는 것도 괴롭고, 아이들과 홀어머니까지 먹여 살려야 하는 삶이 고달프다. 그렇게 서로의 문제에 각자 앓던 어느 날이었다.

산에 봄이 찾아왔다. 꽃이 피고, 지저귀는 새 소리가 들리는 따스한 날, 집에는 선녀와 나무꾼만 있었다. 어머니와 아이들은 장터 구경을 가고 없었다. 두 사람은 말없이 봄햇살을 맞으며 앉아 있다가, 서로를 바라본다. 매일 같이 살았지만 마치 아주 오랜만에 보는 것 같은 서로의 얼굴에는 고민과 슬픔, 지친 기색이 역력했다.

그렇게 한참을 보던 두 사람은 조용히 손을 잡고 집을 나가 산으로 간다. 발걸음이 향한 곳은 아름다운 숲의 연못, 두 사람이 처음 만났던 장소였다. 그곳에는 아무도 없었고, 하늘로 이어져 있는 두레박만 고요하게 떠 있었다. 선녀는 두레박을 보며 기쁜 표정이 되지만, 이윽고 나무꾼을 다시 쳐다본다. 나무꾼은 미소 지으며 잡고 있던 손을 놓는다. 선녀는 고마움에 살짝 눈물 훔치며 두레박을 타고 하늘로 올라간다.

그리고 며칠 뒤에, 나무꾼의 집에 선녀가 다시 찾아온다. 선녀의 손에는

하늘에서 나는 열매와 땅에서 잡은 사냥감들이 가득하다. 가족들은 모두 놀라서 묻고, 선녀는 웃으며 대답한다. 하늘로 가면 선녀는 독수리로 변할 수 있는 능력을 다시 갖게 되어, 그 날개로 열매들을 모아 왔으며 그 부리와 발톱으로 사냥을 해왔다고. 이에 나무꾼은 자기 어깨가 부셔져라 지고 있던 지게를 천천히 내려놓는다. 그리고 선녀를 따뜻하게 안아준다. 앞으로 나무꾼의 지게는 지금껏 해오던 것의 절반의 나무만을 져도 될 것이다. 비록 종종 선녀가 집을 떠나 하늘을 다녀오는 것은 마음이 허전할 수 있지만, 반드시 다시 돌아올 것이라는 부부 간의 신뢰가 있기에 두 사람은 서로를 보며 웃는다.

선녀와 나무꾼 집 가족들은 그날 밤, 처음으로 풍족한 저녁 식사를 하며 마음껏 이야기를 나누었다. 대화와 웃음소리가 끊이지 않는 따뜻한 봄날 저녁 식사였다.

동물에서 신랑이 되는 서사적 길: 아름다운 양, 구렁덩덩 신선비

사랑으로 삶을 변신하고 있는가?

헤어지는 연인들의 명대사 "어떻게 사랑이 변할 수 있어!"

사랑은 참 설렌다. 벚꽃 흩날리는 설렘이 마음에 가득 들어온다. 그런데 사랑하는 마음을 유지하기는 어렵다. 이별이 반복된다. 감정의 기복을 떠나 서로 대립적인 자질을 가진 여성과 남성이 만나서 평생을 함께한다는 것 자체가 가능할까 하는 의구심도 든다. 서로 불완전하기 때문이다. 그런데 우리는 남녀관계에서 서로에게 완벽함을 요구할 때가 많다. 그러다 보니 결핍과 치부를 드러낼 것을 두려워하고 관계를 유지하는 것에 대해 자신 없어 한다. 그래서 우리가 사랑을 지속하기 위해 내릴 수 있는 쉬운 결론은 상대방에게 잘해주는 것이다. 잘해주면 그래도 사랑을 유지할 수 있다고 믿는다. 그런데 과연 그럴까?

20대 초반까지만 해도 그랬던 것 같습니다. 철저하게 외모를 기반으로 한 감정적인 이끌림이 저는 사랑이라고 생각했던 것 같습니다. 사랑은 철저한 감정의 작용으로 힘입는 것이고 머리가 아닌 마음으로 하는 것이라고요. 그래서 사랑을 하면서도 무작정 마음이 이끌리는 대로 행동하고 말했던 것 같습니다. 미팅에서 만났던 여자 친구에게 용돈을 털어서 큰 곰 인형을 사다 주고, 피곤해도 집까지 꼭 데려다주고, 좋아하면 시도 때도 없이 좋아한다고 말하고. 그렇게 시간이 흐르면서 저는 정말 지금 우리가 사랑을 하는 거냐는 의문이 들기 시작하더군요. 왜냐면 주는 만큼 돌아오지 않는 것에 상처받고, 그러면서 지쳤기 때문이죠.

또 다른 학생의 이별 역시 앞의 학생과 비슷하다.

말하기도 조금 그렇지만, 저는 바로 어제 이별했거든요. 제가 이별하는 순간 마지막으로 들었던 말은,
"니가 나를 너무 당연하게 생각하는 것 같아, 니 사랑이 부족해, 나에 대한 관심이 부족해, 만족을 못 하겠어."
이런 종류의 말들. 또
"나는 과거의 네가 싫어서 현재의 너를 신뢰하지 못하는 거야."
저는 정말 최선을 다했습니다. 제가 해줄 수 있는 것, 함께 할 수 있는 것을 무리해서까지 사랑이란 이름으로 해왔다고 자신합니다. 어쩌면 '이 정도면 됐지' 하는 나의 만족감과, '아직 부족해'라는 그 사람의 마음이 충돌해 이별의 가장 큰 원인이 된 것일지도 모르겠네요.

많은 사람이 이런 이별을 한다. 이들은 왜 헤어졌을까? 냉정하게 들릴 수 있지만, 잘해주기만 했기 때문에 헤어진 거다. 우린 마냥 잘해주면 사랑이 지속될 수 있을 것 같다는 착각을 한다. 사랑에는 서로에게 잘해주는 것, 그 이상이 필요하다는 것을 우린 경험적으로 알 수 있다. 잘해주는 것만이 아니라면, 사랑으로 관계를 지속하며 나와 다른 자질을 가진 사람과 유대할 수 있는 힘은 무엇일까?
유럽에서 전승되는 <아름다운 양>[44]이라는 이야기가 있다. 전 세계 '동물신랑'유형의 설화에서 동물들은 신랑으로 변신하는데, 이 이

야기는 변신하지 못해서 더 강렬하게 기억에 남게 되는 이야기다.

    옛날 옛날 어느 왕과 착하고 예쁜 딸 셋이 있었다. 그중에서 셋째 딸이 가장 아름다웠는데, 이름은 마블러스였다. 어느 날 왕은 전쟁에 나가 큰 승리를 거두고 돌아와서 잔치를 했다. 기쁨에 겨운 왕은 딸들한테 각자 자신이 돌아오기 전에 어떤 꿈들을 꾸었는지 물어보았다. 큰딸은 왕이 자기한테 황금 드레스를 선물로 주는 꿈을 꾸었다고 했고, 왕은 드레스를 주겠노라 말했다. 둘째가 왕이 꿈에 황금 물레를 주었다고 말하자 왕은 흡족해 하며 둘째에게 황금물레를 주겠노라 말했다. 마블러스는 자기가 둘째 언니 결혼식에 참여했는데 왕이 주둥이가 큰 황금물병을 들고 있다가 자기 손을 씻어주어도 되겠냐며 허락을 구하는 꿈을 꾸었다고 했다. 이 말을 들은 왕은 자신을 노예처럼 생각한다며 불같이 화를 냈다.

    다음 날 왕은 경호대장에게 마블러스를 숲에 데려가 죽이고 혀와 심장을 증거로 가져오라고 명령했다. 마블러스는 경호대장이 자기를 잡으러 오는데도 순진하게도 대장 곁으로 갔다. 마블러스의 충직한 놀이 친구인 물소, 개, 원숭이는 두려워했지만 마블러스는 아무런 생각없이 따라갔다. 경호대장은 왕의 명령대로 마블러스를 숲 한가운데로 데려가서, 왕의 명령이니 어쩔 수 없다며 마블러스를 죽이려고 했다. 이때 세 놀이 친구들은 자기들의 혀와 심장을 내어주었고, 경호대장은 그들의 혀와 심장을 가지고 궁에 돌아갔다.

    숲에 혼자 남은 마블러스는 숲을 벗어나려 안간힘을 썼지만, 점점 더 깊은 숲으로 빠져들었다. 무서움은 점점 더해가고, 절망 상태에 빠져들었을 때, 갑자기 어디선가 '매에~'하는 양 울음 소리가 들렸다. 마블러스가 소리가 들려오는 듯한 빈터로 다가가자 세상에서 가장 놀라운 양이 있었다. 양은 황금과 진주로 장신구를 달고 황금 차양 아래에서 쉬고 있었다. 마블러스를 본 양은 도와주겠다며 어마어마하게 큰 동굴로 데려갔는데, 한참을 아래로 들어가자, 마법처럼 초원이 펼쳐졌다. 거기엔 각종 과실과 향기가 가득했고, 아름다운 것들이 모두 있었다. 마블러스는 아름다운 양과 함께 풍요로움과 아름다움에 싸인 채 즐거운 나날을 보냈다.

어느새 양은 마블러스를 사랑하게 되었다. 양은 자신의 슬픈 사연을 마블러스한테 말했다. 자신은 원래 낙천적인 왕으로 늘 잔치와 사냥을 일삼으며 살았는데, 어느 날 수사슴을 잡기 위해 따라가다 호수 아래 깊은 곳으로 빠졌다고 했다. 그 중앙에 타오르는 불이 있었는데, 거기엔 자신이 어릴 때부터 무서워하던 추한 마녀가 나타나 자기의 열정적인 사랑을 받아준다면 왕자를 구해주겠다고 했지만, 왕자는 마녀가 너무나 혐오스러워 거절을 했다. 그러자 바로 양으로 변했고, 모든 것은 마녀의 지배를 받게 되었다고 했다.

한동안 시간이 흐르고 마블러스는 큰 언니가 결혼을 한다는 소식을 들었다. 마블러스는 언니의 결혼식에 너무나 참석하고 싶다며 아름다운 양에게 그가 마련할 수 있는 가장 화려한 수행단을 꾸려달라고 부탁을 했다. 결혼식장으로 떠나기 전 양은 마블러스에게 결혼식이 끝나면 바로 돌아올 것을 약속해달라고 했는데, 마블러스는 성의 없게 대답하고 들뜬 마음으로 결혼식을 보러 떠났다.

결혼식에 도착하자, 아무도 마블러스를 알아보지 못했다. 게다가 왕은 화려하고 신비한 행차를 한 공주에게 반했다. 공주가 떠나려고 하자, 왕은 공주에게 다시 돌아오겠다고 약속을 하기 전에는 떠나지 못한다고 했다. 마블러스는 왕에게 그러겠다고 약속을 하고 겨우 빠져나왔다. 또 시간이 흘러 둘째 언니가 결혼한다는 소문이 전해지자, 마블러스는 또 가겠다고 했다. 아름다운 양은 안 된다고 했지만, 마블러스는 끊임없이 졸랐다. 그러자 아름다운 양은 다시 마블러스에게 화려한 수행단을 꾸며 주면서, 결혼식이 끝나고 당신이 빨리 돌아오지 않는다면 자신은 죽게 된다고 당부를 했다.

마블러스는 모든 사람들의 부러움을 받으며 둘째언니의 결혼식에 참석했다. 결혼식이 끝나고 왕은 마블러스를 못 가게 하기 위해 모든 문의 빗장을 걸었다. 왕은 마블러스한테 다가와 손을 잡고 궁전으로 들어갔다. 그리고 손에 들고 있는 황금 물주전자로 공주의 손을 씻어주고 싶다며 허락을 구했다. 이런 왕의 모습을 본 마블러스는 왕의 발아래 엎드려 예전에 자신이 꾼 꿈이야기를 했다. 그러자 왕은 사랑하는 딸을 알아보고 환호하며, 마블러스를 기쁘게 하려고 뭐든 했다. 왕의 찬사에 에워싸인 마블러스는 아름다운 양한테 한 약속은 까맣게 잊어버리고 말았다.

아름다운 양은 고통스러워하다가 그녀를 찾아가 돌아오라는 말을 하기 위해 궁으로 떠났다. 그러나 마블러스의 아버지는 아무도 마블러스한테 접근하지 못하도록 울타리를 쳤다. 헤어짐의 아픔으로 아름다운 양은 궁전으로 들어가는 울타리 앞에서 숨을 거두려 했다. 이때 마블러스는 아버지하고 날마다 하는 승마를 하러 나가려다 사랑스럽고 친절했던 양을 발견했다.

연애할 때 나는 잘해주었는데 왜 유대를 지속하지 못하고 이별을 해야 하는가에 대한 답을 스스로 찾아볼 수 있는 이야기다.

아름다운 양의 사랑은 왜 실패했을까?

아름다운 양은 자신을 다 내어주면 사랑이 지속될 수 있으리라 생각한다. 그러나 마블러스는 아름다운 양의 감정에는 전혀 관심이 없고 무조건 받고만 싶어 한다. 결국 이들의 결말은 이렇게 뭔가 옛이야 기답지 않게 어설프게 끝난다. 그러다 보니 이후에 어떻게 되었을까 더 궁금해진다. 과연 아름다운 양은 죽은 것일까? 마블러스는 아름다 운 양을 다시 살아나게 할 수 있을까? 이 이야기를 처음 분석심리학자 이신 고혜경 선생님께 들었을 때, 이렇게 끝나는 여운이 너무나 거슬 려서 많은 질문이 머릿속을 떠나지 않았었다. 한참 후에 인터넷을 찾 아본 원문에서는 마블러스가 죽어가는 양을 보고 울부짖었고, 마블러 스는 후에 행복하게 살 수 없었다는 구절로 마무리되고 있었다. 결국 아름다운 양은 신랑으로 변신하지 못하고 죽게 되었다. 너무나 슬픈 결말이다. 아름다운 양처럼 상대방이 원하는 대로 다 해주다가 나다움 을 죽여가는 사랑과 상대방에게 받기만 하다 마블러스처럼 뒤늦은 사 랑과 이별을 후회하며 울부짖는 모습이 앞선 학생들의 사례와 겹쳐 보 이는 것은 과한 비교일까? 이 이야기는 슬프게 끝나지만, 사랑이 슬픈 결말이 되지 않게 하기 위해선 우리가 어떤 스텝을 밟아야 할지를 생 각하게 한다.

한 가지 힌트를 얻을 수 있다. 사랑을 하는데 사랑을 하기 이전의 관계가 이 둘을 지배한다는 점이다. 마블러스는 아름다운 양의 사랑을 받으면서도 달라진 것이 없이 이전의 아버지와 딸의 관계로 회귀한다. 마블러스는 아버지의 울타리에서 아버지가 제공해 주는 안락함과 칭찬 에 안주한다. 아름다운 양은 두려운 마녀에게 지배받아서 양이 되었다 고 하는데, 융심리학적으로는 부정적 모성에 지배받는 것으로 생각해 볼 수도 있다. 결과적으로 아름다운 양과 마블러스는 사랑을 하기 이 전과 사랑을 한 이후에 바뀐 게 없다. 남성과 여성이 사랑을 한다는 것 은 과거의 '부모-자식'의 수직적 관계를 넘어설 때 진정한 독립으로 나아가는 수평적 관계를 만들 수 있는데, 아름다운 양과 마블러스는 사랑을 통한 진정한 독립과 성장의 계기로 나아가지 못하고 회귀하고 있는 것이다.

이 이야기의 핵심 화소는 '아름다운 양'이다. 전세계에 전해지는 '동물신랑' 유형의 주인공들은 사랑을 하면서 멋진 남성으로 변신을 하는데 아름다운 양은 변신을 하지 못한다. 그렇다면 남녀가 만나 사랑으로 변신을 하려면 어떤 스토리가 생성되어야 할까? 앞서 아름다운 양과 마블러스는 이전의 관계가 현재를 지배하며 변신을 못했다는 말을 했다. 사랑으로 삶의 주인공이 되기 위해서는 두 사람이 살아왔던 이전의 관계에서 해결해야 할 삶의 과제가 있다.

마블러스가 준비되지 않았는데 쫓겨나는 문제의 시작은 아버지다. 도입부의 마블러스의 아버지는 뒤에서 이야기할 가믄장애기의 아버지와 닮았다. 가믄장애기의 아버지 역시 딸들에게 누구 덕에 잘 사느냐고 묻는데, 두 딸은 아버지 덕에 잘 산다고 대답하는데 가믄장애기만 자기 덕에 잘 산다고 대답한다. 딸의 대답에 분노한 아버지는 가믄장애기를 내쫓는다. 마블러스의 아버지도 마찬가지다. 왕으로서 전쟁에 이기고, 본인이 생각하기에 자신은 자식들에게 무엇이든지 해줄 수 있는 멋진 아버지다. 이 아버지들은 딸들에게 뭐든지 해주고 싶어 하는 아버지들이다. 그리고 딸들에게 할 수 있는 만큼 해주는 것으로 자신의 존재를 인정받고 싶어 하는 욕망으로 자신에게 찬사를 보내길 바란다.

이 인정 욕망이 가득한 아버지들이 원하는 대답은 다 한결같다. 이들이 원하는 대답은 "모두 아버지 덕이에요! 아버지가 계셔서 이렇게 살 수 있어요."이다. 자신의 분위기 맞춰주는 딸의 말에서 자신의 존재를 확인받아야 하는 아버지! 그런데 셋째딸 마블러스가 솔직하게 자신의 꿈이야기를 하자, 이 마음 얕은 아버지는 모욕당했다고 생각하며 불 같이 화를 낸다. 뭐든지 다 줄 수 있을 것 같았던 아버지의 초라한 한계가 보이는 부분이다. 마블러스의 아버지가 가진 힘은 겉으로 보기에는 튼튼한 울타리처럼 보일 뿐, 그 내면은 너무나 부실하다.

마블러스가 이런 아버지를 벗어나 만난 아름다운 양은 아버지를 대신해서 마블러스가 원하는 것을 다 줄 수 있는 존재다. 이를 아는 마블러스는 언니의 결혼식에 가기 위해 가장 부유한 수행단을 꾸려 달라고 아름다운 양에게 요청한다. 타인들이 자신을 선망하게 하기 위해서다. 아버지의 집을 떠나 아름다운 양이라는 이성을 만난 후에도 마블러스의 내면이 하나도 성숙하지 않았다는 것을 보여주는 대목이다. 특히 다시 아버지에게 돌아와서, 아버지의 찬사와 안락함에 에워싸여 아름다운 양과의 약속을 잊는 장면은 마블러스가 아버지의 울타리 안에서 딸의 삶을 지속하고자 하는 욕망에 지배받고 있음을 보여준다.

마블러스의 이와 같은 과정을 나르시시즘과 연결해 볼 수 있다. 왕과 마블러스는 타인을 사랑한다고 하지만 결국 나를 사랑하는 것이다. 끝없이 사랑을 갈구하며 사는 존재들이지만 사랑을 나누지 못하고, 익숙한 찬사 등의 방식으로 타인을 지배하려고만 한다. 이들이 서로에게 보내는 칭찬과 인정 욕망은 성장을 멈추는 장애물이자 서로의 인형이 되는 지름길임에도, 너무나 유혹적이어서 그 관계의 함정에서 나오지 못하게 된다. 마블러스는 아버지의 울타리가 가진 지배의 어두움을 칭찬과 안락함으로 끝끝내 보지 못한다. 마블러스는 누릴 것이 많은 아버지의 울타리를 택한 것이고 그 결과 아름다운 양은 죽게 된다.

그렇다면 헌신적인 아름다운 양은 문제가 없었을까? 아름다운 양은 자신을 다 내어주면 상대방이 자신을 알아봐 주리라 생각한다. 상대방이 알아서 자신을 알아봐 주기를 바라는 것 역시 나르시시즘의 연장선에 있다. 그러나 마블러스는 아름다운 양의 헌신과 감정에는 관심이 없이 자신이 원하는 삶을 살 뿐이다. 이 둘은 서로 관계하고 있는 것 같지만 결과적으로 자신의 방식대로만 행동한다. 주기만 하면 사랑을 얻을 수 있을 것이라 생각했던 아름다운 양은 마블러스 아버지의 울타리에 가로막혀 마지막까지 자신의 감정과 절박함을 한마디도 전달하지 못해 변신하지 못하고 죽어간다. 자신의 헌신을 상대방이 스스로 알아봐주길 바라는 사랑의 최후는 참 허망하기 짝이 없다.

매 학기 학생들에게 자신들은 아름다운 양의 사랑을 하고 있는지, 마블러스의 사랑을 하고 있는 것은 아닌지 스스로 생각해 보도록 한다. 해가 지날수록 아름다운 양과 마블러스의 모습에 자신을 투영하는 학생들이 많아지고 있다. 시련에 대한 거부감, 강한 남성성에 대한 경계 때문이기도 하지만, 이런 선택에는 나를 돌봐주는 사람 혹은 편하게 따라와 주는 사람과 사랑을 하고 싶은 마음이 잔존해 있다는 것을 알아차려야 한다. 마블러스는 아버지와의 안락한 관계를 지속하고자 했고, 아름다운 양은 자신과 결합하려는 마녀로 상징되는 어두운 모성성을 두려워하기만 했다. 부성 콤플렉스와 모성 콤플렉스를 넘어서지 않는 삶은 나를 주인공의 삶으로 살지 못하게 한다. 아름다운 양처럼 죽지 않고, 마블러스처럼 울부짖지 않으려면 어떻게 해야 할까? 새로운 관계를 통해 나를 변신하게 할 힘이 필요하다. '사랑에 빠지는 것', '사랑을 받는 것'에서 멈추지 않고 '사랑을 할 수 있는 나'로 변신할 결단 있는 용기가 필요하다.

이별할 때의 마음속 흔한 외침으로 생각해 보자. "사랑이 어떻게 변하냐고! 내가 이렇게 헌신적이었는데!" 우리 가슴을 치게 하는 말들이다. 현대인의 말이지만 아름다운 양의 대사였을 것 같다. 그러나 이별하는 사람들에겐 잔인하지만 사랑은 사람을 변하게 한다. 설레는 마음의 사랑 그다음으로 지속적 유대를 가능하게 할 변신의 힘과 그에 따른 갈등이 사랑에는 늘 따를 수밖에 없다. 그래서 '나'라는 사람은 늘 머물러 있는 과거형의 그대로인 '나'가 아니라, 새로운 관계를 통해 변신할 수 있는 내면의 힘을 키워서, 사랑을 할 수 있는 '나'로 거듭나야 하는 과제가 있는 것이다. 사랑을 통해 나는 삶의 주인공으로 거듭나고 있는가 생각해 볼 때이다.

사랑으로 상대방의 허물을 품을 수 있는가?

그렇다면 어떻게 하면 사랑으로 변신할 수 있을지 이야기해 보고자 한다. 처음 연애를 꿈꿀 때는 다음의 학생처럼 남녀관계에서 처음부터 나와 완벽하게 잘 맞는 사람과 사랑을 하고 싶다고 생각하곤 한다.

나는 대학교에 입학한 이후 처음으로 여자 친구를 사귀었다. 그때의 내가 상대방을 사랑했던 방식은 지금 생각하면 가슴이 답답해질 정도로 철이 없었다. 우리 연애의 시작은 평범했다. 같은 공간에서 공부하며 서로에게 잦은 전기신호를 보내던 중 갑작스러운 스파크가 터졌고 우리는 그 순간을 놓치지 않았다. 스파크가 짜릿했던 만큼 첫 연애는 달콤했다.

그렇지만 첫 연애는 얼마 못 가 끝이 났다. 그때 내가 그녀와 헤어진 이유는 남들과 크게 다르지 않았다. '우린 서로 맞지 않아.' 진부하리만큼 어디에서나 들을 법한 성격 차이였다.

이후 몇 번의 사랑과 이별을 하면서, 나는 첫 연애를 하던 때의 나를 군화를 신은 발로 걷어차 무의식 밖으로 쫓아내고 싶었다. 그때의 내가 원했던 사랑은 지금 생각해 보면 말도 안 되는 것이었다. 나는 나와 완벽하게 잘 맞는 사람과 사랑을 하고 싶었다.

다행히 그 이후 나는 조금씩 정신을 차렸다. '사랑은 완벽한 사람을 만나는 것이 아니다'라는 생각은 늘어나는 연애 경험의 길을 따라 느린 걸음으로 내 뒤를 따라왔다. 난 그 길을 걸으며 이렇게 생각했다. 사랑은 나와 완벽하게 맞는 사람을 만나서 시작하는 것이 아니라, 내가 사랑하고 싶은 사람을 만나 끊임없이 맞춰가는 것이다. 사람의 마음을 얻기가 어려운 이유는 그 사람과 나 사이의 괴리와 차이 때문이다. 그러기에 우리는 나와 잘 맞는 사람을 만나고 싶어 하지만 그건 사람의 마음을 얻는 그것만큼이나 어려운 일이다.

사실 모두가 잘 안다. '나하고 잘 맞는 사람과 사랑을 하고 싶다', '완벽한 사람을 만나고 싶다'라는 것은 이 학생의 말대로 허상이라는 것을 말이다. 그런데 우리는 이런 사랑을 많이 꿈꾸고, 그러다 서로의 기대에 못 미치면서 아픈 이별을 하기도 한다. 다시 생각해 보면 참 어이가 없다. 완벽한 사람이 어디에 있으며, 나처럼 생각하는 타인이 어디 있겠는가. 그렇지만 나의 민낯을 드러내는 만남은 부담스럽다. 상대방은 나의 결점인 허물을 모르면 좋겠다는 마음이 가득하기 때문이다. 그러나 허물없는 사람은 없다.

옛이야기 중의 뱀에서 허물을 벗어 신랑이 되는 <구렁덩덩 신선비>[45)의 이야기는 '남녀'가 결연을 할 때 어떻게 상대방의 허물을 대할 것인가를 생각해 보게 한다. '동물신랑'이 결혼 후에 동물에서 신랑으로 변신하는 화소를 가진 이야기는 세계 곳곳에서 전승된다. 그리스 신화 <에로스와 푸쉬케>, 독일의 민담 <노래하는 종달새>[46) 역시 변신 후에 허물을 받아들여야 하는 금기가 있고, 신부는 그 금기를 깨서 변신한 신랑이 떠나는 시련이 있다는 공통된 서사구조를 보인다.

이러한 변신 이야기가 전세계에 전승되는 이유에 대해 베텔하임의 이론을 주목해 볼 수 있다. 베텔하임은 '동물신랑' 유형 이야기가 어린이들에게 그들의 인지 발달에 알맞게 성에 대해 알려준다고 했다. 위험하고 불쾌하고 꺼림칙하다고 느꼈던 것이 진짜 아름답게 경험되기 위해서는 그 겉모습이 달라져야 하는데, 특히 <미녀와 야수>에서 야수가 근사한 인물로 바뀌는 것 같은 이미지를 통해 성에 대한 공포심을 극복하게 해준다고[47] 했다. 꼭 프로이드 이론에 기반하고 있는 베텔하임의 말이 아니더라도, 동물에서 신랑으로 변신하는 환상적인 이야기의 구조는 남녀 결합에 대한 두려움을 극복하게 해주는 방향의 이야기라는 것은 직감적으로 알 수 있다. 그런데 <구렁덩덩 신선비>와 그리스 신화 <에로스와 푸쉬케>, 독일의 민담 <노래하는 종달새>는 동물에서 신랑이 변신하고는 떠나서, 신랑을 찾는 신부의 시련이 다시 주어진다는 점에서 <미녀와 야수>의 서사구조와 차이가 있다. 이와 같은 서사적 차이는 베텔하임의 해석만으로는 무언가 부족하다. 신랑의 떠남과 신부가 신랑을 찾는 과정이 들어간 이유는 남녀의 결연에서 처음에 끌리는 성적인 결합 이상으로 서로 유대를 지속할 힘이 있어야 하기 때문일 것이다.

<구렁덩덩 신선비> 등의 이야기들은 그 유대의 힘은 어떻게 생성될 수 있을지 이야기 형식을 통해 상징적으로 전승한다. 먼저 <구렁덩덩 신선비>의 서사적인 흐름을 찬찬히 따라가며 이야기해 보겠다.

옛날에 할머니가 밭에 큰 알이 있는 것을 보고 그 알을 먹었는데, 점점 배가 불러오더니 열 달 후에 커다란 구렁이를 낳았다. 정승집 세 딸은 옆집 할머니가 구렁이를 낳았다는 말을 듣고 할머니 집으로 구경

을 온다. 첫째, 둘째 언니가 구렁이가 더럽다며 침을 뱉는 것과 다르게 셋째는 "구렁덩덩 신선비가 오셨네!"라고 말한다. 구렁이의 허물 있는 겉모습을 그 남성의 전부로 인식하지 않고, 내면의 신선비가 있다고 말해주는 인상적인 장면이다. 이 말을 들은 구렁이 아들은 할머니에게 옆집 정승딸하고 결혼하게 해주지 않는다면 가시덩굴을 가지고 할머니 뱃속으로 다시 들어간다고 협박한다. 할머니가 딱한 사정을 말하자 정승은 세 딸 중에 구렁이와 혼인할 사람이 있는지 물어본다. 이에 막내딸이 구렁이에게 시집을 간다고 했다. 구렁이 신랑은 첫날밤에 오래 묵은 된장독, 꿀독, 밀가루에 들어갔다 나온 후 허물을 벗는다. 그러나 이 의식 때문에 허물을 벗는 것만은 아니다. 이미 겉모습만이 아닌 이면을 볼 줄 아는 막내딸의 포용력으로 인해 구렁이는 막내딸이 불러준 대로 동물에서 신랑인 신선비로 변신하게 되는 것이다.

신선비가 된 신랑은 아내에게 뱀 허물을 주면서 절대로 다른 사람에게 보이거나 태우지 말라고 이야기한다. 그러나 신랑이 떠나고 질투 많은 언니들이 찾아온다. 언니들이 허물을 한 번만 보자고 끈덕지게 조르자 막내딸은 어쩔 수 없이 품에서 허물을 꺼내 보여주었다. 그러자 언니들은 징그럽다며 뱀허물을 태워버렸다. 멀리서 허물을 태우는 냄새를 맡은 신선비는 돌아오지 않는다. 그 후 색시는 신랑을 찾아 떠나는 길에 여러 과제를 수행하게 된다. 멧돼지나 까치에게 먹을 것을 구해주기도 하고, 바리데기처럼 밭을 가는 노인을 만나거나 마고할미를 만나 산더미 같은 빨래를 하게 된다. 그리고 마고할미가 준 은주발을 타고 강을 건너왔는데, 신선비가 새각시와 혼인한다는 말을 듣는다. 막내딸은 새 신부와 경쟁하게 된다. 막내딸은 나막신을 신고 물 흘리지 않게 떠오기, 새 잡아오기, 호랑이 눈썹 뽑기 등의 과제를 잘 수

행하며 신선비와 다시 부부의 인연을 이어가게 된다.

간단하게 서사를 요약하면 '동물에서 신랑으로 변신한 후에 신랑이 떠나고 신부가 시련을 겪으며 신랑을 되찾는다'는 흐름의 이야기인데, 이를 통해 어떤 의미가 생성되고 있는지 '구렁덩덩 신선비'라는 화소가 가지는 대립적 속성에서 출발해 해석해 보고자 한다. 태어날 때 뱀 등으로 태어난 남성인 '구렁덩덩 신선비'라는 화소는 여성을 만나기 이전의 남성 안에 대비되는 동물적 속성과 인간적 속성의 공존을 상징적으로 보여준다. <구렁덩덩 신선비>의 핵심화소인 '구렁이 : 신선비'는 '표면 : 이면'의 대립 자질을 형성한다. 화소의 속성만이 아니라 관계의 속성으로 볼 때, '구렁이와 정승집 세 딸'은 '빈 : 부', '남 : 여'가 있다. '구렁이와 두 언니'가 구렁이를 보고 더럽다 혹은 징그럽다고 말하면서 '귀와 천'의 대립을 형성한다. 처음에 가난하고 불완전한 구렁이는 두 언니에게 무시당하는 천한 존재였지만, 신선비로 변신하며 언니들보다 더 귀한 존재가 된다. '두 언니 : 막내딸'의 대립은 '기존의 가치 : 새로운 가치'로 두 언니는 기존의 가치로 구렁이의 겉모습만을 보고 판단하는 반면, 막내딸은 다른 사람들이 보지 못하는 새로운 시선으로 구렁이 안의 신선비라는 이면을 볼 수 있는 존재가 되고, 앞서 말했듯이 구렁덩덩 신선비는 징그럽게 뭉쳐져 있는 표면만이 아니라 신선비라는 이면을 불러준 막내딸의 안목으로 변신하게 된다.

<구렁덩덩 신선비>에서 신선비는 떠나면서 허물을 누구에게 보여주거나 태우지 말라고 하지만, 이 금기는 신부의 언니들에 의해 깨지고 신랑은 사라진다. 여기서는 '허물'이 가지는 상징성이 중요하다. 허물은 일상적으로 사랑할 때 장애가 되는 조건을 상징한 것으로

생각할 수 있다. 정승집 막내딸과의 신분적 격차가 구렁이처럼 보이는 것일 수도 있다. 구렁이 신랑의 허물을 간직하게 하는 것은 상대방의 약점, 콤플렉스, 부족한 부분 등을 받아들일 수 있는가 하는 부부관계의 신뢰를 상징한다고 할 수 있는데, 이 금기를 막내딸이 어기게 되고, 이후 갖은 고난을 겪으며 신랑을 찾기 위해 길을 떠나게 되는 것이다.

기존의 관계였던 두 언니들의 시샘으로, 다 갖춰진 것 같은 막내딸 역시 구렁덩덩 신선비처럼 자신의 존재를 변형하고 성장해야 할 과제가 주어지고, 막내딸은 적극적으로 사랑을 찾아 나서게 된다. 삶의 서사에 전환점이 생겨서, 언니 등으로 상징되는 기존의 관계와 시선으로 세상을 대하던 태도를 단절하게 되는 것이다. 이후에 막내딸은 정승딸로 사는 동안 해낼 수 없었던 노동의 과제들을 하나씩 해낼 수 있는 사람으로 변모하게 된다. 힘겹게 찾은 신선비가 새 각시와 혼인하려고 하며, 신랑을 상실할 위기에 처하게 된다. 굳이 다시 결연해야 하나 의구심을 가지게 되기도 하는 지점을 해소하기 위해 화자에 따라서는 신선비가 달을 보며 막내딸을 그리워하는 대목으로 신선비의 마음을 표현하기도 한다.

재미있는 것은 막내딸이 관계를 유대하고자 벌여야 했던 새각시와의 내기라는 경쟁의 과정에서 막내딸이 어떤 사람인가를 잘 보여준다. 막내딸은 새각시처럼 이기겠다는 목적의식으로만 내기를 대하는 것이 아니라 주변의 상황을 통해 문제를 해결해 나간다. 나막신을 신고 물을 길러 올 때는 불편함을 천천히 걷는 여유로움으로 대처하고, 새를 잡아야 할 때는 새각시처럼 직접 잡으러 다니는 것이 아니라 새들이 좋아하는 열매가 있는 나뭇가지를 자신의 머리에 이어서 새가 오

게 한다. 새각시가 돼지눈썹, 말눈썹, 개눈썹으로 눈속임을 할 때, 막내
딸은 숲속에서 만난 할머니에게 자신의 어려움을 말하고 도움을 받아
서 호랑이 눈썹을 뽑는다. 주어진 상황을 주어진 대로 잘 받아들이며
지혜롭게 허물을 품을 수 있는 사람으로 성숙해지는 도약을 하게 되며
신선비를 되찾게 되는 것이다.

① 동물 -A	② 변신		③ 금기		④ 과제		⑤ ⑥ 신랑 A	
최초 상태(결핍)	무변신	변신	수행	위반	미해결	해결	최종 상태(충족)	
변신	-b	b	c	-c	-d	d	신랑	
수성 인성	→ 통합되며 변신의 자질 생성						신랑상실 신랑되찾기	

요컨대, <구렁덩덩 신선비>에서 구렁이 신랑의 허물을 간직하
게 하는 금기는 상대방의 약점, 콤플렉스, 부족한 부분 등을 받아들일
수 있는가 하는 부부관계의 신뢰를 상징한다고 할 수 있는데, 이 금기
를 막내딸이 어기면서 이후에 막내딸이 갖은 고난을 겪지만, 신랑을
되찾으며 관계를 회복하는 이야기라 할 수 있다.

남녀의 결연으로 새로운 삶에 눈뜨고 있는가?

'동물신랑' 이야기들은 말한다. 남녀의 결연이란 동물신랑이었던
남성이 신부를 통해 신랑으로 거듭나는 과정을 겪고, 남성과 여성으로
분리되었던 결혼 이전 삶의 태도를 벗어나 지속적인 유대를 형성할 수
있는 사람이 되는 것이라고 말이다. '동물신랑' 이야기의 '변신'과 '금
기' 화소는 혼인에서 소극적이었던 여성 주인공을 능동적인 혼인의 주
체로 만든다. 남성이 동물에서 사람으로 변신하며 다른 존재로 성장하

듯, 여성도 딸에서 아내가 되는 과제를 수행하며 성장한 것이다.

그레마스는 설화성을 "상태의 변형"으로 정의하는데, 이는 한 상태에서 다른 상태로의 변형이 이야기를 만든다[48]는 의미다. 즉 근원적으로 오늘과는 다른 모습으로 변형해 가는 것이 이야기라는 것이다. 그동안의 삶의 방식을 지속한 결과로 금기를 어기게 되지만, 옛이야기의 주인공들은 이 금기를 깨서 시련을 겪더라도 새로운 삶의 형태를 배치하려 한다. 변신을 통해 자기에게 내재한 수많은 자아의 모습 중 다른 모습으로 변형하며 관계를 성장시킴으로써 근본적인 삶의 변형을 다루고 있다. 이는 많은 옛이야기에 변신과 금기가 핵심적인 화소가 되어 반복적으로 등장하는 이유라 할 수 있다.

사랑을 유지하기 위해서는 많은 어려움이 따른다. 딸이었던 삶, 아들이었던 삶에서 달라져야 부부의 삶을 유지할 수 있다. 당연히 서로에게는 허물이 있다. 그렇지만 남녀가 결연한다는 것은 오히려 이 허물을 잘 품는 존재로 거듭나며 내면의 성숙으로 나아가게 되는 과정이 된다. 현대인은 점점 결혼을 부담스럽게 생각하고 있다. 가정을 책임질 만큼 벌어야 한다는 책임감의 무게가 삶을 누르곤 한다. 결혼으로 인한 책임의 영역이 과거보다 물질적, 정신적으로 확대되면서 현대의 많은 사람은 자신의 허물을 보게 된다. 그러나 허물이 없는 사람은 없다. 사랑은 위대하다. 진정한 사랑은 허물이라고 생각했던 것이 허물이 되지 않을 수 있도록 겉모습에 현혹되지 않고 이면을 볼 수 있는 힘을 준다. 그래서 오늘과 다른 나로 변신하고 싶을 때 여전히 사랑은 나를 새롭게 하는 근원적 힘이 된다.

옛이야기로 나다움의 서사적 길을 내는 스토리텔링

❶ 셋째딸은 왜 구렁이를 보고 "구렁덩덩 신선비님이 오셨네!"라고 말했을까?

❷ 내가 사랑을 하는데 의식하게 되는 허물은 무엇일까?

❸ 울타리에서 죽어가는 아름다운 양을 본 마블러스의 이후 이야기는 어떻게 진행될지 자유롭게 상상해 보자.

창작예시

마블러스는 울타리에서 죽어가는 아름다은 양을 보았다.
당황한 마블러스는 아버지에게 말했다.
"아버지 저 양은 저를 숲에서 도와준 양이에요! 양을 들여보내 주세요!"
아버지는 울타리를 개방했고, 마블러스는 다급이 아름다운 양에게 뛰어가 말했다.
"아름다운 양아 미안해 내가 잠시 너에게 돌아간다는 것을 잊고 있었어,

덕분에 이 곳에서 행복하게 살고 있어"

아름다운 양은 타들어가는 목소리로 말했다.

"마블러스... 돌아오지 않아서 얼마나 걱정했는지 몰라. 잘 있어서 다행이다."

아름다운 양은 이 한 마디를 남기고 그만 눈을 감았다.

마블러스가 미안하고 슬픈 마음에 눈물을 흘렸고, 눈물이 아름다운 양의 얼굴에 닿자 아름다운 양이 멋진 왕자로 변했다.

하지만 그는 이미 눈을 감은 뒤였고, 마블러스는 어리석은 자신을 반성하며 서로가 처음 만났던 숲 속으로 왕자를 데리고 갔다.

그 곳에서 마블러스는 밤새 직접 왕자를 묻어주고 까마득한 밤하늘을 보고 울음을 멈추지 못했다.

아름다운 양이자 왕자는 밤하늘에 별자리가 되었고, 양의 형상을 띄우고 있었다.

이후로 마블러스는 매해 추위가 지나고 겨울옷을 옷장에 넣어두는 시기마다 밤하늘을 보며 눈물을 흘렸다.

❹ 내 안의 통제할 수 없는 동물적인 속성은 어떤 모습으로 상징될 수 있을까? (예: 나의 변덕 – 색이 바뀌는 카멜레온 등)

창작예시: 공주와 왕도마뱀

옛날, 덕이 높고 의로운 왕과 왕비가 살고 있는 평화로운 나라가 있었습니다. 하지만 두 사람은 도무지 아이가 생기질 않아 고민이 이만저만이 아니었습니다. 왕은 긴긴 시간을 기다리다 지쳐 떡갈나무 숲 속에 사는 착한 마법사를 찾아갔습니다.

마법사가 말했습니다.

"오늘 안에 착한 일 백 가지를 하면 곧 아기가 생길 것입니다."

왕은 너무나 기뻤습니다.

하지만 착한 마법사는 당부의 말을 잊지 않았습니다.

"그러나 나쁜 일을 한 가지라도 하면 아기는 저주에 걸릴 거예요."

왕은 마법사의 말을 명심하며 성으로 향했습니다. 본디 착한 마음을 가진 왕은 성으로 향하는 도중에 구십구 가지의 착한 일을 마칠 수 있었습니다. 그런데 성문을 지나치려는 순간, 뒤를 돌아보니 왕이 기르던 꾀꼬리가 뱀에게 잡아먹히려는 광경을 보고 말았습니다. 왕은 잠깐 망설였지만 손을 뻗어 꾀꼬리를 구해 주었습니다.

바로 그 순간 뱀이 별안간 혀를 날름거리며 말을 하지 않겠어요!

"어리석은 왕이여, 당신은 지금 꾀꼬리에게 착한 일을 했을지도 모르나 나에게는 오늘의 먹잇감을 뺏어가는 나쁜 일을 저지르고 말았다."

뱀을 말을 마치더니 "펑!"하는 소리와 함께 자작나무 숲에 사는 나쁜 마법사로 변했습니다.

"오늘 당신은 백가지의 착한 일과 한가지의 나쁜 일을 했으니 아기에게는 저주가 내릴 것이다!" 나쁜 마법사는 저주를 내뱉고는 박쥐로 변해 날아가 버렸습니다.

왕은 매우 걱정스러웠으나 왕비에게로 가 이 사실을 알렸습니다. 그러자 왕비가 말했습니다. "너무 걱정하지 마세요. 우리가 아기를 잘 키우면 나쁜 마법사의 저주도 비켜갈 거예요."

왕은 고개를 끄덕거리며 왕비의 두 손을 꼭 쥐었습니다.

열 달이 지나고 탄생한 어여쁜 공주님은 어느새 무럭무럭 자라 열세 살이 되었습니다. 공주는 왕과 왕비를 꼭 빼닮아 사려 깊은 심성을 갖고 있어 나라 안에서의 평판이 대단했습니다. 그러나 왕과 왕비는 언제 공주를 덮칠지 모르는 저주에 대비해 공주에게 항상 주의를 주었습니다.

"항상 백성들의 모범이 되도록 행동해야 한다, 또 착한 일에 앞장서는 사람이 되도록 하여라."

두 사람은 착한 일을 하면 공주의 저주가 빗겨갈 것이라 생각했기 때문입니다.

공주는 어마마마, 아바마마의 말씀을 명심하여 자나 깨나 착한 사람이 되도록 노력하였습니다. 먹지 말아야 할 음식, 가지 말아야 할 곳에는 눈길조차 주지 않았습니다. 그러나 이러한 공주의 노력에도 불구하고 저주의 그림자는 서서히 공주에게 다가오고 있었습니다.

열세 살 생일이 지나고 백 일째 되는 날, 공주가 잠자리에 들려 침대에 누운 순간 갑자기 쿵 하는 소리와 함께 침대가 두 동강이 나고 말았습니다. 그리고 침대 위에는 웬 거대한 왕 도마뱀이 나타나 방 안의 가구들을 모조리 부숴버리고 신하들을 먹어 치우려고 하는 등 성 안이 발칵 뒤집히는 소란이 일어났습니다. 그 뒤로도 백 일에 한 번씩 왕 도마뱀으로 변해버리는 공주를 왕과 왕비는 성안 깊숙이 자리한 높은 탑에 가두고 공주의 저주를 비밀로 지키려 노력했습니다. 하지만 이미 소문은 일파만파 퍼져 이웃나라 왕자님 귀에까지 들어가고 말았습니다. 왕자는 호기심이 생겼습니다. '그 소문이 진실일까? 그렇다면 공주가 너무나 불쌍하지 않은가.'

왕자는 소문의 진상을 알기위해 이웃나라로 떠났습니다. 떡갈나무 숲 속을 지나는 도중에 목이 마른 왕자는 말에서 내려 샘물로 향했습니다. 그리고 마침 그 곳에서 발을 동동거리는 오소리를 만나 길을 물어보려는데,

"내가 이 샘물을 건너는 것을 도와준다면 알려주지요."

오소리가 말했습니다.

왕자는 기꺼이 오소리를 안아 물 건너편으로 옮겨주었습니다. 그러자 오소리는 왕자를 향해 절을 하더니 기다란 입을 열고 말했습니다.

"왕자님, 이웃나라는 서쪽으로 난 길로 계속 걸어가면 금방이에요. 그리고 한 가지 더, 제가 공주님의 저주를 푸는 방법이 알고 있답니다."

왕자가 놀라 물었습니다.

"정말이니? 그럼 나에게 좀 알려주렴."

오소리가 말했습니다.

"왕도마뱀이 된 공주님을 꼭 끌어안고 입맞춤을 하면 공주님은 저주에서 풀려 날거예요. 하지만 왕자님이 입맞춤을 하려는 순간 당신을 먹어치우려고 할지도 몰라요."

오소리는 그 말을 남기곤 총총히 걸어 수풀 속으로 사라졌습니다. 왕자는 걸음을 재촉해 이웃나라로 향했습니다. 오늘이 꼭 공주가 변하는 백 일째 되는 날이었기 때문입니다.

성안은 쥐죽은 듯 조용하고 다만 높은 탑에서 우당탕하는 소리가 들려왔습니다. 왕자는 탑을 올라 잠긴 문을 열고 안으로 들어갔습니다. 과연 그 안에는 무서운 왕 도마뱀으로 변해버린 공주가 씩씩거리며 눈을 부릅뜨고 있었습니다. 왕자는 일단 공주를 안아보려 노력했습니다. 그러자 의외로 왕 도마뱀은 순순히 품에 안겨 가만히 왕자를 바라보았습니다. 왕자는 용기를 내

어 왕 도마뱀의 입에 입을 맞추었습니다. 그리고 왕자가 눈을 뜨자 그의 품에는 어여쁜 공주가 잠들어 있었습니다. 왕자는 공주를 구한 공로로 그녀와 결혼했고 공주는 변함없이 백성들을 돌보며 선행을 베풀고 행복한 삶을 살았습니다. 공주의 저주가 풀렸냐고요? 아니요. 하지만 왕자는 백 일마다 그녀를 꼭 안고 입을 맞추어 준다고 합니다.

재주의 네트워크: 재주꾼 의형제
나하고 다른 사람과 어떻게 연대할 수 있을까?

나와 다른 사람과 어떻게 연대해 갈 것인가?

우리는 각자 얼굴이 다 다르듯이 가지고 있는 재주가 다 다르고 그 재주에는 우위가 없다는 것을 자꾸 잊는다. 어떤 재주가 더 좋아 보이는 것이다. 구해준 소년도 나무도령을 시기할 것이 아니라 자신의 재주가 무엇인지를 더 살펴보고 긍정했어야 한다.

여기 재주가 모두 다른 사람들이 함께 살아가는 이야기가 있다. 보통 장사(壯士)들의 이야기로 전승된다. 남다른 재주가 있는 사람들이다. 이들은 서로 이상한 재주를 가졌다고 배척하지 않는다. 누가 더 좋은 재주를 가지고 있다고 재주를 비교하지도 않는다. 경쟁에 지친 우리 마음 안에 한 번은 살아보고 싶은 세상, 한 번은 이렇게 관계를 맺고 싶은 마음을 그려 낸 이야기가 <재주꾼 의형제>의 이야기다.

많은 옛이야기들이 주인공의 결핍에서 출발하는 것에 반해, 이 옛이야기에는 재주가 있는, 그래서 +자질을 가지는 인물들이 등장한다. 이들이 가지고 있는 재주는 '장사'라는 공통된 속성을 지닌다. 옛이야기에서는 <특재 있는 의형제>[49] 등으로 불리는데, 현대에는 출판되었던 책들의 제목으로 통용되고 있어서 여기서는 <재주꾼 의형제>로 하겠다.

옛날에 나이가 들어도 자식이 없어서 매일 매일 자식을 가지게 해달라고 기도하는 할머니와 할아버지가 있었다. 지나가는 스님이 단지에 할머니와 할아버지의 오줌을 넣어서 땅에 묻고 열 달 후에 보라고 했다. 과연 열 달이 지나자 단지에서 아이가 태어났는데 이 아이는 여섯 살에 밭을 갈고 이삭을 잘라 도리개질을 하는 등 힘이 장사였다. 할머니와 할아버지는 이 아이가 단지에서 태어났다고 해서 이름을 단지손이라고 지었는데, 어느덧 단지손이가 자라자 세상구경을 나가게 되었다.

단지손이가 길을 가는데 별안간 큰 비가 떨어지는 것이었다. 얼른 뛰었더니 또 비가 내리지 않아 이상해서 보았더니 언덕에서 오줌을 누는 아이가 보였다. 단지손이는 오줌손이와 의형제가 되어 길을 떠났다. 또 길을 가는데 큰 바람이 한 곳에서만 부는 것이었다. 바람이 오는 쪽을 보니 한 아이가 낮잠을 자고 있었는데 콧김이 태풍 같았다. 콧김손이와 둘은 의형제가 되어 길을 떠났다. 이후에 배를 짊어지고 다니는 배손이와 무쇠신을 신고 다니는 무쇠손이를 만나 다섯 장수들은 의형제가 되었다.

이들은 밤이 깊어 산골짜기 집에 들어갔는데 거기는 호랑이의 소굴이었다. 호랑이들과 재주 많은 의형제는 내기를 하게 되었다. 나무를 이백 그루 베기, 큰 구렁이 잡기, 물통 막기, 나무 쌓기 등의 내기를 하기로 했는데 모두 재주꾼 의형제가 힘을 합쳐 이겼다. 그러자 호랑이는 의형제가 있는 나뭇단 위에 불을 질렀다. 모두가 타서 죽을 것 같을 때 오줌손이가 오줌을 누자 오줌이 강을 이루었다. 그때 배손이가 배를 띄워 재주꾼 의형제는 배 위로 올라가고, 콧김손이는 바람으로, 무쇠손이는 신발로, 단지손이는 손으로 호랑이를 못 오게 하자, 호랑이들은 모두 오줌에 빠져 죽게 되었고, 이들 의형제는 다시 세상구경을 떠났다.

장사라는 재주를 실현하는 계열적 속성은 모두 다르다. 이들의 재주는 단지에서 특이하게 출생했는데 힘이 세거나, 오줌을 남들보다 많이 싸거나, 콧김이 세거나, 무쇠신을 신었다든가, 배를 짊어지고 다니는 등의 특이한 것들이다. 처음에는 단지손이가 많은 역할을 하지만 뒤에 가면서 다른 친구들의 재주가 드러나는 것도 재밌고, 단지손이가 자신의 힘으로 많은 내기를 이긴 것에 대해 생색도 내지 않는다. 오줌손이, 배손이는 힘으로 하는 내기에서는 큰일을 해내지 못하지만, 호랑이가 불을 피울 때 한방에 친구들의 목숨을 살린다. 그러나 이들의 재주는 관점에 따라 재주가 아니라 콤플렉스가 될 수도 있다는 점에도 주목해 볼 수 있다. 어떻게 생각하면 이들도 다음처럼 각자 고민이 있는 인생이다.

오줌 많이 누는 것이 재주일 수 있을까?
콧김을 세게 부는 것이 매력일 수 있을까?
무거운 무쇠신을 신고 다니는 게 왜 짐이 되지 않는 것일까?
배를 짊어지고 다니는 운명을 왜 순응하며 사는가?
단지에서 나와, 남들과 다르게 크는 나는 누구인가?

그러나 이들은 이 독특한 상황과 재주를 콤플렉스로 여기지 않았다. 자신의 재주라 생각하며 자신을 소개했다. 여기서 재주란, 나를 긍정할 때 나오는 창조적 힘이라는 것을 우리는 알 수 있다. 어쩌면 재주와 결핍은 이렇게 한 끗 차이일 수도 있다. 중요한 것은 나를 긍정하는 재주가 있어도 그것이 고립되어 있으면 아무 의미가 없다는 점이다. 관점에 따라 재주 같지 않은 재주지만, 이들이 모여 힘을 합칠 때는 그 진정한 가치가 발휘된다는 것을 경험해야 한다.

<재주꾼 의형제>는 재주 있는 한 사람이 재주 있는 여러 인물을 만나면서 전개되는 이야기다. 이는 재주를 가진 인물들이 주인공에 의해 선택되고 '의형제', '친구'와 '지기'의 형태로 결합하면서, 호랑이와 같은 적대자를 이겨내는 순차구조다. <재주꾼 의형제>의 서사를 간략히 정리해 보면 다음과 같다.

① 남다른 재주가 있게 태어난다. (재주 : 고립)
② 세상을 배우기 위해 집을 떠난다. (머무름 : 떠남)
③ 재주 있는 사람들을 만나며 의형제가 된다. (고립 : 연대, 1인 : 다수)
④ 적대자(호랑이 등)를 만나 위기에 처하지만, 재주를 합쳐 이겨 낸다. (적대자 출현 : 적대자 퇴치)
⑤ 재주로 적대자를 물리치고 다시 길을 떠난다. (재주 : 연대, 연대의 지속)

이를 간명하게 요약하자면, '특정한 재주 있는 인물이 집을 떠나 재주 있는 사람들을 만난 다음, 이들과 함께 적대자를 물리치고 다시 길을 떠난다.'는 서사적 요점을 확인할 수 있다. 재주 있는 주인공이 만나게 되는 '재주 있는 사람들'은 계열에 따라 변이가 다양해지고, 이에 따라 호랑이 같은 적대자를 이기는 방식도 달라진다.

① 재주 있는 1인	② 이동	③ 재주꾼들과 만남	④ 적대자	⑤ 재주 많은 다수
최초 상태 (남다른 재주)	머무름 -b 떠남 b	고립 -c 연대 c	호랑이 출현 -d 퇴치 d	최종 상태 (재주의 연대)
남다름 고립	→ 재주 있는 1인에서 재주 많은 다수가 연대해 적대자를 물리치고, 재주로 어울리며 살아가는 자질을 획득하는 통합체			떠남 연대의 지속

<재주꾼 의형제>의 순차적 구조는 각자가 가진 '+자질'의 힘이 어떻게 삶에서 발현될 수 있는가를 보여주는 서사문법을 취하고 있다. '+자질'의 재주를 가졌어도 집에 머물러 있을 때는 그것이 빛을 보지 못한다. 혼자 있을 때는 '+자질'의 재주를 가졌어도 보통사람들과 다르다는 점 때문에 타인과 유대하기 어려우며 홀로 고립되기 쉽다. 그렇기에 좋은 재주를 가진 주인공이 집을 떠나는 것은 타인을 만나간다는 것을 의미한다. 내가 가진 재주를 오직 자기만을 위해 사용할 때보다 타인과 연대해서 함께 사용할 때 재주의 가치는 배가 된다. 이를 종합하자면 <재주꾼 의형제>의 순차구조는 남들과 다른 재주를 가지고 태어난 이들이 각자가 가지고 있는 재주를 타인과의 조화 속에서 어떻게 연대하며 실현할 수 있는가라는 문제에 답을 주는 이야기다.

<재주꾼 의형제>는 혼자만 재주가 있어서 남들 앞에서 잘난 척하며 사는 사람들의 이야기가 아니라서 더 좋다. <재주꾼 의형제>의 순차구조를 내 삶에 적용해보면 영웅의 서사가 아닌, '1인에서 다수'[50]가 되어 함께 살아가는 삶의 자질을 생성할 수 있다. 영웅서사 구조가 개인과 세계의 대립 관계를 해결해 가며 강인함, 인내, 지혜, 이타성,

신성 등으로 자신의 자질을 생성한다면, <재주꾼 의형제> 옛이야기의 서사문법은 1인에서 시작하지만 다수가 함께 있을 때 서로의 재주가 의미를 찾게 되는 구조로 '연대'에서 의미자질의 생성을 보여주는 차이가 있다. 그러기 위해서는 재주인지 몰랐지만 세상에 부딪힘 속에서 내가 할 수 있는 일을 만나야 한다. 네트워킹의 시대다. 혼자 있을 때는 호랑이에게 잡아먹힐 수 있지만, 연대로 관계할 때 절대 이길 수 없을 것 같은 호랑이도 이길 힘이 생기는 것이 인간이다.

우리가 의식하지 못할 뿐 <해리포터> 시리즈 역시 재주 많은 오형제의 서사로 구성되어 있다. 해리라는 1인이 혼자 문제를 풀어가며 영웅이 되어가는 것이 아니라, 헤르미온느, 론, 네빌, 지니, 루나 등과 함께 문제를 풀어가면서 이들은 성장한다. 특히 시리즈의 마지막인 <해리포터와 죽음의 성물>에 가서는 그 연대가 더 큰 힘을 발휘하며 볼트모트라는 죽어도 죽어도 자꾸 살아나는 마법사를 이기게 된다. <해리포터> 시리즈의 이야기들은 영웅의 삶으로 혼자 많은 짐을 가지고 문제를 해결하는 구조로 이어지지 않는다. 그 짐을 친구들과 함께 나누며 문제를 풀어간다. 친구들 역시 각자가 가지고 있는 남다른 재주가 결핍이 된 존재들이다. 저주받은 것 같은 운명, 결핍, 상처, 콤플렉스 등과 대면하고, 발생한 문제를 함께 해결해 나가는 구조다. 그렇기에 적대자를 이길 수 있었다. 우리도 이렇게 큰 산을 넘어설 힘이 있다.

고등학교 시절, 저는 친한 친구들 중에서도 항상 같이 몰려다니는 친구 3명이 있었습니다. 고1 때 학교 기숙사에 같이 살면서 친해졌는데 고3 때 우연히 같은 반이 되어 같이 공부도 열심히 하고 가끔은 야자시간에 놀러도 다녔습니다. 하루는 야자시간에 피시방에 갔다가 걸린 적이 있었습니다. 걸린 것을 교실에서 연락해주기로 한 친구에게 연락을 받은 후, 저희는 나름의 계획을 세웠습니다. 참다참다 정말 화가 나신 담임 선생님을 우선 언변이 뛰어난 친구가 설득했습니다. 그리고 저희는 1달 후 있을 6월 모의고사에서 성적을 올리는 것으로 공약을 걸었습니다. 그 후 나름 브레인인 저와 창욱이라는 친구가 나머지 두 명의 친구의 공부를 도와가면서 열심히 노력해 6월 모의고사에서 3명은 전교 20등 안에 들고, 한 친구는 전교등수가 124등 오르는 결과를 얻었습니다. 이를 계기로 저희는 드디어 공부에 약간의 재미가 붙기 시작했고, 서로 열심히 하는 모습을 보며 약간은 선의의 경쟁을 하기도 했습니다. 이 시기에 놀다가도 공부하는 창욱이를 보며 저도 따라서 열심히 공부했고, 덕분에 성적이 많이 올랐습니다. 처음 고1 때에는 모두 어색한 사이였지만 여러 일을 겪으며 현재도 자주 만나며 친하게 지내는 친구들이 되었습니다. 지금 생각해보면 담임선생님께 혼날 뻔 한 위기는 별일 아닌 것 같지만, 당시에는 매우 걱정되는 고난과 역경이었습니다. 그 일이 있은 후 저희는 반의 평균을 올려줬다며 선생님의 사랑을 듬뿍 받았고, 더욱 재미있게 학교생활을 했습니다.

사실 공부는 이 학생들처럼 해야 한다. 이 학생이 입시라는 큰 산을 이렇게 넘었던 것처럼 연대의 스토리텔링을 긍정할 수 있는 경험이 확대되어 가는 대학 생활, 사회생활이 되길 응원해 본다.

📖
옛이야기로 나다움의 서사적 길을 내는 스토리텔링

❶ 재주를 다르게 해서 나와 친구들의 재주를 화소로 만들고, 호랑이 등의 적대자들을 어떤 방법으로 이길 수 있을지 상상하는 이야기를 만들어 보자.

창작예시: 용용이 마을의 색다른 영웅들

호랑이가 담배 피우던 시절, 한 마을에는 몸이 아픈 한 부부가 있었어요. 그들은 자신의 아이가 자신들과는 다르게 건강하게 태어나기를 기도했고 둘 사이에서는 마침내 '강다리'라는 아이가 태어났어요. 발과 다리가 매우 굵은 아이였죠. 아이는 부모님의 바람처럼 튼튼한 다리를 가지고 자랐어요. 그렇게 시간이 흐르던 중, 어느 날 강다리의 부모가 병에 걸려 쓰러졌어요. 이는 의사들도 고치지 못하는 병이었죠. 그래서 강다리는 그 어떤 병이든 고칠 수 있다는 여의주를 찾아 떠났어요. 처음 도착한 곳은 아무 소리도 들리지 않는 조용 마을이었어요. 그곳에는 용이 없었지만 달명이라는 소녀가 입을 손으로 가리고 따라왔어요.

"얘, 너는 왜 입을 손으로 가리고 있니?"

그러자 달명이는 바닥에 글로 강다리에게 답했어요.

'내가 사는 마을은 큰 소리를 싫어하는데 나는 우렁찬 목소리를 가져서 말할 수가 없어. 나는 내 목소리를 낼 수 있는 곳으로 떠나고 싶어.'

"그래? 그럼 나와 함께 가면 되겠다!"

달명이는 강다리를 따라 마을을 벗어났어요. 그리고 소리를 질렀고 그 소리는 저 산 너머 마을까지 퍼졌어요. 개운한 기분이 든 달명이와 강다리는 다음인 바람이 불지 않는 부동 마을에 도착했어요. 그곳에도 용은 없었지만 한 얼굴이 빨간 한숨이라는 소년이 마을을 나가는 둘을 따라왔어요.

"얘, 너는 누구니?"

마을을 빠져나오자 한숨이는 숨을 내쉬었어요. 그때 나오는 바람이 얼마나 거센지 강다리와 달명이가 나무를 붙잡지 않았다면 날아갔을 정도였어요.

"나는 한숨이 너무 거칠어. 나도 다른 곳으로 가고 싶어."

그렇게 한숨이도 같이 여행을 떠나게 됐어요. 다음 마을은 매우 깨끗한 청결 마을이었어요. 그곳에도 용은 없었지만 한 코딱이라는 소년이 그들을 따라왔어요.

"얘, 너는 누구니?"

"나는 코딱이, 나는 코딱지가 바위처럼 커서 깨끗한 마을 사람들이 나를 싫어해. 나도 데려가 줘."

코딱이도 다른 3명과 함께 용을 찾아 떠났어요. 다음 마을은 물영 마을, 이상할 만큼 물이 없어 보이는 마을이었죠. 여기에는 용이 없어 마을을 떠나는데 한 물먹이라는 소녀가 마을을 떠나는 것이 보였어요.

"얘, 너는 어디로 가니?"

"나는 물먹이, 나는 아무리 많은 물이더라도 금방 다 마셔버려 그래서 사람들이 날 내쫓았어."

"그럼 우리와 함께 가면 되겠다!"

그렇게 물먹이와 다른 4명은 함께 다른 마을을 찾아 떠나기 시작했어요. 길을 걷다 드디어 용용 마을에 도착했어요. 그리고 그 마을 위에는 못된 용이 산다는 마을 사람들의 말을 듣고 5명은 강 위로 올라갔어요. 그곳에는 거대한 용이 여의주를 물고 있었죠. 용은 짓궂어 사람들이 만든 강둑을 부숴버렸어요. 그러자 강둑이 막았던 물들이 마을을 향해 흘러넘치기 시작했어요! 그러자 한숨이가 그 앞을 가로막고는 한숨을 내쉬었어요. 그러자 물이 멈칫 바람에 막혔죠. 그 사이 코딱이는 커다란 바위만한 코딱지들을 코에서 꺼내 던졌어요. 튼튼한 다리를 가진 강다리는 코딱지를 밀며 강물을 밀어냈어요. 그 틈에 물먹이는 강물을 순식간에 마셔버렸습니다. 자신의 장난이 실패한 용은 화를 내며 강다리와 친구들에게 달려들었어요. 그 때 달명이가 나서서 우렁찬 목소리로 용에게 외쳤죠.

"사람들을 괴롭히지 말고 썩 꺼지지 못해!"

달명이의 우렁찬 목소리에 깜짝 놀라

"에구머니 야!"

용은 여의주를 입에서 그만 떨어뜨리고 도망쳐 버렸어요. 그 후로 용은 다시 마을 사람들을 괴롭히러 오지 않았고 마을 사람들은 강다리와 친구들을 환영하며 영웅으로 여겼어요. 강다리는 용이 떨어뜨린 여의주를 들고 자신의 마을로 돌아가 부모님의 병을 고쳤고, 건강해진 이들과 강다리는 함께 행복하게 오래오래 살았답니다.

공감의 서사적 길내기: 구복여행 – 복 타러 간 사나이
어떻게 총각은 다른 이들의 부탁으로 나의 복을 탔을까?

복은 탈 수 있는 것인가?

여기 지지리도 복이 없는 사람이 있다. 뭘 해도 안 된다. 논농사를 하면 가뭄이 오고, 밭농사를 하면 홍수가 온다. 가축을 기르면 전염병이 돈다. 그래서 늘 가난하게 혼자 산다. 이 사람이 우리를 더 슬프게 하는 건 학생들 표현으로 '완전 성실하다'라는 점이다. 개인이 아무리 노력해도 세상, 세계, 운명 등이 나보다 더 크게 작용하고 있는 형상이다. 그렇다면 개인의 노력은 아무 의미가 없는 것일까?

다른 사람들은 운도 복도 많아서 실력보다 운이 좋게 인생을 살아가는 것 같은데, 왜 나만 이렇게 열심히 해도 되는 일이 없을까 생각하며 자신을 이 복 없는 사람에 투사하는 때도 생긴다. 그런데 이 이야기는 복이 없는 사람이 복을 타러 가는 <구복여행>이라는 옛이야기다. 학생들은 이 이야기에서 처음에는 이 총각처럼 자신도 복이 없는 것 같다고 투사하며 시작할 때가 많다. 그러나 이후에는 복이 없던 사람이 어떻게 복을 타고 있는가에 더 집중하게 된다.

이 복이 없는 총각은 어느 날 복을 탈 수 있는 서천서역국이라는 곳이 있다는 노인들의 말을 듣게 된다. 사람들은 흔히 복은 정해져 있다고 생각한다. 그래서 이 총각 역시 복이 없는 자신의 삶을 한탄하기도 했을 것이다. 그러나 이 총각은 한탄만 하지 않고, 일단 행동한다.

<구복여행>의 서사문법에 나타난 문제 해결전략은 현실의 당면한 문제들에 집중하면서 보이지 않았던 해결 방법을 좀 더 근원적이고 보편적인 사유로 깨달음을 주는 방식이다. 좀 더 자세히 보기 위해 <구복여행>을 서사 단락으로 정리하면 다음과 같다.

(1) 열심히 일해도 가난한 노총각이 서천서역국(하늘)에 가면 복을 탈 수 있다는 말을 듣고 길을 떠난다.

(2) 가는 길의 큰집에 혼자 사는 처녀가 혼인날만 잡으면 신랑이 죽는다며 서천서역국에 가면 어떤 사람을 배필로 맞아야 하는지 물어봐 달라고 한다.

(3) 노인이 배나무(과일나무, 소나무)를 정성스럽게 돌봐도 열매가 열리지 않는 이유를 물어봐달라고 한다.

(4) 이무기(또는 노인)가 용이 되어 승천하지 못하는 이유를 알아봐 달라고 하고 강을 건네준다.

(5) 곧은 낚싯대로 낚시하는 아이가 언제쯤 큰 고기를 잡을 수 있는지 물어봐 달라고 한다.

(6) 서천서역국(하늘)에서 노인 등을 만나 복은 이미 다 받았다며 돌아가라고 하자, 부탁받은 문제의 해결책을 물어보고 답을 얻어 돌아간다.

(7) 곧은 낚싯대로 낚시하는 아이는 뺨을 세차게 후려치자, 산삼(홍삼)이 되었다.

(8) 이무기에게 먼저 강을 건너게 해달라고 하고, 승천을 하지 못하는 이유가 여의주를 두 개 가지고 있기 때문임을 말해주자, 이무기가 여의주 하나를 던지고 승천한다.

(9) 나무의 뿌리에 금덩이가 있어서 그러니 그것을 파내면 된다고 알려 주자, 노인은 금덩이를 총각에게 준다.

(10) 혼자된 처녀는 여의주, 금덩이, 동자삼까지 가진 사람과 혼인하면 된다고 하자, 처녀가 조건이 갖춰진 총각을 보고 혼인하자고 한다.

(11) 총각은 혼인하여 총각의 복과 처녀의 재산으로 오랫동안 행복하게 잘 살았다.

군이 이렇게 정리해 본 이유는 복이 없는 총각이 가는 길에 만난 사연들이 이렇게 많다는 것을 나열하기 위해서다. 자신도 되는 일이 없어서 길을 떠난 사람이 가는 길에 만난 사람들의 어려운 문제를 풀 어달라는 부탁을 받는다. 서천서역국에 갔을 때도 어이가 없다. 자신이 처한 문제의 답은 듣지 못했는데도 그들의 답을 알고 싶다고 한다. 이 사람의 복이 어디서 오는지 눈치챌 수 있는 대목들이다.

이 이야기에서 특별하게 펼쳐지는 이야기 자질은 '복을 구한다'로 집약된다. 복은 타고나는 것, 운명적으로 정해지는 것인데 없는 복을 타서 삶을 바꿀 수 있다는 것이다. 노력해도 더 나아지지 않고, 정해진 운명 등의 세상의 법칙이 나를 여기까지라고 제약하고 구속하는 것 같 을 때, 총각은 그 자리에 머물지 않고, 좌절도 하지 않으면서 자신의 복을 타보고자 움직인다. 그리고 이런 움직임이 결국 복을 받는 행위 로 이어지게 된다.

서천서역국은 어디에 있는 것일까?

정해진 복을 바꿀 수 있는 곳 있다는 말을 듣자, 총각은 길을 떠나게 된다. 그곳은 지상이라는 현실과 거리를 느끼게 하는 신기하고 기이한 곳으로 설정되는데 바로 '서천서역국'이다. '하늘'의 공간, 저승할망이 있는 공간, 그냥 서쪽 마을로 표현되기도 하지만, 인간의 복을 관장하는 곳이 있어, 그곳에 가면 자신의 복을 알 수도 있고, 복을 탈수도 있다고 생각하게 되는 그런 공간이다. 이런 신이한 공간이 있다는 말을 듣자 열심히 일을 해도 복이 없어 가난하고 조실부모까지 해외롭게 사는 총각이 그 공간을 향해 일단 움직이게 되는 것이다. 서천서역국은 총각에겐 현재를 바꿀 수 있는 곳, 행복을 찾을 수 있는 공간이다. 길을 떠나서 만나게 되는 사람들이 총각에게 풀지 못하는 문제를 부탁하는 대목에서 미루어 짐작해 보면, 서천서역국은 세상의 비밀과 이치가 있어 삶의 많은 답을 줄 수 있는 곳으로까지 사유가 되는 곳이다.

이 이야기에는 유난히 노인들이 많이 나온다. 서천서역국이라는 곳이 있다는 것을 알려주어 총각을 떠나게 하는 것도 노인들이고, 서천서역국에서 난제의 해결책을 주고, 총각을 다시 돌아가도록 하는 것도 노인이다. 때로는 신이한 옥황상제, 부처님일 때도 있지만, 그냥 밥한 그릇 따뜻하게 해주는 할머니이기도 하다. 그런데 이 노인들이 신이한 능력을 갖추고 있든 없든 길에서 만났던 다른 이들의 문제를 해결할 방향을 가지고는 있지만, 결정적으로 총각이 원하는 복 등을 쥐여주지는 않고 그의 복이 무엇인지 말해주지 않는다. 다만 총각이 노인들의 혜안과 지혜를 통해 공간을 이동하게 된다.

주목하게 되는 것은 서천서역국이라는 공간에 굳이 도착하지 않았어도 혜안을 가진 노인을 만나서 타인의 문제를 해결한다는 점이다. 어떤 구체적인 공간인 서천서역국에 도착해, 원하는 자신의 문제를 해결하게 되는 정확한 목적론적인 움직임이 중요한 것이 아니라, 그 움직임을 통한 만남의 과정 자체가 중요한 것임을 알 수 있게 해준다. 서천서역국이란 신이한 공간은 처음 인식하고 떠난 것처럼 공간 자체가 총각에겐 선명한 해결을 주는 곳은 아니었다. 복이 없다고 계속 머무르는 것이 아니라 복을 구할 수 있는 서천서역국이 있다는 것을 통해 총각이 복을 타겠다는 방향으로 움직이게 되었고, 가는 과정에서 나만의 문제가 아닌 타인의 문제에 대한 답을 함께 얻어 가야 하는 곳으로 지향하는 바를 바꾸게 해준 공간이다.

어떻게 총각은 다른 이들의 부탁으로 나의 복을 탔을까?

큰집에 재산이 많이 있는데 혼인 날짜만 잡히면 신랑이 죽거나 가족이 모두 죽어 외롭게 사는 처녀, 나무를 정성스럽게 돌봐도 꽃이나 열매를 맺지 못하는 노인, 여의주 하나도 갖기 힘든데 2개를 가지고도 승천하지 못하는 이무기 등 역시 이 이야기를 신이하게 해주는 요소이다. 길을 떠나면서 나만 풀리지 않는 문제가 있는 것이 아니라, 모두 인생의 과제, 난제로 그 상태 그대로 머물러 있는 존재들이 보이게 된다. 답이 쉽게 보이지 않는 문제를 안고 살아가야 하는 존재들의 문제 역시 함께 풀어내야 하는 과제가 되었다. 우리가 앞에서 만난 콩쥐, 바리데기, 나무도령 등은 조력자를 만나서 문제를 해결한다면, 복타러간 총각은 나의 문제도 답이 보이지 않아서 서천서역국이라는 공간을 찾아가야 하는데, 타인의 부탁까지 안고 가게 된다.

　　그러면 주인공이 풀어가야 할 난제들을 어떻게 풀어가고 있는가를 살펴보기 위해 대립적인 속성을 나열해 보면 다음과 같다.

복 없음	가난	결핍	고립	멈춤	목적지향	개인의 복
복 있음	풍요	충족	공존	움직임	관계지향	모두의 복

　　<구복여행>이라는 제목에서도 말해주듯이 여기에서 가장 대표되는 대립 요소는 자신의 복이 없다고 생각했던 총각이 자신의 복을 얻게 되는 것이다. 이런 대립 요소의 흐름은 "이 총각은 어떻게 복을 받게 된 것일까?"의 서사적 화두로 이야기하게 한다. 그런데 그 복은 누군가 준 것이 아니라 사실은 총각이 떠나고 다른 사람들의 문제를 해결하고 돌아왔기에 얻게 된 것이다. 어떻게 복을 받게 된 것인지 어떤 대립적인 요소에 중심을 두는가에 따라 다양한 해석이 가능하다. 예를 들면 이전의 논의 중에선 '멈춤 – 움직임'의 대립요소를 화두로 해석하면 머무르지 않고 무조건 움직이고 부딪히는 민담적 인간형이었기에 이 총각이 복을 받게 되는 것[51]으로 보게 되고, '목적지향 – 관계지향'으로 봤을 때 자신의 목적만을 위해 움직이는 것이 아니라 관계를 중시하는 움직임 때문에 복을 받게 된 것[52]이라고 해석하게 된다.

　　총각이 어떻게 복을 얻었는지 다양한 해석이 가능해 지는데, 여기서 집중해 볼 대립요소는 '개인의 삶(개인의 복) – 공생(모두의 복)'이다. 총각은 처음에 개인의 복을 타기 위해, 개인의 행복을 찾기 위해 여행을 시작한다. 그런데 여행을 하면서 총각은 서천서역국에서 물어

볼 것이 많은, 답답함과 제약을 가진 이들을 만난다. 총각은 복이 없어 부와 상충되어 가난한 삶을 살아가고, 여인은 배우자 자리에 살이 있어 외롭고, 노인은 나무를 살리고자 하나 뿌리를 극(相剋)하는 돌로 꽃이나 열매를 피우지 못하고 하고, 이무기는 남들보다 더 노력해도 권력(출세, 변신) 등의 문제와 상충(相沖)되는 삶을 산다. 총각이 이들의 문제를 못 본 척 지나쳤다면 서천서역국에 갔다 와도 그의 삶은 쳇바퀴 돌 듯 제자리였을 것이다. 그런데 총각은 그들의 문제에 공감하며 자신의 문제처럼 풀어보고자, 서천서역국의 할머니나 할아버지에게 "부탁받고 온 문제는 어떻게 풀어야할지 알려달라"라고 한다. 자신의 문제에 대한 답을 얻지 못해도 그들의 문제에 대한 답을 구하고자 했고, 그 답을 알려주기 위해 다시 돌아온 길로 돌아간다.

현실 공간 -A	→ 문제-해결 화소 계열체의 선택 →			↱
복이 없음 결핍 떠남	-b(1인, 고립) 혼자 있는 여인	-c(무결실) 꽃이 피지 않는 나무	-d(무변신) 승천 못하는 이무기	(비현실적 이상공간)
↕	↕	↕	↕	서천서역국
A 복이 있음 충족 돌아옴	+b(2인, 유대) 혼인	+c(결실) 뿌리 금덩이	+d(변신) 여의주 하나를 버리자 용이 됨	↵
	← 통합체(결합), 충족의 자질 생성 ←			

결과적으로 나와는 다르지만 그들의 문제에 공감하는 것이 어느새 내 삶을 함께 풀어가는 길이 되었다. 나와 상관없는 그들의 문제가 어느새 총각의 삶으로 들어와 버린 것이다. 개인의 삶으로 풀어내지 못할 운명 등의 문제가 부딪힘과 만남, 그리고 작게는 공감과 배려, 크

게는 이타성 등으로 복을 실현해 낸다는 의미를 읽어내게 된다. 오히려 타인의 문제를 해결하면서 자신의 문제를 풀어낼 수 있게 된다는 것이 이 이야기의 서사적 전략이라 하겠다.

현대에 우리는 '나만 아니면 돼!' 등의 사고로 될 놈은 되고 안 될 놈은 안 된다는 인식이 팽배해 있다. 개인의 능력을 키워 문제를 혼자 풀어내고, 어려운 일을 겪는 것이, 나만 아니면 된다는 방식의 사고가 차라리 편하게 느껴질 수도 있다. 그러나 <구복여행>은 모두가 겪는 어려움에 대해 공감하며, 나의 문제처럼 풀어내고자 할 때, 우리 모두의 복을 타며 공생할 있다고 말해준다.

이 옛이야기의 순차구조는 어렵지 않게 파악되는데, 복이 없어 복을 타러 서천서역국에 가는 여정에서 여러 사람의 문제를 만나는 것이 하나의 흐름이고, 돌아오는 길에 문제를 해결하고 복을 타게 되어 결핍이 해소되는 것으로 서사구조가 완결된다. 떠난 자리에 다시 돌아왔지만 이전과는 다른 모습의 삶을 사는 순환구조이고, '문제-해결'의 구조이다.

표면적으로만 보아도 이 서사는 '떠남 → 돌아옴'의 순환구조로 되어 있다. 복이 없다고 계속 머무르는 것이 아니라 복을 구할 수 있는 서천서역국이 있다는 것을 통해 총각이 복을 타는 방향으로 움직이게 되었고, 가는 과정에서 나만의 문제가 아닌 타인의 문제에 대한 답을 함께 얻어 가야 하는 곳으로 지향하는 바를 바꾸게 해준 공간인 것이다. 서천서역국이라는 비현실적인 신이한 공간은 처음 인식하고 떠난 것처럼 공간 자체가 총각에게 선명한 해결을 주는 곳은 아니다. 그런데도 비현실적인 공간으로 이동하면서 마지막에 복이 무엇인지를 깨닫고 복을 얻으며 결핍을 해소하는 것은 과정과 움직임 자체를 중요하게 생각하는 옛이야기의 서사적 관습이다.

크게는 총각의 복을 해결하는 구조로, 작게는 처녀의 문제, 노인의 문제, 이무기의 문제, 그 외에 병자나 동자삼, 장기 두는 사람 등의 문제가 해결된다. 모두가 삶에 풀리지 않는 숙제를 안고 사는 사람들이다. 처녀는 자신에게 맞는 짝을 찾기 위해 그동안의 시련이 있었던 것인데 마지막에 자신의 짝을 알아볼 수 있는 안목은 자신에게 있었다. 노인은 꽃을 피우기 위해 결실인 꽃에만 집중한다. 그런데 진정으로 꽃을 피우기 위해서 살펴야 할 뿌리를 살피지 않았던 자신을 깨닫는다. 이무기는 필요한 것보다 많은 것을 쥐었을 때 승천할 수 있다는 삶의 태도를 바꾸자 승천할 수 있었다. 이따금씩 이본에서 보이는 병이 낫지 않는 삼대독자를 걱정하는 자신의 가문만 생각하는 인색한 부자는 자신이 가진 것을 놓을 수 있을 때 자식의 병을 낫게 할 수 있었다. 사실 문제의 답은 멀리 서천서역국에 있었던 것이 아니다. 자신의 그동안 가져왔던 삶의 태도, 삶의 방식을 움직여 볼 때 복이 오는 것이다. 개인의 복을 위해 서천서역국으로 달려갔던 총각이 타인의 문제와 복이 무엇인가 함께 고민하고 달려갔을 때 복이 왔던 것처럼 말이다.

📖
옛이야기로 나다움의 서사적 길을 내는 스토리텔링

❶ 열심히 해도 앞으로 나아가지 못하는 것 같아서 힘들었을 때를 생각해 보고, 그런 시기를 겪어낼 수 있었던 나의 복은 무엇인지 생각해 보자.

❷ 나도 복이 없어서 서천서역국에 가게 되었다. 가다가 (어떤 문제나 결핍이 있는 식물이나 동물이나 사람)을 만나고, 그것을 서천서역국에서 돌아왔을 때 (   )하라고 해결해 주었다. 〈구복여행〉의 방식으로 문제를 해결하는 나만의 옛이야기를 창작해 보자.

창작예시: <백발머리여인>

저는 항상 모든 일에 걱정이 너무 많은 성격입니다.

무엇을 제출하는 일이 있으면 몇 번이고 확인해도 뒤돌아서면 제대로 냈나, 잘 냈나? 걱정이 되고 또 무슨 물건을 하나 사면 잘 샀나, 이상하진 않나? 다른 걸 살걸 그랬나 등등. 남들이 말하기를 쓸데없는 걱정이 너무 많다고 하는데 그런 성격 때문에 육체적으로도 정신적으로도 힘들어서 많이 스트레스를 받았었습니다. 이러한 제 상황을 고쳐보고자 이야기로 만들어 보았습니다.

옛날 옛적 어느 마을에 한 여인이 살고 있었대.

그 여인은 피부도 백옥같고 누가 봐도 미인이라고 할 외모를 가지고 있었는데 혼인을 못 하고 있었대. 이유가 뭔고 하니 그 여인의 머리가 백발이었던 거야. 왜 백발이 되었냐 하면 그 여인에겐 걱정이 너무 많았는데 그 정도가 어느 정도였냐면 걱정거리가 한가지 생기면 적어도 하루 동안은 잠도 못 자고 그 걱정만 했대.

어느 날은 밭에서 씨를 뿌렸는데 다 하고 집에 오니까 제대로 심어졌는지 걱정이 되는 거야. 그래서 여인은 하루 종일 잠도 못 자고 걱정만 하다가 다음 날 아침 밭에 가서 제대로 심어졌는지 다시 땅을 파서 확인을 하고 나서야 잠을 잘 수 있었대.

또 일 년에 한 번 마을 축제가 열리는데 축제에 참여하려면 가서 이름을 적어야 했대. 이름을 적으러 가려면 사흘을 걸어서 가서 적어야 했는데 적고 집에 돌아오니 또 '제대로 이름이 적혔나, 혹시 잘못 적힌 건 아닐까?' 걱정되더래. 그래서 삼일을 다시 걸어서 이름이 잘 적혔나 확인하고 왔대. 이렇게 매일 걱정을 하다보니 그 여인의 머리가 새하얗게 변했다고 해.

어느 날 마을 사람들이 하는 얘기를 들었는데 서천서역국이라는 곳에 가면 어떤 소원도 다 들어준다고 하더래. 여인은 그 얘기를 듣고 '머리가 검어져 혼인을 할 수 있게 해달라고 소원을 빌어야지.' 생각하며 서천서역국에 가기로 마음을 먹었어.

가기 전에 짐을 챙기면서도 '밥이 모자라면 어떡하지? 잘 다녀올 수 있을까'하는 걱정으로 밤을 지새우고 아침 일찍 길을 나섰지.

그렇게 여인은 한참을 걸어가다가 어떤 할아버지를 만났어. 여인이 "할아버지, 서천서약국에 가라면 어디로 가야 해요?"하고 여쭈어보니

"내일 비가 오기 전에 이 넓은 밭에 씨를 다 뿌리는 걸 도와주면 길을 알려주겠네!"라고 대답했지.

여인은 '하루 만에 이 넓은 밭에서 다 할 수 있을까, 못하면 어떡하지?, 하다가 중간에 비가 와버리면 말짱 도루묵이 될 거야.' 이런 걱정을 하면서 겨우 일을 시작했어.

막상 밭에 씨를 뿌려보니 보는 거와는 다르게 조그만 밭이었어. 거의 절반이 버려진 땅이었는데 멀리서 볼 땐 모르고 겁먹고 앞서 걱정을 했던 거지. 여인은 '별거 아닌데, 괜히 걱정했잖아?' 생각하며 할아버지에게 갔지. 할아버지는 여인에게

"고맙네, 이렇게 잘하면서 뭣 하러 걱정했어! 서천 서약국은 저 산 위로 올라가다 보면 집 하나가 보일걸세. 그 집에 사는 할멈에게 또 물어봐"

하며 알려주었지.

여인은 또 길을 걸어가고 있는데 어떤 거지 행색을 한 총각이 와서는

"3일째 굶었소. 제발 먹을 것 좀 줍쇼. 이 은혜는 내가 꼭 갚으리라" 하는 거야.

여인은 속으로 '지금에 이 밥을 주면 서천서역국까지 난 어떻게 가지?' 하면서도 너무 가엾어서 가져온 주먹밥을 다 주었어.

그렇게 다 주고 온통 머릿속엔 걱정으로 가득 차 울먹거리며 산에 올라가고 있는데 도적 떼들을 만난 거야. "먹을 것이 있으면 다 내놓아라!" 하는데 그 여인은 이미 거지 총각에게 먹을 걸 다 주어 아무것도 없었지.

속으로 여인은 "이렇게 나쁜 도적 떼에게 뺏기느니 차라리 그 소년에게 준 게 다행이야." 생각했지.

이렇게 생각하니 또 걱정은 금세 사라졌대.

그렇게 한참을 가니 여인은 산 위에 도착했어. 으리으리한 집 한 채가 있었는데 그 집엔 어떤 할머니가 살고 있었어. "할머니, 서천서역국에 가려면 어디로 가야 해요?" 하고 여쭈어보니 "나랑 육 개월 동안만 같이 살아주면 가는 길을 알려주겠네" 하시는 거야.

여인은 또 많은 걱정이 들었지만 서천서역국에 꼭 가겠다고 마음을 먹었기 때문에 알겠다고 대답했지. 그렇게 여인은 할머니와 살면서 요리도 하고 빨래도 도와드리며 할머니를 잘 보살폈지.

어느 날은 점심으로 팥죽을 만들었는데 설탕을 넣어야 하는데 소금이랑 착각을 해서 소금을 넣었지 뭐야. 여인은 가마솥에 팥죽을 보면서

"에구머니, 어떻게 해! 이 많은 팥죽을 망쳐버렸어"

하면서 울고 있었지. 할머니께서 한번 맛을 보니까 이게 웬걸? 짜기는커녕 설탕을 넣었을 때 보다 더 달짝지근 해졌어. 맛을 본 할머니는 여인의 요리솜씨가 좋다며 칭찬을 했지.

또 여인은 할머니께 자수를 놓는 법을 배우고 있었는데 어느 날 할머니가 "곧 있으면 마을 잔치가 열리는데 그때 입고 갈 치마에 자수를 놔주겠니?" 하셨지. 여인은 할머니가 알려주신 방법으로 수를 놓기로 했어. 그런데 수를 다 놓고 보니 완전히 다른 문양의 수가 놓아진거야.

여인은 또 걱정하면서 할머니에게 치마를 가져갔지. 혼날 것을 걱정하고 있는데 할머니께서 치마를 보시더니

"이런 문양은 어떻게 생각해 냈니? 독특하고 오묘한 문양이구나!"

하면서 마음에 들어하셨어. 수를 잘못 놓은 것이 오히려 독특하고 개성 있는 문양이 되었지. 그렇게 육 개월 동안 지내다 보니 여인은 자신이 생각한 대로 완벽하게 하지 못해도 걱정할 필요가 없다는 것을 깨달았지.

그렇게 육개월이 지난 후 여인이 '할머니 서천서역국이 어디예요?' 하고

물으니 "사실 그런 곳은 없어. 그러니 어서 집에 돌아가" 하며 6개월 동안 자기랑 살아주어서 고맙다고 할머니의 재산과 먹을 것을 잔뜩 챙겨주었지. 여인은 다시 집으로 돌아가기로 했어. 가는 길에 계곡에서 잠깐 앉아 쉬는데 글쎄 계곡물에 비친 여인의 머리가 다시 검어졌지 뭐야!

여인은 신나서 집에 돌아왔는데 집 앞이 소란스러운거야.

"이게 무슨 일이지?"

하며 가보는데도 걱정은 하나도 안됐어. 집에 들어가보니 말을 탄 사람들과 왕이 있는거야.

그러더니 글쎄 왕이 하는 말이

"내가 그때 당신 주먹밥들 얻어먹은 사람이오. 간신들에 의해 쫒기고 있었오. 당신이 아니면 나는 죽었을거요."

하며 많은 비단, 금은보화, 쌀 등을 주었는데 글쎄 여인이 고개를 들으니 검정머리가 된 여인의 미모에 반해 버린거야. 왕이 "그대의 착한 심성과 어여쁜 미모에 반했소. 나와 같이 살겠소?" 해서 그 여인은 왕과 혼인해서 행복하게 살았대. 걱정 없이 깨가 쏟아지게 행복하게 살았다더군.

나가며

옛이야기, 달님이 해님으로 바뀌는 변주

"저 바보 좀 봐, 도끼로 찍으며 올라와야지."

한국 사람들에게 "떡 하나 주면 안 잡아먹지!"로 알려진 <해와 달이 된 오누이> 이야기의 한 대목이다. 오빠의 말대로 듬뿍 참기름을 바르고 나무에 올라오다가 미끄러져 엉덩방아를 찧는 호랑이. 누이동생은 그런 호랑이를 보다가 웃으며 자신도 모르게 나무에 올라오는 방법을 곧이곧대로 말하게 된다. 이 철없고 답답한 누이동생! 호랑이는 옳다구나 하고 나무를 도끼로 찍으며 오누이를 바짝 쫓아 올라온다. 누이동생으로 위기를 겪었지만, 간절함으로 동아줄을 타고 하늘에 올라간 오누이는 해와 달이 된다. 그런데 여기서 끝이 아닌 이야기도 들어봤을 것이다.

"오빠! 나는 밤은 어두워서 싫어. 내가 해님 할래."

그래서 해님이 되었던 오빠는 달님이 되고, 달님이 되었던 누이동생은 해님이 된다. 오누이의 이야기인데, 이 결말이 없다면 이 이야기는 오빠의 지혜로 호랑이를 넘어서는 이야기일 것이다. 그러나 누이동생 역시 자기 삶의 빛을 찾아갈 수 있는 주인공으로 오랜 세월 전통적으로 달이 여성을 상징한다는 사유까지 넘어서게 한다. 어려서 뭘 모르는 것 같았던 존재에서 은은한 달빛이 아니라 강렬한 햇빛도 비출 수 있는 존재로 거듭났다. 이래서 옛이야기가 좋다. 천덕꾸러기 같고 나약하다고 생각했던 누이동생 안의 또 다른 가능성을 달님에서 해님이 되는 상상력까지 끌어내기 때문이다.

현실을 치열하게 담아내는 소설이 좋아서 문학 공부를 하게 되었다. 그런 내가 자석에 끌리듯 옛이야기를 좋아하게 된 계기는 석사 때 한번 참석해 본 설화세미나 때문이었다. 그동안 작가들이 썼던 세련된 문체의 서사만 접했던 터라 『한국구비문학대계』에 있는 사투리 가득한 할머니, 할아버지들이 들려주신 녹음자료를 그대로 풀어낸 문장들은 처음엔 너무 낯설었다. 그러나 세미나의 발제를 맡아가면서 <선녀와 나무꾼>, <해와 달이 된 오누이>, <우렁각시> 등의 이야기를 유형별로 찾아가고 비교해보는 과정은 너무나 흥미로웠다. 많은 할머니, 할아버지들이 같은 이야기를 조금씩 다 다르게 하고 있다는 점에 놀라서, 어느새 자꾸 찾아 읽게 되는 나를 발견했다. 그렇게 같은 옛이야기가 어떻게 다르게 전승되는지를 한 편씩, 두 편씩 읽어가며 의미를 해석하다 보니 어느새 20여 년을 옛이야기와 함께하고 있었고, 환상적인 이야기에서 현실의 문제를 더 깊게 고민해 갈 수 있었다.

글이 아니라 입에서 입으로 전승되는 옛이야기에는 흐름을 벗어나지 않게 기억에 새기게 하면서도, 전승자의 욕망이나 사유가 반영되어 변주되는 것을 가능하게 하는 장치가 있는데, 바로 '서사문법'이었다. 저자가 있는 소설을 읽으며, 나라면 이렇게 하지 않았고 이렇게 했을 텐데 하는 생각이 상상에 머문다면, 옛이야기에는 그런 상상까지 이야기 전승에 담기게 된다. 여기에 착안해 옛이야기의 서사문법을 활용해 누구나 자신의 마음속 욕망과 결핍을 상징적으로 드러낼 수 있는 창작 방법을 연구하게 되었다.

또 나의 경험과 사유에 빗대어 해석하는 연습을 해가면서, 내가 좋아하거나 싫어하는 옛이야기가 내 삶의 태도와 연관되어 있음을 깨닫게 되었다. 내 삶의 욕망에 빗대어 하나씩 해석해 보는 시간을 가지고, 마음껏 오구대왕을 미워했던 내 모습에서 어린 시절 상처받은 나를 만나기도 했고, 날개옷을 입고 하늘로 날아오르는데도 아이 둘을 안고 가는 선녀의 모습에 나를 투영하기도 했다.

옛이야기가 어떻게 변주되는가에도 관심을 가지면서도 연구 대상으로만 생각하지 않고, 나의 삶과 우리의 삶에 질문을 던져보기 시작했다. 그러다 보니 옛날 옛적의 이야기를 공부하는데, 현재를 살아내는 나의 삶을 통찰할 질문들이 가득해졌다. 그 질문들은 나만이 아니라, 나를 둘러싼 관계의 문제들이었다. 옛이야기는 참 불편하고 서로 힘들어지는 관계의 문제를 압축적으로 기억에 각인하게 하는 특징이 있다. 또 옛이야기에는 인간관계만이 아니라 나와 세상의 문제도 있었다. 더 나아가 나와 내 안의 또 다른 나와의 관계도 생각해 보게 했다.

자본주의로 물질은 풍요로워졌지만, 많은 것이 물신화되는 세상에서 살아가다 보면, 내가 가진 것보다 타인보다 못 가진 것을 더 보게 되어 삶을 헛헛하게 느껴질 때가 많다. 우리 삶을 한 치 앞도 안 보이는 절망과 우울로 내던지게 할 때도 있다. 그때마다 옛이야기의 상상력으로 가 보지 않았던 새로운 길을 내는 창작을 해보고, 힘든 삶과 살아내고 싶은 환상 사이의 해석으로 자신을 스스로 힐링해 가는 마음의 근력을 키운다면, 우리가 우울과 불안, 절망에 나를 흘러가게 하지 않을 또 다른 나를 발견할 수 있지 않을까?

서사문법에 기반한 스토리텔링의 예시들은 옛이야기처럼 기억에 잘 각인되는 특징이 있다. 그 어떤 결핍에서 시작하더라도, 결국엔 나답게 살아내게 주인공이 바로 나임을 상상하며 스토리텔링 하다 보면, 불안과 우울함에 나의 삶이 침식당하지는 않을 마음의 근력을 키워갈 수 있다.

우리는 우리 안의 얼마나 큰 가능성이 있는지 잊고 살아갈 때가 많다. 내가 하고 싶은 일을 하지 못할 때는 손이 있어도 손이 잘린 것처럼 느껴지기도 하며, 좋은 머리로 남들이 좋다는 대학에 간 사람들은 온쪽이 같은데 노력해도 여기까지인 내 삶은 반쪽이 같다며 괴로워하며 나의 에너지를 스스로 고갈하게 할 때가 있다. 그럴 때 옛이야기는 다시 말해준다. 누이동생처럼 '여자는 달이지!'라는 기존의 사유로만 나를 보지 않고, 내 안에서 올라오는 목소리에 집중해 삶을 스토리텔링 해가면, 달님에서 해님도 될 수 있는 상상력으로 나의 삶을 변주할 수 있는 존재라고!

미 주

1) 원작 인도 옛이야기, 김진락 글, 『두 개의 나뭇가지』, (바라미디어, 2005)의 내용을 참조하여 정리했다.

2) 오세정, 「한국 신화의 원형적 상상력의 구조」, 『한민족어문학』 제49호, 한민족어문학회, 2006, 249쪽.

3) 정운채, 「서사의 다기성(多岐性)과 문학연구의 새 지평」, 『문학치료연구』 제23집, 한국문학치료학회, 2012, 195쪽.

4) 구비전승의 일정한 틀에 대해 많은 논의가 있어 왔는데, 그중 월터 J.옹은 구술문화에서 경험적인 결과를 처리하고 반성을 머릿속에 정리하고 간추리는 기억장치로 정형구를 이야기했는데, 정형구가 경험을 말로 바꾸는 것이 그 경험을 생각해 내게 되는 단서가 된다고 했다. 기억의 불완전성은 오히려 핵심적인 의미를 각인하고 재현하기 쉬운 형태(pattern)의 장치를 고안하게 했다. (월터 J.옹 저, 이기우·임명진 역, 『구술문화와 문자문화』, 문예출판사, 2004, 61쪽.)

5) 박노해, 『그러니 그대 사라지지 말아라』, 느린걸음, 2010, 35쪽.

6) 김영애, 최재현 역, 『세계 민담 전집 - 태국·미얀마 6편』, 황금가지, 2012, 236~237쪽. - 내용을 참조하여 정리했다.

7) 『한국구비문학대계』 3 - 2, '반쪽 아이의 재주', 정신문화연구원, 1980, 367 - 371쪽.

8) 딸을 내기로 거는 아버지의 모습과 내기에 이겼다고 딸을 데리고 오는 모습은 약탈혼의 모습이 잔존해 있어서 현대인에게 당연히 불편한 대목이다. 여기서는 일단 이 논의보다 '반쪽이'라는 화소 자체에 초점을 두고 논의해 가려고 한다.

9) 디지털제주시문화대전 참고.

10) 알레르토 자코메티(1901 - 1966), <7인의 형상과 한 개의 두상의 컴포지션>, 브론즈에채색, 높이 58cm, 런던 토마스 깁슨 미술관, 1950년.

11) 분석심리학에서는 이렇게 낯설고 환상적인 것을 꿈에 비유하곤 하는데, 민담이 심층적 무의식에서 비롯되었다고 보기 때문이다. (지빌레 비르크호이저 - 왜리 저, 이유경 역, 『민담의 모성상』, 분석심리학 연구소, 2012, 13 - 14쪽.)

12) 베텔하임은 옛이야기는 마음속 시공간에 자리 잡게 하는 좌표이고, 무의식적인 과정이 그렇듯이 논리성과 인과성이 결여된 그런 사건들이 일어나며, 그곳

에서는 가장 오래되고 독특하며 깜짝 놀랄 만한 일들이 벌어지게 된다고 했다. (브루노 베텔하임 저, 김옥순·주옥 저, 『옛이야기의 매력2』, 시공주니어, 2006, 14－15쪽.)

13) 막스 뤼티 저, 김홍기 역, 『유럽의 민담』, 보림, 2005, 40쪽.

14) 임석재, 『한국구전옛이야기』 2권, '해와 달이 된 남매' (평안북도 선천군, 류준 룡 외 구연, 1934), 평민사, 2011, 139－142쪽.

15) 박현국, 「옛이야기의 신화적 구조와 상징의 연구」, 중앙대 박사학위 논문, 1992.

16) 고혜경, 『선녀는 왜 나무꾼을 떠났을까』, 한겨레출판사, 2006, 107－120쪽.

17) 김기호, 「트릭스터 그리고 성장의 매개자 ＜해와 달이 된 오누이＞의 호랑이」, 『한민족어문학』 제42집, 한민족어문학회, 2003, 289－315쪽.

18) 이부영 외, 『민담학개론』, 일조각, 1989, 127쪽.
정운채, 「구비옛이야기에 나타난 자녀서사의 어머니」, 『문학치료연구』 제6집, 한국문학치료학회, 2007, 239－244쪽.
신동흔, 『삶을 일깨우는 옛이야기의 힘』, 우리교육, 2012. 135－149쪽.

19) 임석재, 『한국구전옛이야기』 2권, '해와 달이 된 남매' (평안북도 선천군, 류준 룡 외 구연, 1934), 평민사, 2011, 141쪽.

20) 에리카 J. 초피크˙마거릿폴 저, 이세진 역, 『잃어버린 내면아이를 만나는 자기 심리 치유학－내 안의 어린아이』, 교양인, 2011, 20쪽.

21) 김태곤, 『한국무가집』 4, 집문당, 1980 참조

22) 한강, 『채식주의자』, 창비, 2007. 참고

23) 막스 뤼티는 15살은 아이에서 처녀의 이행시점으로, 가시울타리가 은둔의 보 호 속에서 성장하는 젊은이를 성장하게 한다고 했다. (막스 뤼티 저, 김경연 역, 『옛날옛적에－민담의 본질에 대하여』, 천둥거인, 2008, 21쪽)
베텔하임은 물레가락에 찔리는 것을 월경의 상징으로 보았고, 가시를 통해 미 성숙한 성적인 만남을 막으며 잠을 통해 자기몰입을 하며 정신적 단계의 성 숙을 하고, 타인과 조화로운 삶을 살게 된다고 했다. (브루노 베텔하임 저, 김 옥순·주옥 역, 『옛이야기의 매력2』, 시공주니어, 1998, 379쪽)

24) 막스 뤼티 저, 김경연 역, 『옛날옛적에－민담의 본질에 대하여』, 천둥거인, 2008, 23쪽.

25) 브루노 베텔하임 저, 김옥순·주옥 역, 『옛이야기의 매력 2』, 시공주니어, 1998, 379쪽.

26) 임석재, 『한국구전옛이야기』 7－전라북도편, 평민사, 1987, 266쪽.

27) 『한국구비문학대계』 8－8, '콩쥐 팥쥐' (설삼출, 경상남도 밀양군), 한국정신문 화연구원, 1980, 102－103쪽.

28) 하늘에서 꼬부랑 소가 내려 오더니, 그게 즈이 어머니 죽은 넋여. 내려오더니, "너, 왜 우냐?"

『한국구비문학대계』 5-5, '콩쥐 팥쥐' (김현녀, 전라북도 완주군 고산면), 한국정신문화연구원, 1980, 539쪽.

29) 고혜경, 『선녀는 왜 나무꾼을 떠났을까』, 한겨레출판, 2006, 75-76쪽.

검은소는 운이 좋아 하늘에서 뚝 떨어진 구원의 사자가 아니라, 콩쥐의 완전한 열림과 원초적인 생명에의 염원이 일깨운, 콩쥐 안에 처음부터 존재하고 있었던 동력이라고 볼 수 있다.

30) 정운채, 「서사의 다기성(多岐性)과 문학연구의 새 지평」, 『문학치료연구』 제23집, 한국문학치료학회, 2012, 195쪽.

31) 임석재, 『한국구전옛이야기』 7-전라북도편, 평민사, 1987, 269쪽.

32) '내면아이'는 다음의 책을 참조하였다. (에리카 J. 초피크`마거릿폴 저, 이세진 역, 『잃어버린 내면아이를 만나는 자기심리 치유학-내 안의 어린아이』, 교양인, 2011.)

33) <나무도령>이야기는 여러 편 전승되고 있는데 여기서 참고해서 정리해 본 각편은 다음과 같다. <사람의 조상인 밤나무 아들 율범이>, 『한국구비문학대계』 8-12, 542-551쪽.; <오동나무에 공들여 낳은 아들>, 『한국구비문학대계』 8-5, 814-820쪽.; <류씨의 시조>, 『한국구비문학대계』 7-1, 273-274쪽.; 손진태, <대홍수와 목도령>, 『한국민족옛이야기의 연구』, 을유문화사, 1948, 166-170쪽 외.

34) 이는 민간옛이야기가 구조적으로 환상성과 현실성, 현세와 피안, 모방과 성취, 자유와 구속, 자율과 타율 등의 양극단의 특성을 지니고 있기 때문이다. (막스 뤼티 저, 김경연 역, 『옛날옛적에-민담의 본질에 대하여』, 천둥거인, 2008, 6쪽.)

35) 『한국구비문학대계』 4-3, 697-708쪽, <인불구의 유래>, 오원선(남, 64세).

36) 『한국구비문학대계』 8-12, 541-551쪽, <사람의 조상인 밤나무 아들 율범이>, 김원관(남, 65세).

37) 『한국구비문학대계』 4-3, 697-708쪽, <인불구의 유래>, 오원선(남, 64세).

38) 『한국구비문학대계』 8-12, 541-551쪽, <사람의 조상인 밤나무 아들 율범이>, 김원관(남, 65세).

39) 『한국구비문학대계』 8-5, 814-820쪽, <오동나무에 공들여 낳은 아들>, 이민호(남, 56세).

40) 신화로 전승되는 목도령의 이야기는 선녀가 하늘에서 내려와 나무의 정기에 응해 아이를 낳게 되고, 나무에서 지내던 목도령이 홍수에 나무와 함께 떠내려 갈 때, 동물들과 소년을 구하게 된다. 이후 소년으로 인한 어려움을 동물

들의 도움으로 넘기고, 신부찾기 과제에서 할머니의 딸을 잘 찾아내서 우리의 후손이 된다. 시종과 결혼한 구해준 소년 역시 우리의 후손이 된다는 이야기다. (손진태, <대홍수와 목도령>, 『한국민족옛이야기의 연구』, 을유문화사, 1948, 166-170쪽.)

41) 『한국구비문학대계』 3-1, '수탉의 유래', 정신문화연구원, 1980, 335-337쪽.

42) 『한국구비문학대계』 1-4, '선녀와 나무꾼', 정신문화연구원, 1980, 197-199쪽.

43) 『한국구비문학대계』 3-2, '닭이 높은 데서 우는 유래', 정신문화연구원, 1980, 250-258쪽.

44) 출처: The Blue Fairy Book, by Andrew Lang, [1889], at sacred-texts.com /https://www.sacred-texts.com/neu/lfb/bl/blfb22.htm 원제는 <wonder sheep>으로 '놀라운 양'으로 번역될 수도 있겠다. 이 이야기는 필자가 박사 과정 수업 때 고혜경 선생님으로부터 들었던 이야기로, 수업을 들으며 선명하게 기억된 이야기다. 이후에 인터넷으로 자료를 찾아볼 수 있었는데, 아직 번역되지 않은 좋은 이야기를 들려주시고 인용을 허락해 주신 선생님께 감사드린다. 이야기의 해석은 고혜경 선생님이 들려주셨던 내용과 인터넷 자료의 원전을 바탕으로 재구성하였다.

45) 『한국구비문학대계』 7-13, '구렁덩덩 신선비', 정신문화연구원, 1981, 374-377쪽 참조.

46) 김열규 역, 『그림형제 동화전집』, 현대지성사, 2010, 475-482쪽.

47) 브루노 베텔하임 저, 김옥순·주옥 역, 『옛이야기의 매력 2』, 시공사, 1998, 446-456쪽.

48) 최용호, 『의미와 옛이야기성』, 인간사랑, 2006, 152쪽.

49) 다음의 이야기들을 참조했다.
『임석재전집: 한국구전옛이야기』 1권, '특재 있는 의형제', 평민사, 2001, 98-99쪽.
『한국구비문학대계』 2-2, '동해천이야기', 정신문화연구원, 1980, 521-529쪽.
『한국구비문학대계』 6-12, '이상한 힘을 가진 사람들', 정신문화연구원, 1980, 1007-1015쪽.
『한국구비문학대계』 5-5, '콧바람이 센 사람', 정신문화연구원, 1980, 111-115쪽.
『한국구비문학대계』 8-1, '장사 힘겨루기', 정신문화연구원, 1980, 513-515쪽.
『한국구비문학대계』 3-3, '장사들의 힘내기 시합', 정신문화연구원, 1980, 387-390쪽.
이 원전의 내용들과 함께 출판되어 있는 이야기 중에 원전을 잘 살렸다고 판단한 <재주 많은 다섯 친구>(보림, 1996)의 내용을 참조하여 정리한다.

50) <재주꾼 의형제>의 '1인에서 다수'로 가는 서사문법은 다음의 논의를 바탕으로 강의한 것이다. (김정은, 「옛이야기의 서사문법을 활용한 자기발견과 치유의 이야기창작 방법 연구」, 건국대학교 박사학위, 2016.2, 89−90쪽.)

51) 신동흔, 『삶을 일깨우는 옛이야기의 힘』, 우리교육, 2012, 210−229쪽.

52) 이인경, 「<구복여행>설화의 문학치료학적 해석과 교육적 활용」, 『고전문학연구』 제32집, 한국고전문학회, 2007.

<저자 약력>

김정은

　1974년 서울에서 4남매의 맏이로 태어나, 술에 취하시면 역사 이야기를 재밌게 해주시는 아버지와 어린 시절 산에서 들에서 겪은 일들을 맛깔나게 들려주시는 어머니 밑에서 자랐다. 석사 공부를 하면서 옛이야기로 삶이 풍성해지는 길을 열어가게 되었고, '선녀와 나무꾼'의 선녀가 날개옷을 얻은 것처럼 옛이야기로 내 안에 선녀다움을 찾아가게 되었다.「설화의 서사문법을 활용한 자기발견과 치유의 이야기 창작방법연구」로 박사학위를 받았고, 현재 건국대학교 <서사와 문학치료 연구소> 학술연구교수로 재직 중이다. 건국대학교와 한국외국어대학교에서 옛이야기를 통해 원형적인 인간관계의 문제를 통찰해 보고, 이를 해결할 또 다른 자신을 발견하는 이야기생성방법을 모색하는 강의를 진행했다. 치유의 스토리텔링 연구가 혹은 옛이야기 해설사로 <옛이야기를 활용한 창작교육>, <전래동화를 통해 본 현대인의 심리>, <고전의 현대적 의미와 치유>, <어린이 삼국유사> 등의 강의를 통해 고전을 쉽고 친숙하게 다가갈 수 있게 노력해왔다.
　전국의 경로당에서 할머니, 할아버지들의 옛이야기와 살아온 이야기를 듣고, <시집살이 이야기 집성>(공저), <한국전쟁체험담>(공저)의 책을 함께 펴냈다. 현재 건국대학교 <서사와 문학치료 연구소>에서 학술연구교수를 하며, 이주민 모국의 설화로 상호문화감수성을 신장할 수 있는 문화교육 방법을 연구하고 있다. 앞으로도 사람들이 옛이야기로 어렵지 않게 자신에 대한 부정적 감정과 상처를 치유할 수 있도록 안내하는 스토리텔링 연구자로 살아가고자 한다.

저 서
박사논문: 설화와 서사문법을 활용한 자기발견과 치유의 이야기 창작방법 연구
교양책: 프로이트 심청을 만나다(웅진, 공저), 신로맨스의 탄생(역사의아침, 공저)
동화책: 돌이 척척 개구리 쿵쿵(한솔수북), 춤추는 별(큰북작은북, 공저)
학술서: 시집살이 이야기집성(전10권, 공저), 한국전쟁체험담(전10권, 공저), 다문화구비문학대계(전21권, 공저)

강의 경력
건국대학교: <창조적사고와 표현>, <현대인의 삶과 고전>, <한국문학개론>, <고전읽기의 즐거움>, <한국의 전통문화>, <고전과 창작>, <이야기와 인간관계>등을 강의
한국외대: <문학과 대중>, <창의적독서와 자기발견의 글쓰기>, <문예창작의 이론과 실제>, <자서전과 자전적 글쓰기의 이론과 실제>를 강의했음

옛이야기와 자기발견의 스토리텔링

초판발행	2023년 8월 31일
지은이	김정은
펴낸이	안종만 · 안상준
편 집	조영은
기획/마케팅	박부하
표지디자인	Ben Story
제 작	고철민 · 조영환
펴낸곳	㈜ **박영사**
	서울특별시 금천구 가산디지털2로 53, 210호(가산동, 한라시그마밸리)
	등록 1959. 3. 11. 제300-1959-1호(倫)
전 화	02)733-6771
f a x	02)736-4818
e-mail	pys@pybook.co.kr
homepage	www.pybook.co.kr
ISBN	979-11-303-1854-7 03800

* 파본은 구입하신 곳에서 교환해 드립니다. 본서의 무단복제행위를 금합니다.

정 가   19,500원